KB118625

마지막 춤은 나와 함께

은희경
장편소설

마지막 춤은 나와 함께

문학동네

차례

셋이 좋은 이유

셋은 좋은 숫자이다.

오직 하나뿐이라는 것? 이 어리석은 은유는 설명할 필요조차 없다. 당연히 비극이 예정되어 있다. 둘이라는 숫자는 불안하다. 일단 둘 중 하나를 선택하고 나면 그때부터는 자유롭지 못하다. 결국은 첫 선택에 대한 체념을 강요당하거나 기껏 잘해봤자 덜 나쁜 것을 선택한 정도가 되어버린다.

셋 정도면 조금 느긋한 마음으로 일이 잘 안 될 때를 대비할 수가 있다. 가능성이 셋이면 그 일의 무게도 셋으로 나누어 가지게 된다. 진지한 환상에서도 벗어나게 되며, 산에 오를 때와 마찬가지로 체중을 양다리에 나눠 싣고 아랫배로도 좀 덜어왔으므로 몸가짐이 가뿐하고 균형잡기가 쉽다. 혹 넘어지더라도 덜 다칠 게 틀림없다. 실제로도 내게는 언제나 세번째 선택이란 것이 그리 나쁘지 않았던 것 같다. 어쨌든 애인이 셋 정도는 되어야 사랑에 대한 냉소를 유지할 수 있다는 얘기다.

내가 헤어짐을 받아들이는 속도에 대해 남자들은 놀라곤 한다. 나는 작별이 왔다는 것을 통보받은 순간 그것을 납득한다. 왜? 라는 질문이 없다. 그중에는 내가 진심으로 자기를 사랑하지 않았다며 내 마음을 아프게 하고 그 자신도 마음의 상처를 자청한 채 헤어지게 된 남자도 있었다. 그때마다 오해를 풀어줘야겠다는 생각을 안 해본 것은 아니다.

하지만 그들에게 순정의 아이러니를 설명할 수 있을까.

만약 애인이 하나뿐이라면 집착으로 인해 생길 수밖에 없는 상실감이나 또 그에 대비하려는 불안으로 마음이 흔들리겠지만 그런 때 애인이 셋이기 때문에 다음날 있을 다른 남자와의 만남 쪽으로 생각을 돌림으로써 그 기대 덕분에 마음의 여유를 찾고 상대에게 다시 다정함을 유지할 수 있다는 순정의 역학을 말이다. 만날 남자가 둘 더 있기 때문에 내가 변함없이 당신을 사랑할 수 있었던 거라고, 그 역학이 이별의 순간을 견디게 해주는 거라고 말하면 그는 자기의 오해에 더욱 확신을 품을 것이 뻔하다.

그러니 한번 착안된 오해란 절대 풀리지 않으며 오해가 생겼다는 것 자체가 이미 얽혀들도록 장치된 거라고 생각해버리는 편이 나을 것이다. 게다가 나에게는 늘 남을 설득하려 하기보다는 차라리 서로 다르다는 것을 인정하는 쪽이 더욱 편하게 느껴진다.

배신이란 것도 그렇다.

배신은 마땅히 해야 할 행동을 하지 않는 것—배신이야말로 하늘 아래 새로울 것 없는 삶을 약간이나마 변형시켜준다. 배신과 반칙이 없는 세상이란 누군가 앞서 살았던 삶에 대한 복제일 뿐이다. 배신이란 대열에서 이탈하는 일이다. 그리하여 '제3의 것'의 존재를 일깨워준다. 모든 것을 두 가지로 나누는 데 길들여진 사람들에게 '제3의 것'은 불온하며 불리하겠지만 말이다.

그중에서도 가장 불온하고 멋진 배신은 사랑이 아닐까.

사랑은 자유를 배신하고 법치주의를 배신하고 사랑하는 사람을 배신하고, 지속되기를 거부함으로써 사랑 자체를 배신한다. 사랑은 나 스스로 만든 환상을 깨뜨려서 나 자신까지도 배신한다.

사랑에서 환상을 깨는 것이 배신의 역할이다. 환상이 하나하나 깨지는 것이 바로 사랑이 완결되어가는 과정이라면, 사랑은 배신에 의해 완성되는 셈이다.

사랑은 환상으로 시작되며 모든 환상이 깨지고 난 뒤 그런데도 자기도 모르게 어느새 그를 사랑하게 되어버린 것을 깨달으면서 완성되고, 그러고도 끝난다.

내게도 언젠가 늦은 밤 강가에서 그런 일이 있었다. 내 차 안에서였다.

늦가을로 기억된다. 내 애인은 슬픔에 잠겨 있었다. 여름 내내

고생하여 무대에 올린 작품이 흥행에 실패한 것이다. 며칠째 폭음을 한 뒤인데도 그는 계속 맥주 캔을 손에서 놓지 않았다. 다시는 대본을 쓰지 못할 것 같다며 이따금 차창 유리에 얼굴을 갖다대는데, 아마 우는 모양이었다.

나는 '다 잘될 거야, 걱정하지 마'라고 말하려다 그만두었다. 자기를 삼류이며 싸구려라고 지칭하는 자조 어린 말이 비록 사실이긴 하더라도 그런 상투적인 말은 위로가 되지 않을 것이다. 위로를 하려고 애쓰는 모습을 들키면 오히려 그는 스스로가 위로가 필요한 사람으로 비쳤다는 데 더 자존심을 다칠지도 모를 일이었다. 나는 누군가 곁에 있다는 사실 정도로라도 위로가 되기를 자신 없는 마음으로 기대하면서 운전석에 우두커니 앉아 있을 수밖에 없었다. 담배만 두 대째 피우고 있었다.

불빛이 어두운 강물 속에 떨어져 수직의 춤을 추고 있었다. 물에 젖어 흐느끼고 있는 것처럼도 보였다. 멀리 다리 아래로 유람선이 지나갔다. 행복한 사람만을 골라 싣고 축제를 벌이는 듯 창마다 환하게 불을 밝히고. 세번째 담배를 피우려고 담뱃갑을 찾는데 갑자기 그의 손이 스웨터 속으로 들어왔다.

그동안 그는 지나치리만큼 나를 서정적으로만 대했다. 외투 주머니 속에 편지를 넣은 채 집 앞에서 기다렸던 적이 수없이 많았지만 아직 키스도 하지 않은 관계였다.

그가 던져버린 마지막 맥주 캔이 떼구루루 소리를 내며 멀어졌다. 바람이 모래를 스쳐지나가는 불안하고 쓸쓸한 소리. 그리고 내 스웨터 속에서 진부한 방법으로 희망을 더듬고 있는 애인의 찬 손.

바지 지퍼를 내리는 소리가 났다. 이어 그가 한 손을 내 스웨터 속에 넣은 채 다른 한 손으로 아무 욕망도 없어 보이는 자기의 몸을 어르기 시작했다. 나는 한 팔로 그의 머리를 감싸안고 담배를 피웠다. 연기를 되도록 천천히 뱉은 것은 그가 치르는 의식의 경건성을 지켜주기 위해서였다. 숨소리가 높아지는가 싶더니 이윽고 짧은 탄식을 끝으로 그의 몸이 푹 꺼져내렸다. 내 어깨에 얼굴을 묻고 자기의 현실만큼이나 불편하고 옹색한 자세로 수음을 끝낸 것이다. 어둠 속에서 "휴지 어딨어?" 하고 내뱉는 그의 목소리는 지나치게 거칠었다.

다음날 아침 나는 차에 시동을 걸려다가 옆자리에 버려진 휴지뭉치를 보았다. 꼭 비 온 다음날 마당에 지저분하게 엎드려 있는 흰 목련 송이 같았다. 그뒤로도 꽤 오랫동안 그를 만났지만 그날 밤만큼 그를 사랑했던 적은 없었다. 사랑의 진위는 환상이 필요 없을 때 명백해지는 모양이다.

내게 애인이 언제나 꼭 셋이었던 것은 아니다.

넷일 때도 있었고 하나나 둘뿐일 때도 있었다. 삼십대 중반을 넘기면서 그런 생각이 들기 시작했다. 사람이란 모이기도 하고 떠나기도 한다고. 어느 순간은 주위에 사람들이 북적대고 또 어느 순간 돌아보면 아무도 없기도 했다. 마치 약속된 주기를 지키지 않는 밀물과 썰물처럼.

그러므로 내가 셋에 대해 말하는 것은 셋을 맞추려고 애쓴다는 뜻이 아니다. 다만 마음속에 셋 정도의 균형감을 갖고 있어야 한다는 의미이다.

무거운 짐을 처리할 때의 방식과 같다. 여러 개의 가방 안에 나눠 담으면 사랑도 덜 무거워진다. 그 가방을 들고 어디로 갈 것인지 선 채로 잠깐 궁리하기만 하면 된다. 그리고 더이상 그 가방 안의 내용물이 마음에 들지 않으면 그 자리에 가방을 그대로 두고 떠나버리면 그만이다. 한 개의 가방에 담았다가 잃어버리면 모든 것을 잃지만 여러 개라면 상실에도 단계가 있고 고통에도 완충이 생겨날 것이다.

어떤 사람들은 왜 귀찮은 분산을 해가면서까지 애인을 만드느냐고 물을지도 모른다. 그렇다면 삶의 치명적 진실을 말해줄 수밖에 없다. 즉 인간은 사랑 없이는 살 수 없다고. 익히 알고 있었던 말이라는 것 때문에 사람들은 진실을 잘 받아들이지 않으려는 어리석은 고집이 있다. 그걸 두고 누군가는 '가장 평범한 말이 진실이란 데에 사람들은 놀란다'고 말했다. 하지만 나는 일찍부터 그 진실을 받아들였다. 중학교 때도 나는 새 학년 교과목 선생님이 바뀔 때마다 올해는 어떤 남자 선생님에 대한 사랑으로 한 해를 견더나갈지를 궁리했으며 적당한 대상이 없을 때의 실망은 제법 심각한 것이었다.

건조한 성격으로 살아왔지만 사실 나는 다혈질인지도 모른다. 집착 없이 살아오긴 했지만 사실은 아무리 집착해도 얻지 못할 것들에 대한 두려움 때문에 짐짓 한 걸음 비켜서 걸어온 것인지도 모른다. 고통받지 않으려고 주변적인 고통을 견뎌왔으며, 사랑하지 않으려고 내게 오는 사랑을 사소한 것으로 만드는 데 정열을 다 바쳤는지도 모를 일이다.

때로 나는 나를 둘로 나눈다. '보여지는 나'로 하여금 행동하게 하고 '바라보는 나'가 그것을 바라본다. '보여지는 나'는 나라기보다는 나로 보이고 싶어하는 나이다. 그런 나를 '바라보는 나'는 그저 본다. 영화관 앞에서 우연히 마주친 꽤 괜찮은 남자를 보는 정도의 호의를 품은 타인의 시선으로. 그때 나를 보는 '바라보는 나'의 눈에는 나라는 자아가 제거되어 있다. 그러면 고통에 대해 조금은 둔감해질 수 있는 것이다. 대신 내가 누군지 잘 모르게 되어버린다. 하지만 상관없다.

지금 막 내 머릿속에 셋에 대한 또하나의 생각이 떠올랐다. 하찮고 사소하다는 뜻의 트리비얼, 그 어원에도 셋이라는 숫자가 들어 있다. 트리비얼은 세 갈래 길이란 의미를 갖고 있는데 누구든지 모일 수 있는 흔해빠진 장소이기 때문에 하찮고 사소하다는 뜻이 된다.

하찮고 사소함. 셋은 역시 좋은 숫자이다.

봄밤

1

노란 개나리가 담벼락을 후려치며 가득 피어 있다.

조경이 변변찮아서 황량한 이 신설 지방대의 캠퍼스에서 그나마 봄을 느끼게 해주는 것은 저 개나리 정도이다. 더 있다면 신입생들의 재잘거림일 것이다. 농구 코트 밑이 소란스러운 것은 물론이고 게시판 앞이나 도서관과 강당, 모든 곳에 병아리떼를 풀어놓은 듯 보송보송한 봄기운이 넘쳐난다.

계단 옆에서 꽹과리며 북을 치고 있는 동아리 회원들, 아직은 초록빛보다는 흙바닥이 더 많은 잔디밭에 둘러앉은 여학생들, 저 멀리 학생회관 건물의 신축 공사를 하느라 부산한 인부들까지도 마치 브라우닝의 「피파의 노래」 같은 시를 소리 맞춰 낭송하면서 일하고 있는 듯이 보이는 봄날 오전이다.

강당 뒤쪽의 한적한 장소에 차를 세우고 나오는데 뒤에서 "교수님!" 하고 부르는 소리가 들린다. 학생들의 '교수님!' 소리는 중학생들이 제 선생님을 '교사님!'이라고 부르는 것 같아 내 귀에는 늘 어색하다. 그래도 뒤를 돌아보게는 된다.

한 남학생이 차문을 잠그고 있다. 내 수업을 듣는 학생이다. 서울에서 그리 멀지 않은 이곳 전문대에는 나이 많은 학생, 돈 많은 학생, 사연 많은 학생이 종종 끼어 있다. 나는 그의 빨간색 스포츠카를 별생각 없이 쳐다본다.

내 쪽을 향해 급히 뛰어온 그는 긴 다리의 보폭을 좁혀서 나와 나란히 걷기 시작한다. 익숙한 향이 코끝을 스친다. 버버리의 위켄드가 틀림없다. 현석에게서 늘 나는 냄새이다. 물론 이 정도로 떨어져 걷는 사람까지 맡을 수 있을 만큼 강한 것은 아니지만.

"저희 과는 5월 첫 주에 졸업여행 가거든요."

반대편에서 걸어오는 학생의 인사를 받느라 나는 고개를 가볍게 끄덕인다.

"벌써 졸업 기분이야?"

"네. 근데 교수님들이 문제예요."

"왜?"

"솔직히 저희 과 교수님들은 다 재미없거든요."

"그분들한테는 너희들이 다 재미있고?"

"그런 건 아니겠지만 아무튼요. 청평에 있는 콘도로 갈 거거든요."

'거든요'라는 어미를 자주 쓰는 것은 그만이 아니다. 학생들 대부분이 그렇고 카페나 편의점에 있는 젊은 종업원들에게서도 많이 듣게 되는 말투이다. '싫어요'를 '싫은 것 같아요'라고 하는 경우처럼 아마 겸손하게 말한다는 것이 책임 회피처럼 표현돼버린 모양이다. 하긴 이런 것을 일일이 따지며 듣는 것은 선생들만의 버릇이겠지만 말이다.

그는 과대표로서 자기가 이번 졸업여행에 끼워넣은 이벤트 몇 가지를 설명한다. 대성리의 민박집이나 영보수녀원 마룻바닥에 되는대로 퍼질러앉아 막걸리로 밤을 지새우던 나의 대학 시절에는 상상도 할 수 없었던 화려하고 소비적인 계획이다. 달라진 학생들이니 달라진 방식으로 축제를 즐길 권리가 있다. 잔소리를 할 필요도 부러워할 필요도 없다. 그러나 솔직히 지도 학생이 없는 교양과 교수라는 게 다행스럽다.

그와 강당 앞에서 헤어진 뒤 나는 불현듯 걸음이 느려진다. 교수 연구실이 있는 본관으로 막 꺾어져 들어가는 뒷모습 하나가 눈에 들어왔던 것이다. 뒤트임이 한 개 들어간 회색의 구식 양복 재킷과 검은색 가죽 손가방, 학과장이다. 나를 보면 반드시 뭔가 한 가지라도 가르치거나 바로잡아주고 싶어할 게 뻔하다. 어쨌든 봄날 오전에 어깨를 나란히 하고 함께 좁은 계단을 올라가고 싶은 상대는 아니다. 다행히 걸음이 빠른 학과장은 잠깐 사이 이층 층계참 뒤로 사라진다.

연구실 앞에서 열쇠를 찾다가 나는 문틈에 끼워져 있는 파일과 쪽지를 빼낸다.

—교수님, 늦었지만 받아주세요. 파일을 날려버려서 다시 쓰느라 늦었어요.

여러 가지 글꼴을 동원해 조잡하고 정성스럽게 프린트한 편지이다. 표현 방식은 다양하고 세련되었지만 학생들이 리포트를 늦게 내면서 옹색한 이유를 다는 것은 예나 지금이나 똑같다.

연구실 안으로 들어서니 바깥의 화사한 볕은 사라지고 싸늘한 기운이 느껴진다. 가방을 내려놓고 재킷을 벗는데 노크 소리가 난다. 조교이다.

"교수님, 제가 댁에다 녹음 남긴 것 못 들으셨어요?"

"회의 있다는 거?"

"네. 어젠데 안 나오셨잖아요. 교수님 기다리다가 삼십 분 늦게 시작했어요."

"그래?"

2학기 시간표를 짜기 위한 강의계획서는 이미 지난주에 제출했다. 그런데 어제처럼 강의도 없는 날 굳이 학교에 나와서 형식적인 회의에 참석해야 할 필요가 있을까 하는 것이 내 생각이었다.

조교는 손에 들고 있던 공문 한 장을 책상 위에 내려놓는다.

"다음주 회의에는 꼭 참석하시는 거죠?"

"그러지 뭐."

"연구 실적물하고 교수 업적 평가 보고서도 이달 말까지는 내셔야 해요. 그리고요……"

다음 말을 잇기 전에 조교는 내 얼굴을 힐끗 쳐다본다. 내가 재촉하는 뜻으로 턱을 한 번 내밀어 보이자 눈두덩을 약간 찌푸리기까지 한다.

"저기, 교수님 옷차림이 좀 그렇다고, 학과장님이 회의 때 뭐라고 하셨어요. 되도록 정장 차림을 하시래요. 스커트도 길게 입고."

"안 입으면 안 되고?"

"네."

조교는 심각한 표정으로 냉큼 대답하더니 제 생각에도 어이가 없었던지 피식 웃는다. 어찌됐든 귀여운 데가 있는 학생이다.

그녀가 나간 다음 나는 커피를 끓이기 위해 손을 씻는다.

책상 앞에 앉아 막 찻잔을 드는데 또다시 문 두드리는 소리가 들려온다.

"강선생, 얼굴 보기 힘드네요."

학과장이다. 인사말에 뼈가 들어 있다.

"아, 차를 마시고 있었구만요."

그는 책상 위의 커피잔에 눈길을 한 번 주더니 막 합창 지휘를 시작하려는 사람처럼 양팔을 들어 벌리고는 소파에 앉는다. 등받이에 허리를 대며 "아이고" 하는 안착의 소리도 빼놓지 않는다. 그것은 길고 지루한 포교의 시작을 알리는 발어사이기도 하다.

"강선생 눈 밑이 검은 걸 보니 심장이 안 좋은 것 같던데, 커피를 너무 자주 마시는 것 아녜요?"

내가 일어서서 자기 쪽으로 가는 동안에도 학과장은 말을 멈추지 않는다.

"그러지 말고 녹차로 바꾸세요. 건강에도 좋고 또 내수산업도 돕고, 외화도 안 쓰지, 일석삼조예요."

그다음에는 녹차의 종류와 음용법에 대해서거나 아니면 차를 비롯한 우리 문화의 멋과 우수성에 대한 강의일 것이다. 과연 그는 내가 맞은편 소파에 앉자마자 두 손을 가슴께로 잡아서 모아 흔들며 "아, 녹차란 말이죠"라고 운을 뗀다. 손을 모으면 저절로 모아지게 돼 있는 이마의 주름도 함께 꿈틀거린다.

학과장의 말은 길어질 것이 틀림없다. 나는 그의 말을 경청하기 위한 준비로 담배를 꺼내 불을 붙인다. 담배의 맛은 첫 모금에 있다. 첫 모금을 들이마신 뒤 나는 다리를 꼬고 소파 깊숙이 몸을 기대고는 준비됐다는 표정으로 학과장을 쳐다본다. 학과장은 정지화면처럼 가만히 있다. 못마땅하고 불쾌한 얼굴이다. 나는 담배 연기를 옆으로 내뿜은 뒤 그제서야 공손하게 담배를 권한다. 그러나 그는 오래전에 끊었다고 쌀쌀하게 대답하더니 몸을 일으킨다.

“거, 환기 좀 시키세요.”

건강을 염려해주는 잔소리 한마디는 잊지 않는다.

나는 다시 책상 앞으로 가서 앉는다.

생각 없이 벽에 걸린 액자에 눈길을 준다. 설립 정신이라는 제목 아래에 세계 평화와 인류 문화 발전에 기여할 인재를 키우겠다는 틀에 박힌 말이 틀 속에 들어 있다. 책상 위로 시선을 내려도 무겁기는 마찬가지이다. 제목, 생활용수 십 퍼센트 줄이기 범국민 운동 참여의 건. 전 직원은 학교와 가정에서 생활용수를 절감 사용할 수 있도록 생활화하고 학과장은 학생들에게 지도하여주시기 바랍니다.

내 마음속에 화창한 봄날 오전에 대한 찬미가는 이미 사라지고 없다.

계획서와 보고서를 쓰기 위해서 컴퓨터 가까이로 의자를 끌어당긴다. 컴퓨터를 켜고 바탕화면이 뜨기를 기다리는 동안 무심히 창밖을 본다. 멀리 공사 현장의 철근 골조와 그 위에 흐르는 하늘을 보면서 문득 한 손이 가슴 쪽으로 올라간다. 심장이 빨리 뛰는 게 손안에 느껴질 정도이다. 학과장 말이 맞다. 심장에는 커피가 좋지 않다.

2

연구실 문을 잠그다가 나는 교무과의 공문을 떠올린다. 출강 카드 날인을 철저히 이행하라는 내용이었다. 다시 연구실로 들어가 출강 카드를 챙겨든 다음 강의실로 향한다.

강의실에 한 발 들어서자마자 눈앞이 노래진다. 현기증이다. 햇살이 가득한 운동장을 가로질러 갑자기 실내로 들어온 탓이라고 생각하고 가볍게 교탁에 기대본다. 그러나 겨드랑이에 식은땀이 느껴지고 다리가 후들거린다. 감기 기운인 모양이다.

몸이 제 무게 그대로 한껏 아래로 처져내리는 무력감은 그만두고라도, 강의를 할 때 다음 이어질 말을 놓치고 멍하니 서 있는 일이 많아 여간 곤혹스럽지 않다. 그렇게 멍하니 서 있으면 학생들은 갑자기 조용해지며 내 수업에 대단히 집중을 한다. 정작 말을 잇기 시작하면 다시 잡담이나 낙서 따위의 하던 짓을 계속하지만 말이다.

학생들 자리에서 두 번인가 세 번쯤 호출기가 울렸을 때를 빼고는 중간에 끊어지는 일 없이 강의를 끝냈다. 연구실로 돌아와서는 소파에 털썩 주저앉고 만다.

전화벨이 울려 팔을 뻗는데도 어깨가 시큰거린다. 집에 돌아가 쉴 생각뿐이다. 전화 건 사람이 누구든 무슨 용건이든 미리 거절할 작정으로 내 목소리는 무척 사무적이 된다.

"여보세요."

"……목소리가 왜 그래?"

현석이다.

"잘못 건 줄 알았어."

대답 대신 나는 어깨를 축 늘어뜨린다.

"저녁에 약속 있어?"

"몸이 좀 안 좋아. 들어가서 쉬려고."

"그래? 그럼 다음에 전화할게."

"응."

더이상 할말이 없어진 우리는 침묵한다. 어디가 아프냐고 묻지 않는 게 현석의 부담 없고 산뜻한 성격이자 이기적인 면이다. 그는 전화를 건 용건이 끝났다는 사실을 받아들이는 데 침묵을 쓰고 있을 뿐이다. 그렇다고 선뜻 전화를 끊어버리는 것도 아니다.

그가 정 만나기를 원한다면 나는 그렇게 할 것이다. 현석도 그걸 알고 있다. 그러나 그는 한 번 거절당하면 마치 사실은 자기도 그 일을 별로 원하지 않았다는 듯이 냉정해진다. 자기가 받아들일 준비가 되어 있지 않으면 어떤 상황이든 새로운 방식으로 대처하지 않는 것이 현석이 자기 이미지를 지키는 방법이었다. 나 역시 주어진 상황이 나쁘더라도 견디는 쪽이지 새로운 기대를 품고 타진하는 성격은 못 된다.

"그럼 끊을게."

내가 말한다.

"그래. 잘 쉬어."

기다리기라도 했다는 듯 그가 먼저 전화를 끊는다. 그 단호함에서는 과장이 느껴진다. 현석의 마음속에는 언제나 망설임이 들어 있다. 그가 단호할 때는 자기를 숨기려 할 때이다. 며칠 전에도 그랬다.

3

그는 먼저 와 있었다.

진초록의 폴로셔츠 위에 밝은색의 마 재킷을 걸쳐 입은 그의 모습은 금방 내 눈에 들어왔다. 카페 안은 조금 어두웠다. 그의 긴 손가락 안에서 타고 있던 담배 연기가 벽에 걸린 패널 위로 희미하게 올라가는 게 보였다. 릭턴스타인의 〈물에 빠진 소녀〉 아래. 그가 앉는 곳은 늘 그 구석자리이다.

입구에 들어설 때부터 이미 우리는 눈이 마주쳤다. 그러나 그의 표정에는 아무 변화가 없다. 내가 자리로 가 앉기까지 시선이 물끄러미 나의 움직임을 따라올 뿐이다. 그의 얼굴은 언제나 투명하다. 손바닥을 대면 그대로 통과해버릴 것만 같다.

내가 앞자리에 가 앉아도 그는 인사말 같은 건 건네지 않는다.

짧은 순간 시선이 내 블라우스 단추와 목 근처에 머물더니 그대로 창밖을 향한다. 그가 내 옷차림을 마음에 들어하며 자신이 선물한 목걸이를 걸고 있다는 데 만족하고 있다는 뜻이다.

현석이라는 이름도 그렇지만 갸름한 얼굴에 긴 속눈썹, 날카로운 콧날을 가진 그에게는 모조 석고상처럼 어딘가 자연스럽지 않은 가공의 분위기가 있다. 하얀 손으로 이마 위로 흘러내린 머리카락 몇 올을 쓸어올린 다음 허공을 보는 쌍꺼풀진 눈 속에는 소녀 취향의 우수가 어리곤 한다. 마흔이 가까운 나이인데도 그의 별명은 중학생 때 이래 한결같이 미소년이다. 그 인상이 너무 고정적이라서 다른 상상력이 가동되지 않는 것이다.

그는 한때 소녀들이 노트 구석에 그려놓았던 순정만화풍의 남자 주인공 같다. 그것을 그렸던 소녀들은 나이를 먹어 아줌마가 되고 할머니가 되지만 소녀들이 사랑한 주인공은 늙지도 죽지도 않고 낡은 노트 속에 옛 모습 그대로 남아 퇴색해간다.

현석은 자신이 그런 인상으로 보여지는 것을 좋아하지 않는다. 남에 의해 그려진, 아름답지만 나약한 자기의 모습을 싫어했다. 그러나 어떻게 한들 자신의 용모가 강인한 인상을 줄 수 없다는 사실도 알고 있었으므로 그는 나약함을 감추기 위한 한 방법으로 언제나 시니컬한 표정을 짓는다. 그 의도가 늘 성공을 거두는 것은 아니다. 냉정하고 거만해 보이는 표정 어딘가에 부자연스러운 자기 불안이 드러나는 순간이 있다. 그때마다 나는 냉소로 위장된 소심함이란 바로 저런 표정이구나 하고 생각하곤 한다.

어떤 소설의 작품 해설을 읽다가 등장인물의 성격을 설명하는 한 구절에서 눈길을 멈춘 적이 있다. '미남이고 지적이지만 소심한……'. 너무나 흔해빠진 말이었지만 현석을 떠올리니 그럴듯한 통찰이라는 생각이 들었다. 미남인데다가 지적이기까지 한 사람은 타인의 시선으로부터 자신을 숨기기가 쉽지 않다. 그러므로 소심해지는 것 말고는 딱히 자기를 방어할 방법이 없을지도 모른다.

종업원이 커피와 치즈케이크 한 쪽을 멜라민 쟁반에 담아 가져왔다.

커피를 마시면서 현석이 짐짓 아무것도 아니라는 듯이 물었다.

"토요일 새벽에 누구하고 통화했어?"

"토요일? 글쎄. 전화했었어?"

"전날 저녁에 한 번, 새벽에 한 번."

"그렇게 늦게 왜?"

현석은 뜻 없이 티스푼을 들어 커피를 한 번 저었다.

그는 내게 무리한 요구를 한 적도 없고 격 없이 굴지도 않는다. 새벽에 전화를 건 적은 한 번도 없었다. 나는 그런 뜻에서 한 말일 뿐인데 그는 나 스스로 '늦었다'고 표현하는 시각에 통화를 한 사람이 자기가 아니라는 데 어쩔 수 없이 불쾌함을 느끼는 모양이었다. 하지만 더이상 캐묻지는 않았다.

나 역시 변명을 늘어놓을 생각은 없다. 누구하고 통화를 했든 상관없이 나는 상대의 이름을 댔을 것이다.

그런데 순간 기억이 난 토요일 새벽의 전화 상대는 애리였다.

“아마 파리에서 온 전화였을 거야.”

“……”

“동생한테, 그러고 보니 참!”

나는 커피잔을 내려놓고 나서 포크로 케이크를 찍었다.

“오늘이 걔 생일이네. 잊어버리고 싶은데 부활절에 태어나서 잊어버릴 수도 없어.”

애리의 이야기가 나오자 현석의 표정이 잠깐 어색하게 굳었다가 풀어졌다.

“엽서라도 한 장 보냈어?”

“아니. 대신 이렇게 생일 케이크를 먹어주잖아.”

또다른 애인의 존재는 물론이고 나는 애리에 대해서도 현석과 자연스럽게 얘기를 한다.

하나뿐인 동생과 연적이 되었다는 것은 어이없는 일이다. 게다가 지금 현석이 내 앞에 앉아 있는 걸로 치자면 나는 누가 보더라도 열두 살이나 어린 동생에게서 첫사랑을 빼앗은 가당찮은 언니이다. 그가 애리의 지도교수가 되기 십여 년 전에 이미 나의 동급생이었다는 사실은 변명이 될 수 없다.

나는 동생의 첫사랑을 애인으로 삼은 데 대해 죄의식을 자청하지는 않는다. 그애의 첫돌 때 아버지와 새어머니는 두 가지 선물을 샀다. 애리에게 준 것은 금팔찌였다. 내 몫으로는 착한 언니가 되어달라는 뜻에서 오십 권짜리 문학 전집이 주어졌다. 애리는 때때로 팔을 한번 흔드는 것만으로 부모를 즐겁게 만들 수 있었다. 그러는 동안 나는 아주 많은 시간 혼자 책을 읽어야만 했다. 책을 읽어가면서 나는 점점 그것이 우리 각자에게 주어진 삶이란 걸 깨치게 되었다.

마치 서로에게 별다른 의미가 없는 것처럼 심상하게 얽혀 짜여 있지만, 이 삶 속에서 누군가의 적이 되지 않고 살기란 불가능한 건지도 모르는 일이다.

4

밖으로 나오니 벌써 어두워져 있었다.

환하게 불을 켠 남산타워가 눈앞을 가로막았다. 우리는 유엔빌리지 쪽의 언덕길로 올라갔다. 현석이 자주 가는 카페 '인 마이 메모리'는 언덕이 끝나는 곳에 있다. 1970년대의 배우로서 은막의 귀퉁이를 장식했던 주인 여자가 자기의 한창때 사진으로 한쪽 벽을 도배해놓은 곳이었다. 자신의 좋은 시절을 흘러가버린 과거에만 국한시켜놓고 그것을 돌이키지 못해 탄식하는 한물간 사람들의 회고 분위기는 그리 탐탁지 않았다. 그러나 낯선 장소를 싫어하는 현석의 행동반경 안으로 몸을 움츠리는 데에 이의를 제기할 마음은 없었다.

우리는 흰살생선 커틀릿을 안주로 모젤 와인을 마셨다. 병을 거의 다 비울 때쯤이 되자 현석의 표정이 한결 부드러워졌다. 눈가가 조금 상기되고 훨씬 자주 웃음을 지었다. 등받이에 기댄 채 탁자 아래에서 가볍게 다리를 떠는가 하면, 머리카락을 쓸어올린 다음에도 허공을 보지 않고 대신 내 얼굴을 바라보았다.

아까부터 현석은 와인 잔을 만지작거리고 있었다. 엄지를 잔의 굽에 받치고 숫자를 세듯이 나머지 손가락을 하나씩 하나씩 유리 기둥에 갖다대기를 반복하는 그의 하얀 손가락을 바라보며 나는 그가 나를 안고 싶어한다는 것을 느꼈다.

하지만 그는 망설일 수 있는 데까지는 망설인다. 결국은 자기가 그 제안을 하지 않을 수 없으리라는 것, 그리고 그 제안이 흔쾌히 받아들여질 것을 알면서도 스스로에게 격식을 차린다. 그의 수고를 덜어준답시고 내 쪽에서 먼저 제안을 할 수도 없다. 자기의 속마음이 간파당하는 것을 지독하게 싫어하기 때문이다.

섹스에 대한 내 생각은 꽤 고결한 편이었다. 사랑의 감상적인 미지이며 또 고급한 마지막 지점이라고 생각하고 있었다. 그러나 현석이 망설이는 것을 보고 있자면 상대적으로 내가 안달난 사람처럼 느껴져 좋은 기분은 아니었다.

"나가서 걸을래?"

마침내 현석이 자리에서 일어났다. 바지 주머니에 손을 집어넣고 계산대로 다가간 그에게 주인 여자가 조금 전 앉았던 테이블을 가리켰다. 계산서를 놓고 온 것이다. 내가 계산서를 가져다가 그에게 건네주었다. 손가락이 닿는다. 그의 손이 뜨거웠다.

5

바람이 시원했다. 걷자는 말은 단지 핑계였지만 정말로 좀 걷고 싶은 생각이 드는 바람이었다. 주택가 어느 담장을 넘어온 목련향이 바람에 섞여서 불어오고 있었다. 나는 택시 정류장 쪽으로 가려는 현석의 팔을 붙잡았다.

"좀 걷고 싶은데, 저쪽 골목까지만."

내 말에 그는 손목시계를 한 번 내려다보았다. 마지못해 걸음을 옮기지만 입을 꾹 다물고 있었다.

나는 현석의 팔을 끼고 어깨에 얼굴을 조금 기댔다. 그것은 이제 우리가 함께 향해 갈 밀회의 시간을 확보한 데 대한 여유이고 그전 단계로서의 친밀의 유희이기도 했다. 그에게서는 질 좋은 오드콜로뉴와 담배를 지니고 있는 사람에게 배어 있는 어떤 종류의 나무 냄새, 그리고 아주 희미한 방충제 냄새가 났다.

내가 감상적이란 사실은 노래에 대한 취향에서 금방 탄로가 난다. 내가 좋아하는 것은 이른바 올드 팝이다. 애인에게 반지를 사주기 위해 자동차경주에 나간 가난한 토미는 부서진 차 안에서 죽어가며 노래한다. 로라에게 전해주세요. 내가 사랑한다고. 〈텔 로라 아이 러브 허〉. 그리고 '아이 러브 유'를 열네 번이나 연거푸 속삭이는 샘 쿡의 〈포 센티멘털 리즌스〉. 현석은 그중 한 가지도 아는 노래가 없다. 그가 멜로디를 알아듣는 팝은 엘턴 존의 〈투나잇〉이나 영화 〈페드라〉의 주제곡처럼 고전음악을 편곡한 것 정도이다.

"당신 〈아웃 오브 아프리카〉 주제곡 알아?"

"글쎄."

"모차르트 클라리넷인데."

"그랬어?"

"그럼 〈마농의 샘〉 주제곡은? 베르디 곡이야."

"모르겠는데. 영화를 별로 안 보니까. 당신은 영화 좋아하던가?"

"희곡 전공이잖아. 영화 보는 것도 내 일이야. 어제도 시사회에 갔었고."

"어제?"

얼마 전 다른 영화의 시사회에 갔을 때였다. 으레 그렇듯 처음 보는 이런저런 사람들과 인사를 나누게 되었다. 그중에는 자기 자랑이 심하고 약간 유들유들한 영화 기획자도 있었는데 이름은 잊었지만 그의 손가락에 끼워져 있던 노골적이고 요란한 반지의 광택만은 기억에 남았다. 그 남자가 학교로 부쳐온 영화 시사회 티켓을 보고 맨 처음 떠오른 것은, 그러나 그 남자의 넓적한 얼굴도 아니고 반지도 아니고 윤선이라는 친구였다.

윤선은 자신에게 문화적 충격이 필요하다고 입버릇처럼 부르짖었다. 실은 문화적 충격과 일탈에의 충동을 혼동하고 있었다. 때로는 기분전환과 혼동하기도 했다. 내가 전화를 했을 때 윤선은 딸을 유치원에 보내놓고 문화센터에 갔다 돌아와서 케이블 텔레비전의 문화예술 채널을 켜놓고 신문 문화면에서 쇼핑 정보를 뒤적이던 참이었다. 윤선은 당장 집을 뛰쳐나와서는 곧 있을 문화적 충격에 대비하는 의미로 오징어와 팝콘을 사들고 극장 앞으로 나를 만나러 왔다. 영화를 보고 나오니 그 남자가 입구에 서 있었다.

"뻔하지. 당신 만나려고 티켓을 보냈으니까."

현석이 처음으로 대꾸를 했다.

"그건 아니야. 내가 애인하고 올 줄 알았다고 하던데. 여자친구하고 와서 뜻밖이라고, 저녁 먹을 때도 몇 번이나 그 말을 했어."

"저녁을 같이 먹었던 모양이지?"

"윤선이가 사겠다고 붙잡았거든. 술도 잘 못 마시는 애가 무리를 한다 싶더니 결국 취해버리데. 하긴 그때가 한시 정도는 됐을 거야. 그 남자는 택시 잡아주는 거 보니까 아주 멀쩡하던데."

"나한테 그 이야기를 왜 하는데?"

현석은 얼굴과 목소리가 얼음처럼 차가워져 있었다. 아마 내가 속마음을 떠보려 한다고 생각하는 모양이었다. 물론 오해였다. 나는 그렇게 간단히 들켜버릴 전략을 짤 만큼 소박한 사람도 아니었고, 호텔을 향해 가면서 다른 호텔이 더 좋더라는 말을 할 만큼 눈치가 없지도 않았다. 고귀한 제왕의 질투심을 자극하여 사랑을 구하려는 비천한 궁녀의 신분은 더욱이 아니었다.

뒤늦게 내가 현석의 질문 아닌 질문에 대답을 했다.

"재미없었어?"

"아니. 당신 얘기는 늘 재미있어."

그 말을 끝으로 현석은 입을 다물어버렸다. 그때부터 우리의 걸음은 골목을 어서 빠져나가기 위한 목적을 갖고 빨라지기 시작했다. 현석은 피곤한 표정을 짓더니 담뱃갑을 찾는 척하면서 내게 잡혀 있던 팔을 빼내버렸다. 그 감정 소모에 대한 불쾌함과 피로는 짧은 순간 내게로 이입되었다.

그가 다시 손목시계를 보았다.

"열한시가 넘었네."

호텔에 가기엔 늦은 시각이라는 뜻이었다. 더 늦게 호텔을 찾아간 적이 없는 것은 아니었지만 지금은 시간이 늦어지는 데 따르는 번거로운 일들을 감수할 마음이 없어진 거였다.

내가 먼저 택시 정류장에 가 섰다. 정류장의 쇠기둥에 기대서 있는 그의 얼굴 위로 가로등 불빛의 음영이 멋지게 드리워졌다.

말없이 택시가 올 방향으로 고개를 돌리고 선 나와 현석 사이에는 적어도 이 미터가 넘는 간격이 벌어져 있었다. 불과 몇 분 전 서로에 대한 욕망으로 얼굴을 붙이고 걷던 관계라고 하기에는 다소 민망한 간격이었다.

우리의 뒤로 한 쌍의 연인이 와서 줄을 만들며 "여긴 차 잘 안 와. 저쪽으로 가자니까" "그냥 기다리자. 우리가 두번짼데 뭐" "아냐. 세번째 같은데?" 하고 조잘댔다.

택시 한 대가 왔다. 현석이 팔을 앞으로 내밀며 내게 먼저 타라는 몸짓을 했다. 그러고는 내가 택시 안으로 들어가자마자 멀리 교차로 쪽으로 고개를 돌려 자기가 탈 택시를 기다리는 자세를 취했다. 내가 쳐다보고 있다는 것을 모른 척하기 위해서 진지한 동작으로 택시를 기다리는 그의 모습은 마치 고도라도 기다리는 것처럼 연극적이었다.

6

택시는 강을 끼고 달렸다.

강변로를 따라 늘어선 기다란 빛의 행렬, 그 빛이 강물 속에서 수초처럼 젖어 흔들렸다. 마치 세상이 잠든 시간을 틈타 밤이 물속에 불빛을 담그고 그 광기를 조금씩 헹궈내는 것 같았다. 나는 차창을 내리고 담배를 피워 물었다.

현석에게 다른 애인의 존재를 감추지 않는 것은 조심성이 없거나 질투를 유발하기 위해서가 아니다. 우리가 미래에 대한 부담이 전혀 없는 관계이며 언제라도 원할 때에 자기의 감정을 철회할 수 있는 매력적인 관계라는 암시일 뿐이다.

현석은 물론 거기에 동의한다. 독신주의자인 그에게 나의 다른 애인이란 연적이라기보다 동업자인 셈이었다. 그들의 존재는 우리가 현석의 독신주의를 침범하는 관계로 발전하지 않도록 해주는 일종의 카르텔인 것이다. 현석은 자신이 그들을 질투할 수 없다는 것을 잘 알고 있다. 그러나 나의 다른 애인의 존재는 책임의 측면에서 그를 안심시키는 동시에 독점이라는 측면에서는 그를 불안하게 만들었다. 그는 그것을 인정하고 싶어하지 않았다.

7

사이드 테이블 위에 놓인 디지털시계의 01:35라는 숫자가 파란빛을 내쏘고 있다. 연구실에서 현석과 통화한 뒤 곧바로 집에 돌아와 침대로 들어갔으니 네댓 시간은 잔 셈이다.

거실로 나가 커튼을 젖힌다. 창문을 열자마자 누군가 울고 싶어 못 견디는 몸부림의 기운이 훅 끼쳐온다. 허공 군데군데에서 이미 축축한 오열이 느껴지기도 한다. 어느 것이 먼저랄 것도 없이 내가 창문에서 등을 돌리는 순간 마침내 쫘악, 하고 비가 쏟아진다.

뜨거운 물로 샤워를 하고 나온 뒤까지도 빗발은 끊이지 않고 있다.

배스 타월로 몸을 감싸고 거실 문에 기대선 채 빗소리를 듣는다. 코끝으로 딸기향이 스민다. 애리가 선물한 스트로베리 버블스를 썼던 것이다. 딸기향은 현석이 좋아하는 향이다. 샤워를 하고 나오면 내 목덜미에 코를 비비면서 과자 냄새가 난다고 눈을 꾹 감곤 했다. 그가 오지 않는 날은 스트로베리 버블스를 쓰는 일이 없다. 그러나 오늘은 그를 생각하기 위해 그 샤워 젤을 썼다.

한 애인을 위해서 한 가지 향기를 남겨두는 것은 각 애인들에 대한 내 나름의 순정이다. 내가 여러 종류의 향수를 쓰는 것도 그런 이유에서이다. 애인을 만나러 갈 때마다 그가 좋아하는 향수를 기억해서 뿌릴 줄 아는 나의 인지 및 분류 능력을 나는 늘 기특해 한다.

애인이 떠나면 나는 한동안은 그를 만날 때 쓰던 향수를 쓰지 않는다. 그러므로 그들이 떠난 뒤 내가 처음 하는 혼잣말은 '향수를 바꿔야겠어'이다. 언제나 우리의 만남에 동반하던 향기를 맡지 않으면 이미 휘발돼버린 그의 존재를 그리워하지 않는 데에도 도움이 된다. 사랑은 순간에 머무는 자극이고 또 기분일 뿐인지도 모른다.

언젠가 그런 일이 있었다. 한동안 쓰지 않았는데도 헤어진 애인이 좋아하던 향수 냄새가 어디선지 떠나지 않는 거였다. 그 냄새가 너무나 강렬하게 그의 기억을 불러일으켰으므로 나는 고통스러웠다. 화장대 구석에 놓여 있던 그 향수를 병째로 갖고 나가 집 밖 쓰레기통에 버렸다. 그런데도 냄새가 사라지지 않았다. 알고 보니 그 냄새는 시곗줄에서 나고 있었다. 손목 안쪽에 뿌렸던 향수가 시곗줄에 배어 있었던 모양이다. 그뒤로 나는 시계를 찬 채로는 향수를 뿌리지 않는다.

냉장고 안에서 캔맥주를 꺼낸다. 걸을 때마다 맨몸에 조여드는 배스 타월의 개운한 탄력이 좋다. 맥주 캔을 들고 빗소리가 들리는 창가로 간다. 머리카락을 닦을 수건도 가져간다.

어느 집의 열린 문틈으로 두시를 알리는 라디오 시보가 들려온다. 비 오는 거리를 내려다보며 젖은 머리를 털고 있는 새벽 두시.

잠이 오지 않는 사람에게는 밤이 너무 길다.

이런 밤에는 끊임없이 생각할 수 있도록 애인이 더욱 많았으면 좋겠다.

스완 모텔

1

현석과 만나기로 한 수요일은 아침부터 몹시 분주했다. 오전 수업이 있었고 오후에는 한 단체에서 준비하고 있는 영화 포럼의 사전 준비 모임에 가야 했다. 은행에도 들러야 했고 얼굴을 내밀어야 하는 결혼식도 있었다. 내 논문을 책에 수록하겠다는 출판사에서 자세한 경력을 작성해 보내달라는 독촉 전화가 오기도 했다. 계속해서 몸이 무거웠지만 병원에 들를 시간까지는 없을 것 같았다.

볼일을 다 마치고 집으로 돌아오니 약속 시간까지는 두 시간밖에 남아 있지 않았다. 아직 처리하지 못한 일은 한 가지, 출판사에 팩스를 보내는 일이었다. 컴퓨터 앞에 앉아 문안을 작성하는 일로 삼십 분을 보냈다. 프린트를 하고 팩스를 켰다. 그러나 팩스는 계속 에러 메시지만을 내보내고 작동이 되지 않는다.

상가 문방구에 가면 팩스를 보낼 수 있다. 십오 분밖에 걸리지 않을 것이다. 그러나 샤워를 하고 외출 준비를 하는 데에는 사십 분 정도가 필요하다. 약속 장소까지는 사십 분쯤 걸리는 거리였다. 십 분이 남지만 나는 그 시간을 세차하는 데 쓰려고 했었다. 그렇게 되면 팩스를 보낼 십오 분은 없는 것이다. 팩스를 보내는 것과 세차 중 한 가지밖에 선택할 수 없다.

현석은 꼭 필요한 경우가 아니면 차를 가지고 나오지 않는다. 오늘도 역시 그럴 것이다. 나는 세차를 택했다. 그동안 한 번도 원고 마감을 어겨본 적이 없었지만 내게는 현석을 기다리게 만들지 않고 또 깨끗한 차에 태우는 일이 더욱 중요했다.

약속 장소에 나는 일 분 전쯤 도착했다.

현석에게서 연락이 온 것은 십 분이 지나서이다. 호출기가 울릴 때 나는 이미 현석이리라는 짐작이 갔다. 액정에 찍힌 것은 역시 현석의 번호이다. 이 찻집은 탁자마다 전화기가 놓여 있다. 전화기를 들기 전에 나는 맞은편 자리의 젊은 연인에게 잠시 눈길을 준다.

"일이 생겨 못 나가겠는데, 괜찮겠어?"

현석의 말은 간결하다. 구차한 설명을 하지 않는 성격이라는 게 다행이었다. 설명이 길어지면 변명같이 들리고, 지나친 배려를 받을 때와 마찬가지로 은근히 기분이 나빠지게 마련이다. 전화를 끊자마자 나는 종업원을 불러 커피를 주문한다.

약간 신맛이 나는 코나 커피의 향이 무척 좋다. 부산하게 몸단장을 마친 나와 내 차가 처량하다는 생각은 얼마 안 가 사라진다. 못 만나게 되면 바로 그런 생각이 들곤 한다. 하긴 만나면 뭐해. 머리 맞대고 해결해야 할 급한 일이 있는 것도 아니고.

한동안 창밖을 보며 천천히 커피를 마시는데 다시 호출기가 울린다. 가방 안에 손을 집어넣으며 나는 내가 예상하지 않았던 다른 밤시간이 오고 있다는 것을 예감한다. 애인이 여럿이라는 건 어쨌든 시간을 보내는 데 유리하다. 그러나 아무리 애인이 여럿이라도 시간이란 채워지지 않는 것이다. 그것을 기억해야만 여러 명의 애인을 가질 자격이 있다. 애인이 여럿인데도 외로움이 사라지지 않아 괴롭다면 애인이 많아질수록 그 괴로움은 더할 수밖에 없다. 외로움의 해소는 애인과는 아무 관계가 없는 것이다.

호출을 해온 사람은 공식 모임 뒤의 술자리에서 서너 번 만났던 젊은 문화비평가이다. 단지 몇 시간을 함께 유쾌하게 보내줄 수 있는 술친구를 찾는 중인데 두번째까지 거절을 당했고 내가 세번째라며 그는 "거절해도 됩니다, 다섯번째까지는 전화 걸 데가 있거든요"라고 말한다. 물론 나는 그의 수고가 거기에서 그치도록 내가 있는 장소를 말해준다.

그를 기다리는 동안 커피를 또 한 잔 마신다. 잔 밑바닥에 조금 남아 있는 커피가 차게 식었을 무렵 또다시 호출기가 울린다. 현석의 목소리가 녹음돼 있다. 어디 있는지 연락 좀 해줘. 전화번호 남길게.

현석이 전화를 받는 장소는 음악이 꽤 시끄럽다. 술집인 모양이다. 내가 아직 약속 장소에 그대로 있는 걸 알자 시끄러운 음악 속에서 그의 목소리가 높아진다. 그리로 출발할게. 현석이 못 나온다는 전화를 했을 때 던진 마지막 말이 "괜찮겠어?"였다. 내가 대답한다.

"괜찮아."

"화난 거야?"

"아니. 누구 기다리고 있어."

전화는 쉽게 끊어진다.

우연과 선택의 구별은 쉽지가 않다. 내가 문화비평가로 하여금 네번째 전화를 걸지 않도록 한 것은 분명히 선택이다. 그러나 그 기회가 온 것은 우연이다. 만약 그가 아니라 오후에 만났던 포럼 준비 모임이나 결혼식에서 만났던 사람들, 혹은 원고를 받지 못한 출판사 직원, 아니면 윤선이나 또다른 친구인 경애, 누구에게서 연락이 왔다 해도 나는 그들을 만났을 것이다. 내가 선택한 것은 외출 준비를 하고 나온 밤을 술집에서 보내겠다는 항목이지 함께할 상대는 아니었다.

내 머릿속에는 이런 장면이 그려진다. 부부가 침대에서 사랑을 나누고 있다. 그때 전화벨이 울린다. 당연히 받지 않는다. 둘 중 누군가가 발가락을 뻗어 코드를 빼버린다. 일을 다 마친 다음 전화기 코드를 다시 꽂자마자 요란하게 울려대는 전화벨소리. 아버지의 부음이다. 자기들이 쾌락에 몸을 떠는 바로 그 순간 아버지가 돌아가셨다는 것을 알게 된 그들은 죄책감에 사로잡혀 운다. 특히 발가락으로 코드를 뽑았던 사람은 상대방에게 비난받을 것이 두려워 더욱 크게 통곡한다.

부부의 정사와 아버지의 죽음, 그 두 사건 사이에는 개연성도 인과관계도 없다. 그런데도 그 우연 때문에 죄책감을 느끼고 고통받아야만 한다면 그건 '근거 없는 비난의 오류'가 아닐까.

얼마 안 가 문화비평가가 문을 열고 들어선다. 누군가가 나를 만나기 위해 파랗게 면도를 하고 새로 다린 셔츠를 꺼내 입고 몇 번인가 시계를 흘깃거리면서 달려왔다는 사실은 어쨌거나 기분 좋은 일이다. 그가 앞자리에 앉자 누구에게선가 맡아본 적이 있는 셰이빙 로션의 향기가 짙게 풍긴다. 얼굴에 바른 지 삼십 분도 채 안 된 향기이다. 예의 있고 사려 깊은 사람이라면 그처럼 성의를 다함으로써 상대를 즐겁게 할 줄 안다.

현석은 그다지 중요하지 않은 자리에 가기 위해서 나와의 약속을 어겼을 것이다. 다시 전화한 것으로 보면 그 자리가 그다지 즐겁지 않은 모양이다. 차라리 나와 만나는 편이 낫지 않았을까 하는 생각을 계속하고 있었을 테니 당연한 일인지도 모른다. 그런 생각을 품고 있으면 그 자리는 보통 때보다 두 배는 즐거워야만 보통 때처럼 느껴질 텐데, 두 배나 즐거울 일이 세상에 있을 리 없기 때문이다.

그러나 나는 달랐다. 사랑하는 사람을 만나는 것이 첫번째로 즐거운 일이겠지만, 사람을 만날 수 있는 시간 전부에 언제나 그 사람만 만나고 있을 수는 없다. 내 모든 시간을 첫번째 즐거움의 수위로만 채우는 건 불가능하다. 그러므로 세번째, 네번째, 열한번째의 일에도 즐거움을 배당해야 한다. 그래야만 첫번째 즐거움의 무게에 대한 균형을 유지할 수 있다. 나는 문화비평가와 함께 가벼운 마음으로 술을 마신다.

2

약속대로 문화비평가는 내게서 유쾌한 몇 시간을 빌려갔을 뿐이었다. 그와 헤어진 뒤 나는 택시를 잡는다. 집 쪽으로 가는 것이 아니다.

"정릉으로 가주세요."

현석은 분명 집에 들어와 있을 것이다. 그렇지 않다 해도 상관없다. 꼭 그를 만나지 않아도 된다. 내가 갔었다는 사실만으로 그에게 내가 의도한 인상은 남길 수 있다. 열정의 이미지 말이다.

멀리 그의 집이 보이는 편의점 앞에 택시를 내린다. 편의점 앞의 공중전화에 카드를 집어넣는 내 마음은 그런대로 담담하다. 신호가 가기 시작한다.

"여보세요."

그의 목소리이다. 그제서야 그의 어머니가 받을 경우에 어떻게 해야 할지 전혀 생각해보지 않았음을 깨닫는다. 운이 나쁜 날은 아닌 것 같다.

"나, 당신 집 앞에 있어."

그는 놀랐는지 금방 대꾸를 하지 못한다.

"편의점 앞이야."

"거기 있어. 오래 안 걸려."

내가 전화기를 내려놓자 귓가에 유난히 소란스럽게 후루룩 짭짭 소리가 들린다. 편의점 앞에 내놓은 테이블에서 컵라면을 불려 먹으며 내 전화 내용에 귀를 기울이고 있던 여중생 둘이 갑자기 젓가락질을 빨리하고 있다.

나는 편의점 안에서 뜨거운 캔커피를 하나 사들고 나와 여중생들의 옆 테이블에 앉는다. 첫 모금을 마시자마자 속이 메스껍다. 잊고 있었던 감기 기운이 돌아오며 두통이 무겁게 머리를 짓누른다. 눈꺼풀에 잔뜩 힘을 주고 세 번쯤 감았다 떴더니 그 눈 깜짝할 사이 길 건너에서 횡단보도를 걸어오고 있는 현석의 모습이 나타난다.

현석은 푸른색과 회색이 섞인 얇은 니트 스웨터에 청바지 차림이다. 비누 냄새도 난다. 내가 앉아 있는 테이블로 다가온 그는 선 채로 잠시 나를 말없이 내려다보기만 한다. 여중생들이 내가 전화를 할 때처럼 또다시 귀를 쫑긋 세우고 숨을 죽인 채 천천히 컵라면을 먹는다.

"저쪽 상가로 가보자. 찻집이 아직 열었을 거야."

현석의 목소리는 약간 잠겨 있다. 속삭이듯 작게 나온다.

거기 비하면 내 말소리는 조금 큰 듯싶다.

"커피는 많이 마셨고, 그냥 어디 가서 좀 눕고 싶어."

여중생들의 휘둥그레지는 눈을 본 것은 다행히 나 혼자였다.

우리는 편의점 앞을 떠나 길을 건넌다. 찻집으로는 가지 않는다. 말없이 밤의 주택가를 걸으며 각자 생각에 잠겨 있는 것 같지만 사실은 아무 생각도 하지 않고 있다. 여관을 찾고 있을 뿐이다. 두어 번 택시가 우리 앞에 멈췄지만 그때마다 내가 고개를 저었다. 온몸에 힘이 하나도 없는 게 도무지 멀리까지 가고 싶지가 않았다.

정릉이라는 동네는 호젓하다. 우리가 마땅히 들어갈 만한 깨끗한 여관이 쉽게 눈에 띄지 않는다. 두 번인가 세 번인가 여관의 아크릴 간판을 보긴 했다. 그러나 더러운 창틀에 두텁게 앉은 먼지와 떳떳하지 않은 장소임을 증거하는 듯한 칙칙한 건물 벽이 우리의 걸음을 번번이 그냥 지나치게 만든다.

하는 수 없이 우리가 멈춘 곳은 '스완 모텔'이라는 간판 아래이다. 막다른 골목 안의 건물이었다.

현석은 여관의 검은 유리문을 열고 그 안에 이미 한 걸음 들여놓았으면서 새삼 동의를 구하듯이 나를 한번 돌아본다. 마지막 순간까지 자기 내면의 절차를 거쳐야만 하는 그를 매우 도덕적이고 점잖다고 칭찬할 마음을 갖기에는 나는 다리가 너무 아팠다. 그래서 짐짓 '구 수원장'이라는 조그만 입간판으로 고개를 돌려버린다. 스완 모텔로 바뀌기 전의 이름까지 알려야 할 만큼 단골이 많았다는 뜻일까. 좀 우스운 생각이 든다.

입구에 들어서자 조그만 창에 붙어 있는 요금표가 눈에 들어온다. 그 옆에는 '이용자 수칙'이란 종이도 붙어 있다. 그것을 읽는 사람에게는 전혀 관심이 없는 문제인데 잔뜩 모양을 낸 글씨이다.

"어서 오세요."

적당히 모르는 척해주는 게 더 좋을 텐데 주인은 너무 친절하다. 시선 둘 곳이 마땅찮아 되도록 먼 곳을 쳐다본 것뿐인데 내가 복도 안쪽을 살피는 줄 알고 재빨리 "수리 다 해서 깨끗해요"라고 설명을 덧붙인다. 현석이 우물쭈물하며 돈을 치르는 동안에도 "뭐 필요한 거 없으세요?"라는 말을 두 번이나 한다.

우리는 군데군데 얼룩이 진 벽을 끼고 걸어가서 복도 끝에 있는 방으로 들어간다. 좁고 어두운 방이다. 재떨이 속의 내용물과 목욕탕 수챗구멍의 냄새를 합해놓은 듯한 텁텁한 냄새가 콧속으로 스민다. 때묻고 색 바랜 벽, 간유리처럼 부연 사각 거울, 전등 스위치 주변의 벽지는 손때가 묻어 특히나 더럽다.

나는 이 퀴퀴한 낯선 방에서 무방비하게 알몸이 될 수 있을지 자신이 없어진다. 오늘밤과 같은 용도에서 볼 때 호텔과 여관의 차이는 단 한 가지, 청소 상태이다. 호텔은 누군가가 스쳐갔던 흔적을 깨끗이 청소하고 짐짓 새것처럼 만들어놓는 데 비해 여관은 그렇지 못하다. 이 장소에서 이루어졌던 타인들의 섹스를 떠올리지 않을 수 없게 만든다. 장소가 지저분하다는 것은 섹스 자체를 지저분하게 여기도록 강요하는 점이 있다. 그중 하나가 되기 위해 이 장소에 도착한 자신까지도 말이다.

현석이 욕실에서 샤워를 하는 동안 나는 베개 두 개가 나란히 놓인 침대 모서리에 걸터앉아 열심히 텔레비전을 본다. 이 장소에 빨리 적응하기 위해서 브라운관의 빛만 쳐다볼 뿐이다. 현석은 지루할 만큼 샤워를 오래한다. 기다리다가 그만 잠이 들어버린 적도 있다. 그때 잠에서 깨어보니 현석이 옷을 챙겨 입은 채 옆에서 잠들어 있었다. 그가 그랬던 것처럼 나도 그를 깨우지 않았다. 그리고 혼자서 그냥 호텔을 나왔던 것 같다.

물소리가 그친다. 조용하다. 부스럭 소리가 들린다. 섹스를 앞두거나 마친 수많은 사람의 몸을 씻어내는 동안 물이 하도 튀어서 아래쪽부터 썩기 시작한 여관의 욕실 문이 삐걱 소리를 내더니 이윽고 현석이 나온다. 짐작대로 옷을 다 입고 있다.

현석이 불을 끈다. 주위를 감싸고 있던 낯선 배경이 모두 사라진다. 창도 없는 방이었다. 옷이 하나씩 벗겨져 침대 아래로 던져지는 소리. 아직 물기가 남아 있는 그의 머리카락이 차갑게 내 이마에 닿는 느낌. 뜨겁고 축축한 입술.

여자들은 때로 일을 빨리 끝내기 위해 일부러 소리를 크게 지른다. 소리에 흥분하는 것은 남자뿐 아니라 여자도 마찬가지일 것이다.

그러나 섹스의 깊이는 계속 소리만 질러대는 단조로운 고음부 코러스에 있지 않다. 무반주 첼로 연주처럼 힘있고 유장하면서도 견딜 수 없도록 고독한 데 있다. 만약 섹스가 터질 듯한 환희의 코러스일 뿐이라면 인간은 쉽게 섹스의 바닥까지 도달해버릴 것이며 그 일을 평생 되풀이하고 싶어할 리도 없다. 가장 가깝게 합해지는 순간 가장 고독하게 분리되는 어떤 부조리한 동반—섹스의 순간에는 인간이라는 존재에 대해 알 것 같은 기분이 든다.

현석은 금방 잠이 들고 만다. 나는 침대 헤드에 붙어 있는 램프의 불을 켠다. 정육점의 진열장을 비추는 듯한 붉은 빛이 방안에 들어찬다. 내 몸과 합해지기 위해서 악수를 청하듯이 힘차게 앞으로 내밀어졌던 그의 교신기는 이제 제자리로 돌아가서 사타구니에 고개를 갸웃이 기대고 쉬고 있다. 얇은 분홍색 주름으로 끝이 돌돌 말린 채 이슬을 머금고 있는 모습이 장미꽃 봉오리 비슷하다.

무심코 눈을 치켜떠보니 머리맡 벽지에 엄지손톱만한 검은 점들이 흩어져 있는 것이 보인다. 그곳은 남자의 혀를 받아들이기 위해 먼저 입속의 껌을 꺼내야 했던 여자들이 누운 자세에서 최대한 팔을 멀리 뻗을 수 있는 지점이었다.

아련히 들리는 싸우는 소리, 이따금 복도를 오가는 묵직한 발소리, 멀리 개 짖는 소리, 끊어졌다 이어졌다 하는 전화벨소리. 마치 어딘가 알 수 없는 수상한 세계에서 들려오는 소리 같다. 이따금 어느 방에선가 흥분된 숨소리가 들려온다.

이마를 만져보니 땀이 흥건하다. 몸이 뜨겁다. 황폐한 곳에 버려진 작은 발광체처럼 나는 혼자 열을 내뿜으며 앓는다.

3

설핏 잠이 들었던 모양이다.

뭔가 얼굴을 스치고 지나가는 느낌에 눈을 뜬다. 현석이 나를 내려다보고 있다.

"웬 땀을 이렇게 흘려."

하면서 내 이마에 달라붙어 있는 젖은 머리카락을 두어 번 더 쓸어올려준다.

"열이 있는 것 같은데, 괜찮아?"

"괜찮아."

"물이라도 마셔."

이불 한쪽을 끌어당겨서 알몸을 가리고 일어난 현석이 생수병과 컵을 가지고 온다. 병마개를 비틀어 따서 물을 따라 내미는 그의 표정은 그러나 걱정스럽다기보다 조금 즐거워 보인다. 나는 물을 한 모금 마시고 다시 눕는다. 곁에 엎드려 내 얼굴을 내려다보는 현석의 입가에는 미소가 떠올라 있다.

그러나 어느 순간 현석의 얼굴에서 미소가 걷힌다. 초점 없이 뜨고 있는 그의 눈 속에는 바다 밑에 잠겨 흙이 쌓인 그물처럼 눈빛이 깊게 가라앉아 있다.

"무슨 생각 해?"

그 말을 하는데도 나는 두피와 뇌수의 접착이 헐거워진 듯 머릿속이 마구 덜컹거린다.

그가 낮게 대답한다.

"네가 병들었으면 하는 생각."

다음 말은 더욱 느리게 흘러나온다.

"약해 보일 때만 네가 내 것 같아."

"……"

현석이 턱을 괴었던 팔을 풀고는 반듯이 눕는다. 우리는 둘 다 아무 말 없이 천장을 노려보고 있다.

그는 내가 강하다고 생각한다. 현석뿐 아니다. 주변의 많은 사람들 역시 나를 자신 있고 강한 사람으로 본다. 하지만 언제나 잘못될 경우를 대비하여 자신을 완전히 던지지 않는 것을 강한 태도라고 할 수 있을까.

삶을 불신하기 때문에 늘 불행에 대한 예상을 하고 그 긴장을 잃지 않도록 거리를 유지하려고 애쓰는 것이 겉으로는 강하고 당당한 모습으로 나타날지 몰라도 실은 나의 가장 비겁한 면이다. 어떤 일에 자기의 전부를 바친다면 그것만으로 그의 삶은 광채를 얻는다. 하지만 나는 내 전부를 바친 일, 그 끝에 잠복하고 있을지도 모를 파탄을 감당할 자신이 없다. 그래서 언제나 나 자신의 삶까지도 관객처럼 거리 밖에서 볼 수 있기를 원하는 것이다.

현석이 나를 강한 사람으로 볼수록 나는 그 앞에서 강하게 보이려고 의식을 할 것이다. 그런 한편 그가 사랑하는 것은 비겁한 진짜 나가 아니라 내가 그에게 보이려고 한 작위적인 나일 뿐이라는 생각도 떨칠 수가 없게 된다. 그러므로 그가 아무리 나를 사랑한다 해도 나는 그 사랑을 믿지 않을 것이다. 안전 조끼를 입고 바다를 수영하는 모험심 없는 사람이 정복의 쾌감을 바랄 수는 없는 일이다.

현석이 몸을 일으키고는 담배를 찾아 문다. 나는 욕실에 들어가서 옷을 입고 나온다. 내가 침대에 걸터앉아 담배에 불을 붙일 때는 반대로 현석이 일어나 옷을 입는다.

꽤 오래전의 일이었다. 그날 나는 그때의 애인과 섹스를 끝낸 뒤 각자의 집으로 돌아가기 위해 옷을 입고 있었다. 무심코 얼굴을 들어보니 거울이 눈에 들어왔다. 거울 속에는 남녀가 등을 돌리고 서서 제각기 자기의 속옷을 끌어올리는 중이었다. 그들은 발을 집어넣을 구멍을 확인한 다음 번갈아 한 발씩을 집어넣었다. 그런 뒤 다시 몸을 구부려서 각자의 윗도리를 찾아 들고는 구부정하게 고개를 숙인 채 심각한 표정으로 옷을 이리저리 뒤집어보며 앞뒤를 가려 찾고 있었다. 그 우스꽝스럽고 비애스러운 장면은 오랫동안 내 기억에 남았다. 그후부터 나는 언제나 남자가 침대에 있을 때 먼저 일어나 옷을 입거나 아니면 아예 욕실에 갖고 가서 입고 나온다.

현석이 탁, 소리가 나도록 전등 스위치를 올린다. 방안이 환해지면서 처음 들어왔을 때와 똑같은 통속적이면서도 낯선 풍경이 되살아난다. 현석이 손목시계를 팔에 차려다 말고 중얼거린다.

"벌써 한시가 다 됐네."

뿌연 거울 앞에서 천천히 머리를 빗더니 그는 그 거울 속에서 내게 다시 말한다.

"혼자 갈 수 있겠어?"

그의 목소리는 평소대로 건조해져 있다. 아니 평소보다 조금 지나칠 만큼 냉랭하다. 자신의 감정을 은폐해야 할 일이 생겨났기 때문이다. 그가 들어가지 않았으니 그의 어머니는 혼자 집에 있을 것이고 물론 잠들어 있지도 않을 것이다. 그의 어머니는 환자였다.

현석에게서 어머니 병환 얘기를 들은 것은 지난주였던 것 같다. 병원에서 검진을 받았다는 말에 내가 결과를 물었다. 그는 간단하게 대답했다.

"수술해야 돼."

"큰 병이야?"

"……"

"어머니 신경 안 쓰도록 빨리 결혼해서 소원 좀 풀어드리지 그래."

위로하는 법을 잘 모르는 나는 일부러 농담을 던졌다. 현석은 얼굴을 찡그렸다.

"결혼할 마음 없어."

"왜?"

"나 같은 자식 낳을까봐서."

그러면서 그가 불현듯 나를 똑바로 쳐다보았기 때문에 나는 담배 연기를 얼굴로 내뿜으며 그의 말을 앞질러 막았다.

"그럼 나를 데려가지 그래. 난 애 못 낳잖아."

상대가 어색한 얘기를 꺼내려 하면 이렇게 나는 내 쪽에서 미리 비약해버림으로써 이야기의 핵심을 흐려놓을 때가 있다. 진지한 말을 농담으로 만들어버리는 것은 내 버릇이기도 하다.

현석도 농담조로 받았다.

"애 가져본 적 없단 말야?"

"응. 남편 애는."

"뭐?"

"사실은 남편 혼자 생각이었어."

나는 중절수술을 두 번 한 적이 있다. 그때의 기분이 어땠었는지 자세히는 기억나지 않는다. 기억할 필요가 없다고 생각하여 기억을 폐기해버린 것도 같다. 어쨌든 약간 참담했다. 생명에 대한 죄의식도 있었겠지만 그보다는 내게 맡겨진 운명을 받아들일 수 없는 처지라는 사실이 더 견디기 힘들었다. 그때 나는 겨우 수술비를 마련할 정도의 능력밖에 없었다. 아이의 생리적 아버지에게 의존할 생각은 없었고 그것이 결혼할 이유가 된다고도 물론 생각하지 않았다. 하지만 어쨌거나 나는 함께 아이를 만들었던 남자와 결혼했다. 그리고 비로소 낳을 수 있는 아이를 가졌을 때 바로 그의 발길질로 아이를 잃었다.

현석이 먼저 방문을 열고 나간다. 뒤따라 나가면서 나는 방문에 붙은 이용자 수칙 중 '주인 의식을 갖고 물건을 아껴 쓰자'라는 마지막 항목을 쳐다본다. 밑에는 '스완 모텔 백'이라고 박혀 있다. 눈앞에 스쳐가는 글자를 일일이 읽어야 하니 이 버릇도 여간 피곤한 게 아니다.

복도가 어둡다. 자주 겪는 일이지만 어두운 복도를 걸어나올 때는 뒤에 누가 서 있는 것만 같다. 갑자기 발밑에 뭔가가 밟힐 것 같기도 하다. 사실 발밑이 물큰하다. 느낌이 그런 것일 뿐이라고 생각했는데 내려다보니 고양이가 있다. 내가 건드려서 슬퍼졌다는 듯이 고양이는 "야옹" 하고 처량하게 울고는 꼬리를 흔들며 복도 끝으로 사라진다. 나는 또 한번 놀란다. 복도 끝 방의 문이 열려 있고 한 청년이 그 방에서 들고나온 듯한 맥주병과 휴지를 검고 커다란 쓰레기봉지에 담고 있다. 소리 내지 않고 쓰레기 비우는 법을 터득한 청년이다.

현석은 이미 복도 밖으로 나갔는지 뒷모습도 보이지 않는다. 스완 모텔의 간판이 달빛처럼 발밑을 비춘다.

4

깊은 밤 아파트 단지는 정적에 싸여 있다.

놀이터 구석에서 바람 한줄기가 불어오더니 얼굴을 가볍게 건드리고 지나간다. 그 바람이 수상한 물기를 머금고 있다. 하늘에는 별도 없다.

8동 입구를 향해 걸어가면서 내 방을 올려다본다. 903호. 당연히 불이 꺼져 있다.

아주 가끔이지만 혹시 저곳에 저절로 불빛이 돋아 있지 않을까 기대를 품는 일이 있다. 어설프게 취했던 어느 밤에는 영화 〈바그다드 카페〉에서처럼 마음속으로 '매직!' 하고 부르짖은 다음 고개를 발딱 젖히고 내 창문을 쳐다보았다. 마술은 통하지 않았다.

그런 밤 나는 정적을 깨는 내 구둣발 소리를 들으며 손뼉을 쳐 보기도 한다. 박수 소리는 밤의 평화에 저항하는 뜻 모를 구호처럼 또렷하게 제법 멀리까지 퍼진다. 나는 또각거리는 구두 소리 사이사이에 손뼉을 딱딱 쳐가며 혼자 컴컴한 아파트 안을 걸어간다. 그 리듬에 여러 가지 구호를 갖다붙이다보면 경비실 문이 벌컥 열리고 손전등 불빛이 나만의 밤의 시위를 중단시켜버리기도 한다.

그러나 오늘밤은 너무 늦어 발소리가 저절로 조심스러워진다.

침대 속으로 기어들어가며 시계를 보니 두시 오분이다. 알람 시계의 바늘을 여덟시로 맞춰놓긴 했지만 자신이 없다. '회의에 참석하셔야 해요' 하던 조교의 얼굴이 떠오른다.

꿈에 조교가 집까지 와서 깨웠지만 나는 일어나지 못했다.

나쁜 습관

1

아침에 일어나자마자 담배부터 찾는 것은 나쁜 습관이다. 더욱 나쁜 것은 담배에 불을 붙이면서 '이거 나쁜 습관인데'라는 생각이 들 경우이다. 그렇게 되면 건강뿐 아니라 담배의 맛까지도 손상이 된다. 세상의 모든 잔소리꾼을 원망하며 약간 성의 없이 담배를 피울 수밖에 없다.

나의 경우 담배의 맛은 피우는 자세와도 관계가 있다. 신문을 보거나 누군가와 얘기를 나누면서 피우는 담배는 기분을 낼 뿐이지 깊은 맛을 즐기는 것은 아니다. 타고 있는 담배를 손가락에 끼우고 술을 마시는 일도 그리 탐탁지 않다. 내가 즐기는 자세는 의자 깊숙이 몸을 묻고 두 무릎을 세운 뒤 팔꿈치를 무릎 위에 올려놓고 최대한 방심한 채 피우는 것이다. 의자는 안락해야 하고 옷은 적게 입을수록 좋다. 물론 혼자여야 한다.

지금 나는 알몸 위에 얇은 코튼 나이트가운 하나만을 걸치고 바로 그 자세로 담배를 피우고 있다. 그런데도 원하는 맛이 느껴지지 않는다. 며칠 동안 감기 기운이 있는 것을 그냥 내버려두었더니 어젯밤의 술로 더는 견디지 못하게 된 모양이다.

유리 재떨이에 담배를 비벼 끄고 일어나 화장실로 들어간다. 변기에 앉자마자 허벅지에 닿는 플라스틱의 감촉이 서늘하다못해 섬뜩하다. 물냄새마저 비릿하다. 나는 몸을 흠칫 떤다.

스웨터를 꺼내서 걸쳐 입고 다시 주방으로 나와 커피를 끓인다. 갈아놓은 원두가 커피통 밑바닥에 조금밖에 남아 있지 않다. 통 속에 들어 있던 계량 숟가락을 빼내고는 남은 커피 가루를 모두 여과지에 붓는다. 그리고 커피메이커의 플러그를 꽂은 뒤 식탁 앞에 앉는다.

커피가 끓기를 기다리며 신문을 펼쳐드는 시간. 이 시간은 하루 중 내 머릿속이 가장 단순할 때이다. 아침, 커튼 열기, 식탁, 신문, 커피…… 일상이 나를 일반적인 사람 중의 하나로 만들어준다.

유리 주전자 안으로 커피가 떨어지기 시작한다. 이상하다. 담배뿐 아니라 커피에 대한 입맛도 떨어졌는지 커피향이 그리 반갑지 않다. 체했을 때처럼 속도 거북하다. 그리고 보니 젖가슴이 조금

아픈 것도 같다.

내 시선이 문득 신문에서 떼어진다. 신문을 무릎 위에 내려놓고 식탁 옆의 벽에 붙은 달력을 올려다본다. 작년에 애리를 만나러 파리에 갔던 길에 함께 비엔나를 여행했었다. 그때 '샤카'라는 식당 옆의 서점에서 저 달력을 사주며 애리가 말했다. 언니, 달력을 선물하면 일 년 동안은 그 사람에게 기억될 수가 있어.

나는 달력을 한참 동안 멍하니 쳐다본다. 아름다운 비엔나 숲을 배경으로 한 그림 같은 집들 아래로 서른 개쯤의 검은 숫자들이 간격을 맞춰 납작하게 흩어져 있다.

어떤 여자들은 기록을 좋아한다. 각종 기념일은 물론이고 데이트한 장소, 함께 본 영화, 데이트와 영화 중 어떤 것이 더 좋았다 등 웬만한 것은 다 적어둔다. 만난 지 백 일째 되는 날 따위를 챙기는 것도 유행가 가사에서처럼 별걸 다 기억하기 때문이 아니라 메모를 해두기 때문이다. 그런 여자들의 수첩과 달력에는 으레 무슨 암호처럼 붉은 글씨의 M 자라든가 화살표 같은 게 적혀 있다.

그러나 내 달력은 동그라미 하나 없이 깨끗하다. 시간은 나를 통과해 지나가는 순간들의 체적일 뿐이다. 나는 아무것도 남겨놓지 않은 채 시간을 그냥 흘려보내는 편을 좋아한다.

이제야 기억난다. 그때 나는 애리에게 이렇게 대꾸했다. 그리고 일 년이 지나면 달력과 함께 버려지는 거니? 애리는 새 달력을 선물하면 된다고 깔깔 웃었다. 웃음을 그치고는, 일 년이 지난 뒤까지도 그 사람에게 기억되고 싶은 마음이 안 변했다면, 이라고 덧붙였던 것 같다. 어쨌든 내가 달력을 쳐다본 것은 뭘 적어놓았기 때문이 아니다. 내 머릿속에 스쳐간 생각을 스스로에게 확인시키는 몸짓에 지나지 않았다. 생리가 늦어지고 있다……

커피는 너무 진했다. 반도 마시지 않고 머그잔 속의 커피를 개수대에 부어버린다.

샤워를 하고 머리를 말린 다음 나는 옷장 문을 연다. 보통은 진바지나 짧은 원피스 같은 간편한 차림을 하지만 오늘은 목이 올라오는 차이나칼라의 보라색 블라우스와 옅은 아이보리색 투피스를 꺼내 입는다.

기분을 바꿔보려고 흰옷을 입는 게 아니다. 만약 생리가 시작되면 흰옷 때문에 난처해질 것이다. 그런 한편 임신이 아닌 게 확인되니 안심되는 일이다. 말하자면 작은 불운을 불러들임으로써 큰 불운을 막아보려는 장치인 셈이다. 복잡하게 생각할 일이 생겼다는 점에서 독신 여자에게 임신이란 확실히 행운 쪽은 아니다. 그러나 미리부터 심각할 필요는 없다.

차에 시동을 걸면서 나는 나무들이 온통 물이 올랐음을 느낀다. 아파트 화단에 꽃들도 한창이다. 벚꽃이나 개나리는 이미 초록색 잎이 많이 돋아났지만 이제 라일락과 영산홍이 차례를 맞은 듯 봄의 절정을 알리고 있다.

서초동에 있는 이 아파트에서 내가 근무하는 대학까지는 승용

차로 한 시간 반이 넘게 걸린다. 나는 그 시간을 지루하게 여겨본 적이 없다. 혼자이고, 달리고 있기 때문이다.

나날이 숲이 달라지는 것을 볼 수 있다는 건 괜찮은 일이다. 요즘 같은 봄날에는 멀리 산등성이를 뒤덮은 연두와 분홍색이 언제나 마음을 잡아끈다. 수채화 속에 뿌려놓은 파스텔 가루 같다고나 할까. 이따금은 과수원 옆을 지나칠 때 가속페달에서 조금 발을 떼고 속도를 줄인다. 4월에 국도를 운전하는 재미 중에 복사꽃과 배꽃 보는 즐거움을 빼놓을 수 없을 것이다. 복사꽃은 영락없이 미색 때문에 팔자를 망치고야 말 자태이다. 배꽃에서는 조금 다른 분위기가 연상된다. 초록 풀물이 배어 축축해진 흰 치마 같은 배꽃은 소박하지만 은근히 달라붙는 데가 있다. 모든 흰색이 좀 엉큼하듯이 말이다.

그러나 오늘은 꽃을 보는 마음이 그리 즐겁지 않다. 꽃은 생식 과정일 뿐이다.

2

언제나처럼 강당 뒤편의 구석자리에 차를 주차한다. 차문을 열고 내리며 스커트 뒤를 슬쩍 돌아본다. 그런 다음 눈썹을 한 번 치켜올림으로써 머릿속의 불안을 떨쳐낸다.

연구실 앞 벤치에 누군가가 앉아 있다. 부르는 소리가 들리는 듯했지만 무심코 지나친다. 나는 상대가 손까지 흔들어서야 그의 존재를 깨닫는다. 걸음을 멈추고 그의 얼굴을 쳐다본다. 내 표정은 한참이나 멍하다. 십 초쯤 쳐다보고 있으려니 그제서야 웃고 있는 남자의 얼굴이 확실히 망막 속으로 들어온다. 종태다. 이렇게 불쑥 나타나는 것만 보더라도 그일 수밖에 없다.

그는 갑자기 나타나는 것을 좋아한다. 내가 피곤하고 지쳐서 돌아오는 집 앞, 내가 잘 가는 카페의 구석자리, 내가 출장에서 돌아오기로 되어 있는 시각의 공항, 시간강사 시절 내 고물차가 세워져 있는 대학의 주차장, 오늘처럼 연구실 앞 벤치. 그런 곳에 예고 없이 모습을 드러내는 것이다.

아마 상대가 깜짝 놀라고 눈물을 글썽이기를 바라는 듯했다. 여자를 감동시키지 못하면 자존심이 상하는 사람 같았다. 그를 만나고 돌아오는데 '금방 다시 보고 싶어졌다'며 집 앞에 먼저 와서 기다리고 있던 일도 있었고, 내키지 않는 회식을 마치고 나오는 나를 술집 밖에서 기다리고 있다가 집까지 태워다주기도 했다.

나타나는 것만 극적인 게 아니다. 헤어질 때도 그는 차마 발길이 떨어지지 않게 만든다.

한참 동안 눈 속을 뜨겁게 바라보다가 이윽고 어려운 결단이라도 내린 사람처럼 한 번 눈을 꾹 감은 다음 긴 숨을 내쉬며 어깨를 끌어당겨 안는다든지, 아니면 흩어지지도 않은 내 머리카락을 정성스레 한 가닥씩 쓸어올려준 뒤 이마에 다정하게 입을 맞춘다. 그러고는 잠긴 목소리로, 내일 전화할게, 라고 속삭이는 것이다. 그렇게 해서 어렵사리 헤어진 뒤에도 순서가 남아 있다. 어쩌다 뒤를 돌아보면 그는 어김없이 손을 번쩍 들어 보인다. 자신이 내 뒷모습을 아쉽게 바라보고 있었음을 강조하는 커다란 팔동작으로.

하지만 그렇게 안타깝게 헤어진 뒤 보름이고 한 달이고 소식이 없다는 점이 종태의 출몰에서 가장 극적인 대목이다. 그는 늘 그런 식이다. 올 때에도 제멋대로 갑자기 찾아오고, 서둘러서 뜨거운 입김을 퍼부은 다음, 그가 왔다는 것이 비로소 느껴질 때쯤이면 떠나고 없다. 시사 주간지의 사회부 기자라는 다소 돌진 성향의 직업 탓도 있겠지만 그는 바람처럼 왔다가 방귀처럼 냄새만 남기고 아무데서도 찾을 길 없이 허망하게 떠나버리는 일을 남자다운 일이라고 확신하고 있었다.

이번에도 종태는 거의 한 달 만에 나타난 셈이다. 지난번 인사동의 감자탕집 앞에서 헤어질 때가 좀 싸늘한 봄밤이었던 게 기억난다. 팔에 걸치고 있던 내 바바리코트를 그가 억지로 입혀주고 목 밑까지 단추를 채워줬었다. 입술을 내 귓불에 바짝 대고는, 오늘밤 이불 잘 덮고 자, 라고 속삭였던가.

그런 뒤로 오늘이 처음인데 마치 잠시도 내 곁을 떠나본 적이 없다는 듯이 대한다. 옷 예쁜데? 라면서 나를 한 번 쓰윽 훑어보더니, 진희 넌 원래 흰색이 잘 받아, 정장도 잘 어울리고, 한다. 나에 대해 모르는 것이 없으며, 내가 그렇게 되도록 관리라도 해왔던 사람 같은 말투이다.

사실 나는 흰색 계통의 옷도, 정장도 잘 입지 않는다. 옷이라거나 소비문화적 분야에 관한 한 종태는 감각도 없고 흥미도 없다. 그 자신 거의 언제나 표준적인 회사원 복장인데다 이발소를 고집하는 그의 머리 모양은 조금씩 짧아졌다 길어졌다 할 뿐 언제나 같은 스타일이다. 그런데도 무슨 일이든 다 아는 척해야 직성이 풀리는 그이다보니 이처럼 전혀 틀린 말을 확신에 차서 하기 일쑤이다.

"일 안 하고 여긴 웬일이야?"

"지금 일하고 있잖아."

"무슨 일?"

"너 만나는 거 말고 나한테 일이 어딨냐."

종태의 감동적인 등장과 퇴장, 그리고 세 살 아래인 그의 친밀한 반말투에 대해 별다른 느낌을 갖지 않게 된 지 오래이다. 그의 기분에 따르지 말고 철저히 나 자신이 내키는 대로 움직여야 한다는 것이 그를 대하는 나의 첫번째 원칙이다. 그러지 않았다가는 그의 사랑의 변속을 견디기 힘들 것이다.

종태 주변에는 여자들이 꽤 있었다. 그는 모든 여자들에게 자상했다. 초등학교 때부터 대학까지 여자 동창들이며 후배들, 전에 다니던 직장의 여자 동료에서부터 같은 회사의 오퍼레이터, 회사 앞 커피 전문점의 종업원, 자주 가는 뚝배기집의 아줌마, 서울에 갓 올라온 그의 고향 마을 먼 친척의 딸, 누구에게나 마음을 써주었고 인기가 있었다. 여자들을 감동시키고 그 대가로 그는 남자의 허영심을 채웠다. 순정 또한 그의 남자다움에서 만들어진 부산물이다. 그러나 그는 한쪽으로는 단 한 여자에 대한 순정을, 다른 한쪽으로는 수많은 여자에게 자신의 매력을 확인받으려는 긴장을 동시에 갖고 있었다. 그에게 많은 여자는 필요 없었지만 많은 팬은 꼭 필요했다.

종태는 내 어깨를 다정하게 툭 치더니 사실은 대학가 축제를 취재하러 왔다고 말한다. 서울 주변에 대학이 하고많은데 왜 하필 이곳까지 왔겠느냐고 눈을 찡긋하기도 한다. 함께 온 사진기자는 캠퍼스 안을 대충 몇 장 찍게 한 다음 취재 차량에 태워 먼저 보냈다는 것이다. 말을 마치고는 씩 웃는다. 그는 키득키득 웃거나 피식, 또는 빙그레 웃지 않는다. 큰 소리로 웃어젖히는 것 빼고는 언제나 단칼로 베듯이 씩 웃는다. 그 웃음이 여간 산뜻하지 않다. 오래전 봄날 그가 잡아끄는 대로 찻집에 들어가 마주앉았던 것도 그 웃음의 선동을 거역할 수 없어서였을 것이다.

그때와 똑같은 웃음을 지으며 종태가 벤치에서 일어난다.

"강의 있으면 다 휴강시켜라. 오랜만에 낮술 한잔해야지?"

축제 기간이라 수업은 없었다. 문예지에 써야 할 원고 마감이 닥쳐와서 자료를 찾아보기 위해 학교에 나왔던 것이다.

"방에 가서 전화 몇 통화 하고, 정리 좀 해놓고 나올게."

"알았어. 나도 한 바퀴 돌아봐야 하니까. 학생회장하고 학생 몇 명이랑 지도교수 인터뷰하고 나오면, 한 시간? 한 시간 반? 너하고 대충 시간이 맞겠다. 이 벤치에서 기다릴까?"

나는 고개를 끄덕인다.

막 걸음을 떼려는데 종태가 옷소매를 붙잡는다.

"늦지 마."

잠시 헤어지는 그 시간도 아쉽다는 듯이 그는 내 옷소매를 애틋하게 당기며 눈에 힘을 주고 나를 바라본다.

연구실로 올라가는 층계참에서 나는 박지영과 마주친다. 나와 같은 학기에 임용된 동료 교수이다. 언제나 그렇듯이 주근깨 많은 가무잡잡한 얼굴에 기운 없어 보이는 그대로 계단을 내려오던 그녀는 나를 보더니 눈을 가늘게 뜬다.

"강선생, 웬일이에요?"

"네?"

"웬일로 드레스 업 했냐구요."

그녀는 외래어를 즐겨 쓴다. 멋진 외래어를 별로 알지 못하는 나는 대답 대신 애매하게 웃어 보이며 그녀의 손에 들린 출석 카드를 본다.

"축제 기간인데 무슨 수업 있어요?"

"보강 좀 들어가요."

"휴강도 절대 안 하면서 무슨 보강할 게 있다고?"

"그런 게 있어요. 참, 아까 학과장이 조교 시켜서 강선생 찾던데?"

"그래요?"

지금 나한테는 그 소식이 달가울 리가 없다. 한번 더 찾기 전에 서둘러 일을 마치고 연구실을 나와버려야겠다고 생각한다. 나는 학과장한테 잘 보이기 위해 축제 기간에까지 보강을 떠맡는 온순한 성격은 아닌 것이다. 계단에 한 발을 올리는데 반쯤 내려갔던 박지영이 등뒤에 대고 한마디 더한다.

"오늘 너무 멋있어요. 학과장이 보면 좋아하겠네."

박지영은 이따금 그렇게 의미심장한 듯하나 도통 뜻을 짐작할 수 없는 엉뚱한 말을 잘한다. 뒤를 돌아보니 그녀는 현관 밖을 나가고 있다. 왼쪽으로 꺾어지는 걸로 보아 계단강의실로 가는 모양이다. 저 커다란 계단강의실 강의를 맡으면 시험 때 학생들의 시험지만 해도 라면 박스로 다섯 개 정도는 된다. 언젠가 계단강의실 강의를 맡았던 시간강사가 질려하는 걸 본 적이 있다. 채점은 그만두고 시험지를 집으로 옮기는 데만 해도 용달차를 불러야 했다고 한다. 나 같은 사람은 박지영이 가진 열성의 진의를 납득 못하는 것이 당연하다.

그녀 쪽을 돌아본 다음 나는 그대로 시선을 내려 내 아이보리색 슈트 아래쪽을 한 번 내려다본다.

3

서울에 도착하니 세시가 가까워져 있다. 종태의 회사에서 가까운 종로 근처의 공영주차장에 차를 세우고 우리는 늦은 점심을 먹기 위해 먼저 식당을 찾는다.

"뭐 먹을래?"

"글쎄."

"먹는 일에 적극성을 좀 가지라니까. 너 누구 고생시킬 일 있어? 그러다가 몸 축나면 내가 고생 아니냐구. 아 참, 그래."

그가 말을 끊더니 엄지와 중지를 부딪쳐 딱 소리를 낸다.

"입맛 없을 때는 매운 게 최고야. 무교동 쪽으로 가자. 화끈한 낙지볶음에다 소주 한잔하면 인생관이 달라질 거다."

종태는 식욕에 대한 적극성을 넘어 거의 호전적인 표정을 짓는다. 자기의 선택에 완전히 만족해버린 탓도 있다. 그는 자기 자신에 대해 만족하고 또 그것을 남에게 표현하는 데에는 아무리 사소한 기회라도 놓치지 않는다. 솔직히 자기 자랑이 좀 심한 편이라고 할 수 있다. 그 자랑은 종태의 기사가 그 시사 주간지의 가판

수익을 크게 올린 적이 많다거나 특종상을 두 번이나 받았다거나 하는, 누가 보기에도 자랑스러운 일에만 해당되는 것이 아니다. 삼십 년 경력의 택시 기사도 모르는데 자기는 알고 있는 지름길, 음주운전 단속을 보다 호탕하게 따돌리는 방법 따위에도 해당이 된다.

그는 남을 칭찬하는 데에도 인색하지 않다. 그런데 그것도 끝까지 잘 들어보면 결국 남의 장점을 알아보는 자기의 안목과 아량에 대한 자랑이 되고 만다. 종태의 말은 끝까지 들어봐야만 알 수 있다. "낙지 하면 실비집이지" 하며 앞장을 서는 지금도 마찬가지이다. 다음 이어지는 말은 "너도 입맛이 살아날 거야"가 아니라 "나 아니면 누가 이렇게 챙겨주냐"인 것이다.

종태의 그런 점이 내게는 불만이 될 수 없다. 종태를 만나면 어쨌든 모든 것이 편하다. 그를 선택한 덕분에 다른 번거로운 선택은 아무것도 하지 않아도 된다. 내 취향이나 기호와는 좀 거리가 있지만 나는 종태를 만나면 그런 것을 고집할 마음이 전혀 들지 않는다. 내 성격상 절대로 가기 싫은 곳이나 절대로 하기 싫은 일이란 없고, 그럭저럭 따르다보면 나름의 재미도 느끼게 마련이다. 그가 나를 제멋대로 해석하고 내가 원하는 방식보다는 자기가 원하는 방식에 맞춰 위해준다 해서 거짓된 태도는 아니니 말이다. 결과보다 동기를 봐야 한다. 이것은 중학교 도덕책에 나오는 말이다. 나 역시 결과보다 거기에 이르기까지의 성의를 높이 산다.

현석을 만날 때마다 느끼는 부자연스러운 견제와 조심스러움에 비하면 종태의 명쾌함은 피곤하지 않다. 사람의 역할과 성격이란 어쩌면 상대적이라는 생각도 든다. 현석의 앞에서와 달리 연약한 꽃가지처럼 보호를 받다보면 종태의 상대역이 얼마쯤 편하게 느껴지기도 한다.

이번에도 종태의 말이 맞았다. 낙지볶음은 괜찮은 선택이었다. 실비집의 옹색한 나무의자에 걸터앉아 소주 몇 잔을 비운 뒤 나는 흰옷에 대한 생각에서 벗어난다. 시뻘건 낙지볶음과 찌그러진 양은 냄비에 담긴 조개탕도 거의 바닥이 나 있다. 종태의 말대로 인생관이 달라질 정도는 아니지만 몸과 마음이 풀어진 것은 분명하다. 우리는 돈을 치르고 실비집을 나온다.

4

낮술이란 묘한 데가 있다.

취한 눈을 들어 바라본 창밖이 너무 환할 때 그 어이없고 분한 기분. 거리로 나서면 세상은 너무 밝고 잘만 돌아가는데 나 혼자만 원혼처럼 땅에 발을 붙이지 못하고 비틀거리면서 걷는 것이다.

술이 센 종태도 낮술에는 취하는 모양이다. 이차로 골목 안 맥줏집에 들어가서는 건너편에 앉지 않고 내 옆자리로 온다. 맥줏집에는 아직 시간이 일러서인지 손님이 없다. 낡은 밤색 인조가죽 소파나 팔을 올려놓을 때마다 기우뚱거리는 탁자, 그리고 조잡한 칸막이 따위가 오래된 다방을 적당히 개조한 집인 듯하다.

맥주 한 잔씩을 따라놓자마자 종태가 내 어깨를 끌어당긴다. 입술이 다가온다. 그의 입맞춤은 길다. 일단 눈을 감았던 나는 조금 후 다시 떠본다. 의자 등받이에 뚫려 있는 담배 구멍과 방금 벽 뒤에서 나타난 바퀴벌레 한 마리가 눈에 들어온다. 바퀴벌레는 긴 더듬이에서부터 천천히 내 시야로 들어서더니 벽을 타고 올라간다. 꽤나 신중하고 심각한 인상의 바퀴벌레이다. 바퀴벌레는 종태가 입술을 떼는 것과 거의 동시에 칸막이를 넘어 뒷자리 쪽으로 가버린다.

오징어채를 씹느라 종태의 말소리에는 약간 콧소리가 섞인다.

"근데 말야. 요새 신경애씨 만난 적 있어?"

"지난주에, 왜?"

"혹시 내 얘기 안 해?"

"무슨 소리야?

"마누라가 신경애씨를 가끔 만나는 모양이야."

경애는 나의 고등학교 교사 시절 동료이다. 벌써 십여 년 전 일이다. "인사하세요. 이쪽은 국어과 강진희 선생님, 이쪽은 새로 부임한 사회과 신경애 선생님." 교감의 소개가 끝나자 경애가 물어왔다. "어느 대학 나오셨어요?" 곧이어 우리는 동문이고 같은 학번임을 알았다. 그것 때문에 가까운 사이가 된 것은 아니다. 경애의 고등학교 동창인 윤선은 처음 만난 날부터 내게 친근하게 대했다. 나와 둘만 있는 자리에서 경애의 험담을 자주 하기도 했고 같은 식으로 경애에게는 내 험담을 늘어놓았다. 우리가 가까워진 것은 윤선 덕분이었다.

경애는 이른바 운동권 학생이었다. 불온한 전력 탓에 정식 교사 발령을 받지 못하고 강사에 머물러야 했으므로 모든 얘기가 대체로 목청 높은 '권리장전'이었다. 윤선은 정반대였다. 평생 의지하고 살 든든한 감옥을 구하기 위해 끊임없이 맞선을 보는 한편 백마 탄 왕자가 자기에게 입맞추러 앞마당까지 왔다가 새벽닭이 우는 바람에 그만 돌아가고 만다는 동화 같은 꿈에서 깨어나 하루를 시작하는 윤선의 말은 모조리 '공주열전'이었다. 어쩌다보니 나는 그 둘 사이의 어정쩡한 완충지가 되어 있었다.

경애와 나는 같은 시기에 교사를 그만두어야 했다. 여교사를 달가워하지 않는 사립학교 재단의 압력 때문이었다. 나는 견디지 못해 도망쳤고 경애는 싸움에서 졌다. 그후 경애는 번역이나 교정 등의 아르바이트를 하기 위해 여러 출판사를 들락거렸다.

종태의 아내는 경애가 아르바이트하던 출판사의 직원이었다. 그녀는 종태를 짝사랑하다가 어찌어찌하여 그와의 사이에서 아이를 가진 이후 텔레비전 사극에서처럼 중전의 보위에 올랐다. 그 결과 짝사랑하던 고결한 남자의 시큼한 양말을 빨면서 무좀 척결에 대한 궁리를 하며 살고 있다. 그러다가 와이셔츠에 묻어 있는 화장품 냄새를 맡거나 룸살롱이 분명한 '마로니에 디자인실' 따위의, 주소 없이 전화번호만 있는 명함에서 '디자이너 유혜리' 같은 이름을 발견하는 날이면 아무 일도 손에 잡지 못한다. 딸을 놀이방에 보낸 뒤 에어로빅을 배우러 다니는 그녀는 이따금 경애와 점심을 같이 먹으면서 하소연한다. 종태가 자상하고 책임감 있는 가장이라 불만은 없지만 바람을 피울까봐 늘 불안하다고 말이다. 경애에게 들은 얘기를 종합해보면 그녀는 아마 가족을 위해 기꺼이 자기를 희생하고 그 희생에 대한 보상으로 남편을 틀어쥐려는 전형적인 현모양처인 모양이었다.

종태는 담배 한 개비를 입술에 물더니 주머니에서 초록색의 일회용 라이터를 꺼내 불을 붙인다. '성인 나이트클럽 천지개벽 웨이터 차인표'라는 검은 글씨가 눈에 들어온다.

"며칠 전에 신경애씨가 만나자고 전화를 했더라구."

"왜?"

"마누라가 부탁했겠지 뭐."

"바람피우는 것 때문에?"

"바람?"

종태는 짐짓 나를 날카롭게 쳐다보더니 꾸짖듯이 말한다.

"그런 식으로 말하지 마. 바람피운다고 생각해본 적 한 번도 없으니까."

"그게 아니면 뭔데."

곧바로 종태의 대답이 거침없이 나온다.

"내가 사랑하는 건 너뿐이야."

나는 픽 웃는다.

"왜 웃어?"

"믿고 싶어서."

갑자기 종태의 호출기가 요란하게 운다. 번호를 확인한 종태는 옆자리에 벗어놓았던 재킷 안에서 휴대전화를 꺼내더니 전원을 켠다. 숫자를 누르면서 재빨리 내게 한마디해주는 것도 잊지 않는다.

"회사에서 왔는데 8282야."

그는 거친 말투로 통화를 한다.

"그 새끼들, 이참에 아주 콱 밟아버려? 썩어빠진 것들이 입만 살아갖고. 야, 그럴 때는 니가 먼저 조인트를 까야지. 자료하고 증인이 다 있다고 뻥을 쳐놔야 할 거 아냐. 너 이 바닥에서 밥 먹은 지 일 년 다 돼가는데 그렇게 감을 못 잡냐? 빨아주는 기사나 쓰고 제목 장사나 하면, 그게 기자냐?"

나는 안주 접시에서 피스타치오를 한 개 집어 입에 넣는다. 눅눅한 것이 쓰기까지 하다.

"미안하다. 들어가봐야겠는데."

휴대전화를 다시 재킷 속에 집어넣고 종태는 서둘러 그 재킷 소매에 팔을 집어넣는다. 피스타치오를 재떨이에 뱉은 뒤 나도 따라서 일어난다.

내가 먼저 밖으로 나와 보도블록 위에 선다. 날은 어두워졌다. 낮에 마셨던 술이 완전히 깨면서 머리가 아파오고 속도 좋지 않다. 한 손으로 입을 막는다.

나는 천천히 입에서 손을 뗀다. 골목이 갑자기 더욱 어두워지는 느낌이더니 가로등이 일제히 켜진다. 마치 무언가를 샅샅이 밝혀내려는 듯이 내 불운한 아이보리 슈트 위로 조명이 한꺼번에 쏟아진다. 나는 순서를 잊어버려 무대 위로 잘못 나온 얼뜬 배우처럼 어설픈 자세로 혼자 우두커니 서 있다.

술집을 나온 종태가 뒤에서 내 어깨를 붙잡는다.

"택시 잡아줄게."

"차 갖고 갈 거야."

"무슨 소리야. 술냄새가 많이 나는데."

종태는 몇 시간 전부터 내가 술잔에 입도 대지 않았다는 것은 눈치채지 못한 모양이다.

그가 이리저리 뛰었지만 택시는 쉽게 잡히지 않는다. 그동안에도 또 호출이 왔는지 종태는 호출기를 꺼내 번호를 보고는 얼굴을 찡그린다. 나는 종태에게 먼저 가라고 말한다. 그의 회사는 길을 건너서 두 블록 정도만 걸어가면 된다. 할 수 없다고 생각했는지 종태는 시선을 택시 오는 방향에 둔 채로 고개를 두어 번 끄덕인다. 내게 반드시 택시를 타고 가겠다는 다짐을 세 번쯤 받은 후에야 "그럼, 갈게" 하는 그의 목소리는 다정하고 아쉽다. 그러고는 아무것도 아니라는 듯이 말한다.

"그런 일은 없겠지만, 혹시 신경애씨가 물어보면 적당히 잘 대답해. 마누라가 안심하게 말야."

어쩔 수 없이 나는 픽 웃고 만 모양이다. 종태의 표정은 약간 심각하다.

"마누라 때문이 아니야. 너를 내일도 모레도 또 만나기 위해서야. 너도 알잖아."

"뭘?"

"나는 언제든지 다시 시작할 수 있어. 문제는 너라구."

그런 다음에야 종태는 천천히 등을 돌린다.

길을 건너려다 말고 갑자기 종태가 큰 소리로 내 이름을 부른다.

"강진희! 거기 택시!"

그리고 뛰기 시작하면서 손을 번쩍 들어 보인다.

나는 택시를 그냥 보낸다. 종태가 사라진 뒤 주차장 쪽으로 걸음을 옮긴다. 지난번 마지막으로 그와 만났을 때 함께 잤던가. 이불 잘 덮고 자라고 말한 다음에 한 말이, 그럴 게 아니라 내가 가서 덮어주고 갈게, 였던가. 그랬던 것도 같다. 아니 분명히 그랬다. 하지만 그는 늘 확실한 방법으로 피임을 한다. 뜻밖의 임신으로 인해 생겨나는 일은 결혼 전 자기 아내를 통해 겪은 것만으로 충분하기 때문이다.

주차비는 이만원이 넘었다. 마칠 시간이 다 되어서 들어가려던 늙수그레한 주차원이 투덜거리며 돈을 받아 넣는다. 내가 십 분만 늦었어도 그는 주차비를 받을 일도 없었을 테고 마실 갔던 가족에게 하듯이 어디 갔다 이제 오냐며 호통을 칠 일도 없었을 것이다. 오늘 내 불운은 내가 대비한 작은 불운보다도 훨씬 작고 사소한 것이었다.

진입 금지와 갓길 없음

1

아침 아홉시를 막 지났을 뿐인데 병원에는 손님이 많다.

간호사의 지시대로 나는 검사용 컵에 오줌을 반쯤 받아 접수대에 올려놓고 의자에 앉아 차례를 기다리고 있다. 벽에 걸린 액자로 무심코 시선이 간다. 뭔가가 걸려 있으면 사람들은 관심이 없어도 보게 마련이다. 그것은 '아기의 생성과 성장'이라는 제목의 도판이다. 옷핀 아니면 뿌리가 난 완두콩처럼 생긴 것이 점점 아기의 웅크린 모습으로 자라나는 과정이 그려져 있다.

가슴께에 레이스가 달린 임부복을 입고 내 옆에 앉아 있는 여자가 특히 그 그림을 열심히 쳐다본다. 그녀는 네댓 살쯤 되어 보이는 여자아이를 데리고 왔는데 아이 역시 엄마의 임부복과 비슷한 원피스를 입고 짧은 부츠를 까닥이며 얌전히 의자에 앉아 있다.

간호사가 문을 열고 나와 이름을 부르자 그 여자가 대답을 하면서 일어난다. 여자는 불안한 표정으로 따라 일어나는 아이의 어깨를 눌러 도로 자리에 앉힌다.

"엄마 금방 나올게. 여기 가만히 있어. 알았지?"

아이는 엉거주춤 엉덩이를 붙이고 엄마가 진료실 안으로 들어가는 것을 눈을 커다랗게 뜨고 쳐다본다. 그러더니 문이 닫히자마자 울기 시작한다. 접수실에 있던 다른 간호사가 나와서 "아이, 착하지" 하며 아이를 달랜다. 아이는 그치지 않는다. "자꾸 울면 의사 선생님이 이따만한 주사 놓을 거다"라고 협박을 하니 되레 두 손을 들어 손등으로 눈을 가리며 "으앙" 하고 울음소리를 높인다.

"너 몇 살이니?"

맞은편 의자에 앉아 있던 여자가 아이에게 콧소리 섞인 억양으로 말을 건넨다. 컬이 가는 파마를 자주색 벨벳 머리띠로 단정하게 빗어넘기고 선홍색 립스틱을 바른 여자이다. 아이는 울음을 멈추지 않은 채 옆눈으로 여자를 조금 본다.

"다섯 살이지?"

훌쩍훌쩍 턱을 떨면서도 아이는 고개를 가로젓는다.

"그럼 여섯 살?"

여전히 울면서 아이가 거칠게 고개를 끄덕인다. 질문을 하면 대답하게 돼 있는 자신에게 화가 난다는 듯이.

"생일도 맞혀볼까? 음……"

빰이 축축하게 젖은 아이는 과연 알아맞힐 수 있을지 궁금해서 눈을 깜빡이지도 못하지만 안 그런 척 여자를 옆눈으로만 쳐다본다. 여자가 시간을 끄는 것이 조급한 모양으로 그사이 손등으로 눈물을 한 번 훔치기도 한다.

"7월이구나?"

가로젓는 아이의 고갯짓이 안타깝다.

"11월이지?"

아이는 거의 신경질적으로 고개를 흔든다. 세 번이나 틀리자 자기 쪽에서 "3월!" 하고 불만스러운 목소리로 말해버린다. 여자가 가방 안에서 껌을 꺼내 아이에게 준다. 아이는 받지 않는다. 껌을 받으면 자기가 울지 않기로 항복하는 것임을 안다는 듯이 고집을 부린다. 여자가 억지로 쥐여주자 어정쩡하게 손바닥에 올려놓고는 우는 사이사이 그것을 흘끔거린다. 조금 후에는 그런 자기가 비겁한 것 같았던지 아니면 유혹을 더는 못 이기겠던지 껌을 바닥에 미끄러뜨려버린 다음 와앙, 하고 눈을 꾹 감고 울어버리는 것이다. 여자가 껌 하나를 더 꺼내 은박지를 벗기고 아이의 입에 넣어주자 아이는 얼른 제 발밑의 껌이 그대로 있는지 확인하고는 안심한 듯 천천히 울면서 껌을 씹는다.

그때 아이 엄마가 진료실 밖으로 나온다. 두 눈에 눈물을 매단 채 아이는 활짝 웃으며 탁, 탁, 탁, 앙증맞은 부츠 소리를 내며 그쪽으로 달려간다.

"웬 껌이야? 어머, 아주머니가 주셨구나. 고맙습니다 해야지."

엄마가 있기 때문에 이제 아이는 마음놓고 씩씩한 소리로 "고맙습니다"라고 인사를 한다. 머리띠를 한 여자는 유치원 선생이라고 자기소개를 한다. 아이는 재빨리 조금 전 제가 있던 자리로 돌아가 바닥에 떨어져 있는 껌을 줍는다.

아이가 가버리고 나니 서운하다. 그렇게 눈물을 매단 채 활짝 웃을 수 있는 아이란 존재는 얼마나 뻔뻔스럽고 투명한가.

간호사가 내 이름을 부른다. 나는 진료실 안으로 들어가 의사의 책상 앞에 놓인 보조의자에 앉는다. 의사의 책상 위에는 '의학박사 한진경'이라는 명패와 여러 개의 차트들, 볼펜, 메모지, 달력, 그리고 전화기 옆에 유리 물병과 컵이 놓여 있다. 차트를 내려다보면서 의사가 무덤덤하게 말한다.

"임신이군요."

그런 다음 몇 가지 질문을 던진다. 마지막 생리가 언제였죠? 전에 중절수술 한 적 있나요? 이번에는 어떻게, 수술을 하실 거죠?

질문을 하면서 의사는 계속 볼펜 끝으로 책상 모서리를 탁탁 친다. 여간 귀에 거슬리는 게 아니다. 내가 대답을 하면 차트 위에 몇 글자 끄적이고 나서 또다시 볼펜 소리를 낸다. 나는 의사의 마지막 질문에 아직 결정 못했다고 대답한다. 의사는 손가락으로 볼

펜을 잡고 한 번 돌려 손안으로 오게 한 뒤 그것을 붓글씨를 쓰듯이 똑바로 쥐고는 제법 권위 있는 어조로 말한다.

"빨리 결정하실수록 좋아요. 아기가 지금 이 순간에도 자라고 있다는 걸 생각해보세요."

그 말에는 두 가지 뜻이 다 들어 있다. 아기와의 인연은 고귀한 것이다, 혹은 아기에게 헛된 희망을 주지 말라.

2

병원을 나온 나는 슈퍼에 들른다. 천 밀리리터짜리 우유를 사고 오렌지와 바나나를 집어든 뒤 갑자기 닥치는 대로 아이스크림과 주스, 오이, 김, 참치 통조림, 땅콩과자 따위를 바구니에 집어넣는다. 무슨 특별한 생각이 있어서는 아니다. 먹어두면 좋을 듯해서 그런 것뿐이다. 담배도 산다. 담배는 좋은 섭취물은 아니지만 그것만은 '그 아이'가 이해해주었으면 싶다.

집에 들어오자마자 나는 봉지에서 우유를 꺼내 커다란 머그잔에 가득 따른다. 그 머그잔은 홍대 입구의 어느 생맥줏집에서 개업 기념으로 준 오백 시시들이 잔이다. 그것을 전자레인지에 넣고 삼십 초 버튼을 눌러놓은 다음 봉지 안의 물건들을 냉장고 속에 정리한다. 띵, 소리와 함께 돌고 있던 전자레인지가 조용해진다. 나는 우유를 꺼내 마신다. 중간에 숨을 쉬기 위해 딱 한 번 잔에서 입을 떼었을 뿐 거의 벌컥벌컥 소리가 날 정도로 적극적으로 마신다.

잔을 씻어 엎어놓고 나는 욕실로 들어간다. 세수를 하고 나와서는 바로 침대에 눕는다. 그런 다음 비로소 앓기 시작한다. 혼자가 아니라 나는 그애와 함께 앓는다.

내가 몇 가지 결정을 해야 한다는 것을 알고 있다. 그것은 나 자신에 관해서도 조금은 그렇지만 그 아이의 입장에서 본다면 생사가 달린 중요한 문제이다. 그 결정은 나 혼자 해야 하며, 그리고 의사의 말이 아니더라도 되도록 빨리해야만 한다. 어떤 사람들에게 이런 일은 굳이 결정할 필요도 없이 받아들이기만 하면 되는 일이다. 이 문제에 관한 한 나도 그런 입장이 되고 싶다. 어떤 일이든 능동적으로 결정하기보다 주어진 상황에 적응해버리는 성격이어서만은 아니다. 사랑한다고까지 말하기에는 좀 뭣하지만, 나는 그 아이에게 호감 이상의 감정을 갖고 있다.

내가 그 아이에게 설명한다.

네가 나타나서 놀란 건 사실이야. 네 편에서 보면 불러서 왔으니 당연한 일이지만 난 전혀 예상하지 못했거든. 어젯밤엔 너도 덩달아 잠을 잘 못 잤지? 불을 껐으니 그랬겠지만 어쨌든 눈에 들어오는 것은 어둠뿐이었어. 예상하지 못했던 당연한 일이 닥쳤을 때 사람들은 '눈앞이 캄캄하다'는 표현 따위를 만들어낸 누군가의 상상력에 영향을 받는 건가봐.

그 아이는 내가 이렇게 침착하고 객관적인 척함으로써 시간을 낭비하는 것이 못마땅한 듯하다. 그 아이가 알아듣기 쉽도록 다시 말해줘야 할 것 같다.

너는 내 몸 안에 있어. 너와 내가 한몸이란 뜻이지. 너는 그곳에서 둥지의 어린 새가 노란 주둥이를 벌리고 있다가 어미로부터 벌레를 받아먹는 것처럼 조금 전 내가 마신 우유 따위의 음식을 나와 함께 나눠 먹으며 자라는 거야. 너는 모든 일을 나를 따라서 하게 돼. 함께 움직이고 함께 느끼고, 그런 일은 아마 없겠지만 만약 내가 죽는다면 너도 함께 죽게 돼. 너는 완전히 내게 속해 있는 거야. 이 세상에서 진정으로 누군가를 소유할 수 있는 것은 모태뿐이거든.

거기에서 나는 말이 막힌다. 내가 죽으면 그애도 죽는다. 그러나 반대로 그 아기가 죽더라도 나는 살아남을 거란 사실을 어떻게 설명해야 할지 모르겠다. 그 아이는 자신을 이 세상에 오게 한 데는 나 이외의 다른 사람의 역할도 있다는 것을 내게 일깨워준다. 똑같은 몫의 역할을 하는 아버지와 어머니 중 자신이 왜 어머니에게 속해 있느냐고 물어본다. 그 아이가 물어봤다는 게 확실한 것이, 그러지 않았으면 그애와 한몸인 내게 그 생각이 떠오를 리가 없기 때문이다.

아버지의 몸속에는 아이를 둘 장소가 없어. 그 장소는 어머니

쪽에만 있거든. 단지 그뿐이야. 신이 아버지 아닌 어머니 쪽의 몸에 인큐베이터를 만든 것일 따름이라구. 마치 탁자 위에 놓인 두 개의 사탕 중에 하나를 집을 때처럼 그냥 둘 중 하나라는 것이지 특별한 의미는 없어. 어머니 몸속의 일이라고 해도 어머니 혼자의 일은 아니라는 뜻이야. 만약 아버지의 몸속에 아이가 있다고 하자. 그렇더라도 어머니가 어머니가 아닌 것은 아니듯이 어머니 몸속의 아이에게 아버지는 아버지인 거야. 두 사람 중 누가 직접 태아를 키우는가 하는 차이뿐이지.

그 아이는 알아듣는다. 그래서 내게 묻는다. 아버지는 어디 있지요?

나는 오른쪽 뺨으로 누르고 있던 베개에서 얼굴을 들고 왼쪽 뺨으로 바꾼다. 좀 잤으면 좋겠다. 누군가의 시에서처럼 지금 나는 깊이 잠들어서 베개에 묻힌 턱뼈로만 존재하고 싶다. 그러나 잠이 올 것 같지는 않다.

이불을 젖히고 일어나서 냉장고로 간다. 냉장고 안을 가장 많이 차지하고 있고 또 지금 내 마음을 끌어당기는 것도 캔맥주이지만 오렌지로 손을 뻗는다. 그러다가 바나나로 바꾼다. 내가 바꾸고 싶어졌다면 그 아이가 원하기 때문에 그렇게 된 것이다. 그 아이와 나는 소통의 절차도 필요 없는 한몸이다.

침대로 돌아온 나는 두 개의 바나나 중 한 개를 사이드 테이블에 올려놓고 베개를 세워 기대앉은 채 나머지 한 개의 껍질을 벗기기 시작한다. 한입을 베어 물자마자 목이 멘다. 과육이 퍽퍽하고 도무지 단맛이 나지 않는다. 나는 바나나의 맛이 전에는 그렇지 않았었다고 생각하며 그냥 사이드 테이블 위에 던져버린다.

그 아이가 계속 아버지에 대해 묻는다. 그 아이에게 부계사회에 대해 설명하려고 생각하니 아직 목 안에 남은 바나나가 팽창하여 목구멍을 막아버리는 듯한 기분이다. 사유재산을 지키기 위해서 만들어진 일부일처제라는 이름의 종신형이 있다고 내가 말해준다. 그러나 나라는 사람은 신분과 신병, 정신, 모두 거기에 속해 있지 않다고 덧붙인다.

사유재산까지 들먹일 것은 없었는데 나는 그애가 이 사실을 받아들이기 어렵다는 것을 알기 때문에 어딘지 변명과 설득조가 된 것 같다. 그 아이는 나보다 훨씬 냉철하다. 바로 그렇기 때문에 자기의 존재 증명을 위해서는 먼저 아버지의 증명이 필요하다고 주장한다. 그애는 어쩌면 자기가 죽을 거라는 것까지 알고 있는 듯하다. 비록 이곳에서 사라지더라도 태생의 진실만은 밝히겠다는 대단히 진지한 아이이다. 그 점은 나를 닮지 않은 것 같다.

나는 베개 위에 얼굴을 묻고 이불을 뒤집어쓴다. 커튼을 다 내렸지만 아직 오전이라서 봄 햇빛이 은근하게 방안으로 들어와 빨래를 말릴 때처럼 이불 위에서 가볍게 흔들린다. 내 속의 그 아이를 재우기 위해 나는 눈을 꾹 감고 있다. 눈썹 끝을 조금씩 깜짝거리면서도 눈시울만은 한사코 닫고 있다.

아이를 태어나게 하면 나는 그 아이의 인생을 같이 살고 겪을 것이다. 아이는 나로 하여금 미래라는 것을 갖게 한다. 나의 미래, 그런 것은 어쨌거나 상관없다. 그러나 그것이 아이의 미래와 관련있다는 생각을 하면 그럴 수만은 없다. 그 아이의 미래는 어떤 식으로든 제한받고 구속될 것이다. 그것은 정당하지 않다. 그렇다고 내가 미래라는 시간을 '개척'한다는 사람들처럼 건전해질 수도 없다. 내가 사는 것은 언제나 현재이며 나는 지속을 믿지 않는 것이다.

내가 왜 일찍부터 삶의 이면을 보기 시작했는가. 그것은 내 삶이 시작부터 그다지 호의적이지 않다는 것을 알았기 때문이다. 나는 어차피 호의적이지 않은 내 삶에 집착하면 할수록 상처의 내압을 견디지 못하리란 것을 알았다. 아마 그때부터 내 삶을 일정한 거리 밖에 두고 미심쩍은 눈으로 그 이면을 엿보게 되었을 것이다.

그런 삶을 아이에게 줄 수는 없다. 차라리 그 아이에게서 결코 호의적이지 않게 예정되어 있는 미래를 뺏는 편이 나을 것 같다.

3

전화벨이 울리기 시작한다. 그 소리는 거실의 전화기로부터 흘러나와 부엌으로 방으로, 책상이 있는 옆방과 욕실, 발코니까지 끈질기게 퍼져나간다. 마치 열어놓은 밸브에서 흘러나와 자살을 원하는 자의 코끝을 향해 천천히 낮게 기어가는 음산한 가스처럼. 나는 그 가스가 집안을 꾹꾹 눌러 채워서 한 개비 성냥이 아니라 콧김에 발화가 될 정도라 해도 전혀 움직일 마음이 없다. 응답기를 틀어놓지 않았으므로 전화는 혼자 울리다가 숨이 넘어가 끊길 것이다.

한참이 지난 후에야 나는 몸을 일으켜 옆방으로 간다.

책상 앞에 앉아 컴퓨터를 켠다. 펼쳐진 책, 세금 고지서, 사전, 검은색 빅 볼펜 몇 자루, 바닥에 커피가 말라붙은 머그잔, 우편물들. 책상 위는 언제나처럼 어지럽혀져 있다. 그것들을 대충 한데 모아 옆에 있는 책장의 빈 곳에 아무렇게나 올려놓고 난 뒤 의자 옆에서 가방을 찾아 연다. 가방 안에는 복사 자료와 책들, 그리고 노트 두 권이 들어 있다. 그것들을 책상 위에 꺼내놓고 나는 원고 쓸 준비의 마지막 단계로서 두 손으로 머리카락을 두어 번 쓸어넘긴다. 천천히 컴퓨터의 자판을 두드리기 시작한다. 머릿속이 맑지 않으므로 먼저 참고 자료의 인용 부분부터 친다. 모니터에 글씨들이 나타난다.

시퀀스란 동일한 아이디어에 의해 연결된 신scene들의 연속이다. 윌리엄 골드먼이 번스틴과 우드워드의 책을 각색한 〈대통령의 음모〉에서 선거운동원 명부를 얻는 시퀀스를 검토해보자. 이 시퀀스는 사람들의 신분을 설명하는 로버트 레드퍼드와 더스틴 호프먼의 모습에서 시작된다.

나는 거기에서 멈추고 책장에서 다른 참고 서적을 찾는다. 그리고 작업을 계속한다.

영화 한 편을 만들기 위한 시나리오는 보통 원고지 이백사십 매 내외의 분량으로 두 시간 정도의 길이를 갖는다. 일 분당 두 장 정도이다. 그런데 시퀀스는 삼십 매가량을 차지한다. 단편소설이 보통 백 매라고 할 때 십이 매에 해당하는 분량이다.

일이란 배타적이어서 머릿속의 생각을 죄다 빼앗아간다. 몰두할 일이 있다는 건 다행스럽다. 지난 시간 내게 위로를 주었던 것도 사람보다는 일 쪽이었다. 불안하고 자신 없을 때는 사람을 만나기보다 일을 하는 편이 낫다. 관심이 분산되므로 자기를 괴롭히는 문제에 조금쯤은 덤덤해질 수 있으며, 무엇보다 상처받을 염려가 없으니 말이다.

내가 책상 앞에서 일어난 것은 다음번 전화벨이 울렸을 때이다. 이번에도 나는 받지 않는다. 벌써 두 시간이 지나 있다. 옷을 갈아입고 학교에 나가봐야 한다. 국도를 달리는 동안만은 기분이 나아질지도 모른다.

4

얼마 전부터 길을 막고 도로에 선을 고쳐 긋는다 싶더니 이런 표지판이 종종 눈에 뜨이곤 한다. '갓길 없음. 위험.' 갓길 없는 길에서 달리는 일은 위험한가. 그렇다고 차를 돌려 나오면 무엇이 있겠는가. 그 아이에게는 두 가지 선택뿐이다.

진입 금지와 갓길 없음.

축제가 끝난 뒤 1

1

축제가 끝난 뒤라서 교정 안은 어수선하다. 다음주면 종강이라는 사실도 학생들의 마음을 들뜨게 만드는 것 같다.

"강선생, 안 나갈 거예요?"

문 두드리는 소리에 이어 박지영이 얼굴을 들이민다.

"벌써 시간이 됐어요?"

"슬슬 출발하죠 뭐. 연구실 안에 있는다고 저절로 연구가 되는 것도 아니고…… 요즘은 더워서 방에 있으면 자는 게 일이에요, 난."

시계를 보니 회식이 있다는 여섯시까지는 아직 한 시간이나 남아 있다.

"시원한 거나 한잔 마시면서 기다리려고 다 챙겨갖고 나왔는데. 강선생, 안 바쁘죠?"

박지영은 화장기 없는 얼굴에 흘러내려온 머리카락을 한 손으로 쓸어올리며 우체부의 행낭 같은 큼직한 가방을 쳐들어 보인다. 나도 책상 위를 정리하고 가방을 챙긴다. 자동차 키를 손에 들자 박지영이 묻는다.

"술 마실 텐데 차를 갖고 갈 거예요?"

"오늘은 안 마시려구요."

"다른 분들이 재미없어하겠네요. 문창과하고 우리 과 합해봐야 여선생 중에 술 잘하는 건 강선생뿐인데."

나는 그 말에 한마디 대꾸하려다가 입을 다문다. 박지영이 회식 때 언제나 내 옆에 앉는 데는 이유가 있다. 그녀는 술을 전혀 마시지 못하는데다가 수줍음이 많은 성격인지 남자 선생들과 얘기하는 걸 보면 어쩐지 쩔쩔매는 것처럼 보인다. 강의 때는 깜짝 놀랄 만큼 우렁찬 목소리로 열강을 한다고 하는데 강의실 밖에서는 늘 지친 모습이다.

우리가 임용된 뒤 환영 모임에서였던 듯하다. 그녀가 술을 따르지 않으려고 애쓴다는 것은 누가 봐도 금방 알 수 있는 사실이었다. 반면 나는 잔이 돌 때마다 별 거리낌 없이 병을 들어서 잔을 채웠다.

"술 따르는 데 편견이 없는 걸 보니 강선생은 진짜 페미니스트인데요?"

누군가가 한 그 말은 술을 따라야 여성해방론자가 된다는 식의, 논리 자체로도 얼토당토않은 오류였지만 나는 발끈하지 않았다. 겨우 술 따르는 일을 갖고도 굳어진 생각을 바꾸기 싫어하는 것이 교수 사회의 보수성이다. 그것을 지키기 위해서 권위가 필요한 것이고. 시간강사 시절 실컷 겪어본 일이었다.

그런데 나중에 안 일이지만 그 말은 여성학과 관련하여 글을 자주 발표하는 박지영을 은근히 겨냥한 말이었다.

학과장이 끼어들었다.

"거, 숙녀분한테 자꾸 거북한 일 시키지 마세요. 우리는 구닥다리라 그런지 여자가 남자한테 함부로 술을 따르면 보기 안 좋던데. 안 그래요, 박선생?"

자기를 숙녀로 대우해주는 학과장의 두둔이 되레 박지영을 유교적 여성관에 긍정도 부정도 할 수 없는 궁지로 몰아넣었다. 학과장은 내게도 의견을 물어왔다.

"강선생은 어떻게 생각해요?"

"저는 술도 잘 따르고 술값도 잘 냅니다."

내 대답에 박지영은 나를 흘끗 쳐다보더니 경계를 푸는 듯한 웃음을 보냈다. 그후로 언제나 술자리에 가면 내 옆에 앉는다.

'계절의 진미 팥빙수'라고 써붙인 유리문 앞에 나는 차를 세운다. 박지영이 노인처럼 '끙' 소리를 내며 몸을 일으키는데 햇빛 때문인지 유난히 눈 밑의 기미가 짙어 보인다.

팥빙수가 나오자 박지영은 유리그릇 위로 수북이 쌓인 얼음 가루를 그릇 밖으로 튀지 않도록 연유 속에 부숴 넣는 데 열중한다. 얼음조각을 아작아작 씹으며 박지영이 묻는다.

"강선생은 동성애에 대해 어떻게 생각해요?"

묻는 의도를 몰라서 내가 빤히 쳐다보자 그녀는 얼굴이 조금 상기된다. 자기주장을 펼 때 먼저 얼굴부터 붉히고 시작하는 것이 버릇인 것 같다. 감정의 동요를 숨기지 못하니 싸움과 노름에는 끼지 않아야 할 사람이다.

"다른 게 아니고…… 전에 어느 대학에서 '성 정치 문화제'를 했잖아요. 그때 동성애에 대해 원고를 썼었거든요."

그 글을 나도 본 적이 있다. 거기에서 박지영은 문화란 다양성 안에서 창조된다, 동성애자는 비정상적인 게 아니라 소수자일 뿐이다, 이런 식으로 썼다. 그 책자에는 동성애자끼리 결혼할 수 있도록 법을 개정해야 한다고 주장하는 한 학생과의 인터뷰도 실려 있었다. 사랑하는 동성과 함께 입양아를 키우면서 새로운 가족제도를 세워보겠다는 그 학생의 주장에 학자로서의 박지영은 꽤 우호적이었다.

"그후로 동성애 관련 토론이나 인터뷰가 있으면 찬성 쪽으로 참가해달라고 요청이 와요. 곤란해 죽겠어요."

박지영은 고개를 숙이고는 빙수 그릇 바닥에 고여 있는 뿌연 얼음물을 일없이 숟가락으로 떴다가 부었다가 하며 말을 잇는다.

"며칠 전에는 새로 생긴 문화예술지에서 원고 청탁이 왔더라구요. 동성애자나 성폭행당한 여자나 똑같이 사회적 폭력의 희생자다, 이런 관점으로 써달라고. 근데 전화를 옆에서 듣고 있다가 남편이, 못 쓴다고 그래, 하고 소리치는 거예요."

"그랬어요?"

"주위에서 듣기 싫은 말들 하나봐요. 여성학 하는 여자의 남편 노릇, 강선생도 알잖아요. 그리고, 사실 내 생각도 그래요. 글은 글이고, 현실은 좀 다른 것 아녜요?"

박지영은 공적으로 성에 대한 진보적 입장을 포기하려는 것은 아니었다. 유보도 아니다. 이중화하려는 것뿐이다. 때로 그녀의 소심하고 무신경해 보이는 표정 뒤에서 뜻밖에도 속된 욕심과 이기심이 엿보일 때가 있다. 그녀가 나를 넌지시 올려다본다.

"강선생한테 부탁이 있는데, 이번 원고 강선생이 좀 맡아줄 수 없어요? 새로 생겼다는 잡지, 담당 기자가 전에 내가 인터뷰했던 그 학생이에요. 무조건 거절하기가 좀 그렇네요."

그녀가 내게 지어 보이는 웃음에는 기운이 하나도 없다. 그녀를 지치게 하는 것은 상투적 현실이 아니라 그 현실을 대하는 그녀의 상투성인지도 모른다.

박지영이 말하는 현실은 집안에서만 해당되는 게 아니다. 그녀는 나와 마찬가지로 기간제 임용 교수이다. 삼 년 후에 재임용 여부가 결정된다. 인사권자의 눈 밖에 나는 일은 삼가야 하는 처지인 것이다.

나는 그녀의 재미없는 이야기를 들어주는 한편 머릿속을 나누어서 한쪽 머리로는 다른 생각을 한다. 팥과 얼음의 맛과 색의 어울림에 대해, 왜 노인은 팥빵을 좋아하는데 아이들은 크림빵을 더 좋아하는지, 동지팥죽을 먹으려면 앞으로 이백 일에다 며칠을 더 기다려야 하는지 따위를 계산하며 시간을 보낸다. '그 아이'가 크림빵을 좋아할 나이가 될 때까지 내 곁에 있을까도 생각해본다. 회식 시간이 얼추 가까워져 있다.

음식점 안은 무척 덥다. 곳곳에서 고기 판이 지글거리고 있어서 더 후텁지근하게 느껴진다. 선풍기가 열심히 돌아가는 방안에 일행들이 벌써 둘러앉아 있다.

한창 이야기에 열을 올리고 있는 것은 산업체 겸임교수인 문창과의 김교수이다.

"학생이 교수 차 앞에 버티고 서서 양보를 안 한다는 게 말이 돼요?"

"김선생이 젊어 보여서 사회교육원 학생인 줄 안 것 아녜요? 자기들 실습실이 줄어든다고 애들은 사회교육원에 불만 많잖아요."

"그래도 연장자로 보이면 일단 양보를 해야죠."

이처럼 위아래를 따질 때는 학생하고 구별이 안 간다는 농담에 즐거워하던 김교수가 아니다.

"요새 애들은 교정에서 껴안고 다니는 것은 예사더구만요. 선생이 지나가도 눈 하나 꿈쩍 안 해요. 축제라고 해도 대학생다운 지성이 있어야지 온통 술판에다 가수들이나 설치고."

"대동제도 골치 아팠지만 그래도 한심하다는 생각은 안 했는데 요즘은 풍조가 너무 경박해요. 애들이 자기 권리만 따지지 견해라는 게 통 없어요."

학과장에게 술을 따른 다음 김교수는 주방을 향해, 여기 불판 좀 갈아줘요, 하고 소리친다.

"가수들 좋아하는 거야 애들이라 그런다지만 동성애를 인정하라고 하는 거는 정말 기가 차더라구요."

박지영은 다른 곳을 쳐다보고 있다. 소수의견이 목소리를 내지 못하는 것은 인종이나 민족 문제 같은 거창한 담론이 아니라도 우리 주변에 흔히 있는 일이다. 그런 소수는 '말 없는 다수'라는 엉뚱한 명칭이 붙여져서 보수측 여론 조성에 이용되기 일쑤이다.

"대학신문에 동성연애자 회원을 모집하는 광고까지 실렸잖아요."

"어쨌든 우리는 그런 말 하면 먼저 떠오르는 게 에이즈밖에 없습니다."

학과장은 자기를 가리킬 때 언제나 '우리'라는 복수를 쓴다. 세를 형성하기 좋아하고 주류를 지향하는 남성적 어법인지도 모른다.

"차라리 모르면 모를까, 솔직히 그놈의 병이 밝혀진 뒤부터 남자들은 행동반경이 좁아졌을걸요."

"장맛 아는 사람이 구더기 무섭다고 장 안 담그나."

구석에서 누군가 혼잣말을 한다.

시원찮은 에어컨을 보필하느라 열심히 날개를 돌려대던 선풍기도 덩달아 덜커덕덜커덕하는 소리가 여간 시니컬하지 않다.

얘기는 다시 학생들이 철없다는 데로 되돌아간다. 반바지와 샌들 차림이 못마땅하다, 전화로 종강 날짜를 물어보는 건방진 학생도 있다, 그리고 끝에는 언제나 '우리 때만 해도'로 시작되는 간단한 무용담이 따른다.

"문제는 요즘 세상이 애들 위주로 돌아간다는 거예요. 텔레비전 좀 보려고 하면……"

화제는 갑자기 스포츠 쪽으로 흘러간다. '애들'의 경박함과 무례함과 심약함을 탄식하던 선생들은 갑자기 축구 이야기로 열을 올린다. 어렸을 때 나는 운동장에서 공을 차는 남자애들을 보고 감탄한 적이 있다. 공 하나만 있으면 저렇게 하루가 저물도록 잘 놀 수 있다니, 규칙에 대단히 잘 길들여지는 아이들이로구나 하고.

박지영은 아까부터 상 위에 떨어진 물방울을 젓가락으로 이리저리 밀어서 줄을 만들며 아무 말도 없다. 다른 여자 교수 둘은 자기들끼리 작은 목소리로 이야기를 나눈다.

김교수는 어지간히 술이 오른 얼굴이다. 나에게 잔을 건네며 열

렁뚱땅 말을 놓는다.

"강선생, 오늘 왜 이렇게 술을 안 해?"

"감기 기운이 좀 있어요."

"근데, 전에 내가 한 말 생각해봤어?"

"뭐였죠?"

"아, 재혼 안 할 거냐구. 친구 하나 소개시켜준다니까."

남자들은 독신 여성보다는 이혼한 여성에게 더 호락호락하게 군다. 말 한마디를 걸어도 이혼한 쪽에 더 허물이 없어지는 것이 그녀들의 이력을 대하는 남자들의 태도이다. 결혼 체험이 현장 근무나 해외 연수의 경험처럼 그 사람의 숙련도를 보장해주는 이력이 될 수는 없다. 그러나 되지 못할 것도 없다. 어떤 문제에서 사람들은 오직 하나, 딱 한 번이어야 한다는 강박에 너무 쉽게 굴복한다. 그러나 내 생각에는 반드시 하나뿐이라야 하는 것이 세상에 그리 많지 않다. 결혼도 마찬가지이다.

이혼이란 특별히 딱하다거나 절망적인 일은 아니다. 결혼생활이 인생을 새로 시작하게 해주는 '멋진 신세계'가 아니듯이 이혼 또한 절대 겪어서는 안 될 '낙원 추방'은 아닌 것이다.

"그 친구 이름 대면 강선생도 아마 알걸. 강선생 모교에 있는데……"

세상은 좁다. 김교수의 입에서는 귀에 익은 대학과 학과의 이름이 나온다. 현석과 같은 과에 재직하는 교수인 모양이다. 나는 변화가 필요 없다고 대답하지만 아무래도 '남자답다'는 뜻을 잘못 알고 있는 듯한 김교수는 여자의 '싫어요'를 믿지 않는 일방적인 기세에 취해 있다. 이혼한 사람끼리 서로 상처를 핥아주라는 충고까지 한다. 이혼이 꼭 그렇게 핥아줄 만한 외상을 입히는 것은 아니라고 말할까 하는데 박지영이 입을 연다.

"강선생, 저 먼저 일어나려는데 양재동까지 안 태워줄래요?"

박지영의 말을 기화로 여기저기서 그만 가야지, 하는 소리가 들리더니 자리가 파장으로 접어든다.

양재동 사거리에서 박지영을 내려주는데 차창에 보름달이 와서 걸린다. 그 아이는 남자일까 여자일까. 두 가지는 무척 다른 삶임에 틀림없다. 그러나 어느 한쪽이라고 더 나을 것도 없다.

2

오렌지를 먹는다.

오렌지는 향기롭다. 한쪽 한쪽 과육의 맛이 다 다르다. 모든 생명은 제 나름의 의외성을 갖고 있다. 흉내낸 생명에는 그런 것이 없고 언제나 맛이 똑같다. 복제품, 기성품은 애초부터 죽어 있다. 오직 생명만이 제 방식대로 존재하는 것이다. 그런 방식은 죽음에도 적용된다. 죽음의 방식에도.

3

현석이 카페 안으로 들어선다.

베이지색 재킷에 푸른빛 셔츠를 받쳐입고 있다. 흰 얼굴에 잘 어울린다.

그 아이도 나 못지않게 반가워한다는 걸 알 수 있다. 그를 보자 나도 모르게 헛구역질이 치밀었기 때문이다.

"밖에 덥지?"

"비가 쏟아질 것 같던데."

자리에 앉자 현석은 언제나 그렇듯이 먼저 창 쪽으로 고개를 돌린다. 창가 자리가 아닐 때면 그는 일단 카운터를 쳐다보거나 아무것도 걸려 있지 않은 벽에 시선을 둔다. 그런 다음에라야 나를 바라본다.

현석의 시선이 습관대로 무심한 듯 내 얼굴 위를 한번 스쳐지나는가 싶었다. 그러더니 무슨 생각에서인지 다음 순간 되돌아와 내 얼굴에 똑바로 꽂힌다. 하지만 종업원이 주문을 받으러 오자 그 시선은 쉽게 그쪽으로 돌려진다.

차를 한 모금 마신 뒤에야 현석이 묻는다.

"나한테 숨기는 거 있어?"

"왜?"

"당신 표정, 어쩐지 방어적으로 보여서."

이럴 때면 아연해지는데, 그가 나를 안 보는 것은 아니기 때문이다. 나는 순순히 인정한다.

"맞아. 당신한테 말하고 싶지 않은 일이 있어."

"뭔데?"

"금방 말했잖아. 말하고 싶지 않은 일이라고."

현석은 더이상 묻지 않는다. 언제나처럼 거부당했다 싶으면 이내 관심 없다는 태도를 보인다. 그러나 금방 내려놓았던 찻잔을 다시 들어 천천히 입술에 대는 모습은 상한 기분을 감추려는 몸짓이 틀림없다.

"어머니 수술은 잘됐어?"

"암인데 잘될 게 뭐 있겠어?"

그의 대답은 당연히 퉁명스러워져 있다.

그렇지 않아도 어머니 얘기가 나오면 그는 표정이 복잡해진다. 짜증 같기도 하고 근심 같기도 한데, 현석에게는 그 둘이 같은 뜻이다.

"병원엔 매일 가는 거야?"

"기다리시니까 할 수 없지."

커피를 마시려다 잔이 빈 것을 깨닫고 그는 대신 담배에 불을 붙인다.

"죽음이 눈앞에 있어도 집착은 안 달라져. 더해진 것 같아. 어제도 결국은 내가 먼저 큰소리를 치고 나와버렸어."

늘 냉정한 그도 어머니에게는 화를 곧잘 내는 모양이다.

"아버지한테 연락을 안 해주면 당장 퇴원해버린다는 거야."

"연락은 돼?"

"어머니가 죽었다고 해도 올 사람이 아냐."

초록색 유리 재떨이에 담배를 비벼 끄며 그는 낮게 덧붙인다.

"내가 아버지라도 안 올 거야."

현석의 어머니는 남편이 떠나간 뒤에야 임신 사실을 알았다. 주위의 반대를 무릅쓰고 현석을 낳았다. 현석은 남편을 후회하게 만들려는 어머니의 복수심 때문에 자신이 태어났다고 생각하고 있었다.

"아니면 기대 때문이었는지도 모르지. 아들을 낳았으니 남편이 돌아올지도 모른다는. 어쨌든 둘 다 집착이야. 어머니는 성격이 그래."

"혼자 키우게 될 걸 뻔히 알면서 아이를 낳는 건 쉬운 선택이 아니야."

"이기적인 선택이지. 어머니에게는 아들이 필요했으니까. 하지만 나는 늘 어머니한테서 벗어날 생각뿐이었어. 어머니와 나는 사이가 좋았던 적이 한 번도 없어. 유학 가 있을 때만 빼고."

이어지는 현석의 말은 차갑다.

"내가 늘 말하잖아. 결혼도 안 하고 나 같은 자식도 안 낳을 거라고."

"내가 낳는다면?"

갑작스러운 말에 현석의 표정이 멍해진다. 그러나 다음 순간 어이없다는 듯 가볍게 웃어버린다.

"무슨 뜻이야?"

"임신했거든."

나는 그를 똑바로 쳐다본다.

내 목소리에 나쁜 소식을 전하는 긴장 따위는 결코 없다. 현석이 아이에 대해 부정적으로 얘기했기 때문에 오히려 나는 그 얘기를 꺼내기가 훨씬 쉬웠다. 그가 내 아이에 대해 아무 참견도 하지 않으리라는 짐작에 나는 이 화제를 약간 즐겁게 발설해버린 듯하다.

현석은 아무 말 없이 나를 바라본다. 어떻게 반응해야 할지 결정을 내리지 못한 듯 어중간한 표정이다. 놀란 것만은 확실하다. 유리 재떨이로 시선을 내리깔고 묵묵히 있는가 하면 그것밖에는 할일이 없다는 듯이 다시 고개를 돌려 창밖을 본다.

우리가 얘기에 너무 열중했던 듯하다. 그사이 창밖에는 비가 내리고 있다. 이층 찻집의 창가라서 길가에 오가는 사람들이 내려다보인다. 여기저기 무질서하게 뱉어놓은 포도 위의 껌들도 비에 젖어서 검은색 무늬처럼 살아나고 있다.

현석이 침묵을 깬다.

"생각처럼 나쁜 기분은 아닌데."

내가 대답한다.

"당신과 상관없는 아이인지도 모르겠어."

현석의 눈빛이 날카롭게 와서 꽂힌다. 입술을 굳게 다문 채 보일 듯 말 듯 고개를 몇 번 끄덕이더니 차갑게 말한다.

"한순간도 방심하지 못하게 만드는군."

"있는 그대로야."

"그럼 그 얘기를 왜 나한테 하지? 할 사람이 따로 있을 텐데."

현석다운 말이다.

내 목소리는 더욱 담담해진다.

"이해 못하는 모양인데, 내 말은 당신인지도 모른다는 거야. 어쨌든 중요한 문제는 아니잖아."

"정말 신물난다."

현석이 내 말을 잘라버린다.

"당신 남자관계는 귀를 막고 안 들으려고 해도 소용없더구만. 학교에서도 듣게 될 정도니."

김교수가 친구라는 교수에게 벌써 내 소개를 한 것일까. 내 뜻과 관계없이 선을 보였다는 사실은 유쾌한 일이 아니다. 하지만 '내 뜻과 다르다'라는, 증명할 수 없는 말은 다 변명이 될 뿐이다. 나는 아무 말도 하지 않는다.

"아이를 가졌는데 누구 애인지 모르겠다, 복잡하군. 당신은 복잡한 걸 즐기지?"

그 말을 던진 뒤 현석은 벌떡 일어나 계산대로 간다. 뒤도 돌아보지 않는 단호한 걸음걸이다. 내가 탁자 위의 담배를 가방에 넣고 따라나왔을 때는 이미 계단을 내려가고 없다.

비가 억세게 퍼붓고 있다.

눈앞이 부옇다. 나는 잠시 계단 난간에 기대서 있다.

차를 세워놓은 주차장까지 닿기도 전에 흠뻑 젖어버릴 장대비이다. 그 아이를 감기에 걸리게 하고 싶지는 않다. 갑자기 빗줄기가 거세져서인지 길에 지나는 사람도 없다. 나는 그대로 빗줄기만 본다. 비는 땅에게는 생명이고 소녀에게는 그리움이나 약속이고 우산 장수와 나막신 장수의 어머니에게는 인생의 모순된 단면이며 조종사에게는 결항이고 떠나려는 사람에게는 미련, 젖은 빨랫대에게는 노동의 전조이다. 그리고 어떤 사람에게는 차단기이다. 나는 현석의 뒷모습조차 보지 못했다. 보이는 것은 오직 비뿐이다.

빗속에 떠오르는 장면이 있다. 언젠가 일요일 늦은 오후에 빵집에 갔다. 빵을 고르다가 갑자기 소란스러운 기운을 느끼고 돌아보니 소나기가 쏟아지고 있었다. 나는 비가 그치기를 기다리며 빵집 통유리 창으로 한참 동안 밖을 내다보고 서 있었다. 거리에는 색색의 우산이 펼쳐져 있고 그 사이로 뛰어가는 사람들이 보였다. 신호등 앞에서 멈추는 자동차의 바퀴에서는 물보라가 허공으로 솟아올랐다. 단체 여행을 온 꼬마들처럼 거리를 신나게 뛰어다니는 회색 비의 행렬, 쏴아 하며 세상을 뒤덮는 소리, 허둥지둥 분주하고 들떠 보이는 사람들. 그것을 내다보며 나는 현석을 생각했다. 어디에서 이 비를 보고 있을까.

새로 빵을 굽는 시각이었던지 등뒤에서는 갓 구운 빵 냄새가 피어올랐다. 나는 문을 열고 빗속으로 뛰쳐나갔다. 집에 돌아와 현관문을 여는 내 손은 왠지 서두르고 있었다. 샤워를 하는 동안에도 뭔가 기다리는 사람처럼 내내 바깥의 기척에 귀를 기울였다. 스트로베리 버블스의 향도 느끼지 못했다. 마른 타월로 몸을 닦으면서 그제서야 그 타월에서 따뜻한 빵 냄새와 그리고 현석의 냄새를 맡았다. 순간에 깃드는 짧은 공유의 느낌이 사랑의 한 조각이리라고 중얼거렸던 것도 같다.

4

그렇게 십 분은 지났을 것이다.

빗속에서 사람의 모습이 나타난다. 빗줄기의 빽빽한 사선에 묻혀 남자인지 여자인지도 분명하지 않다. 가까이 올수록 조금씩 윤곽이 뚜렷해지는 게 우산을 쓴 현석이다.

우산 속으로 들어가자 그가 내 어깨를 감싸안는다. 재킷이 젖어서 그의 품안은 축축하다. 옷소매뿐 아니라 목덜미에도 빗물이 흘러내리고 있다. 끈적하지만 싫지는 않다. 천천히 걷기 시작한다. 우산 손잡이에 그대로 매달려 있는 가격표가 눈에 들어온다. 그러고는 우산 지붕을 두드리는 빗소리와 비에 젖어드는 구두의 차가운 느낌뿐이다.

차에 들어가 앉자마자 나는 흠칫 몸을 떨며 재채기를 한 번 한다. 팔에 굵은 소름이 돋는다. 현석이 팔을 가만히 쓸어준다. 안전띠를 끌어당겨서 매주며 그가 혼잣말처럼 말한다.

"이제부터는 내가 차를 갖고 다녀야겠군."

나는 와이퍼를 작동시킨다. 차창 밖의 젖은 세상이 울퉁불퉁해 보인다.

5

빗줄기는 올림픽대로로 접어들 때부터 조금씩 약해졌다. 차는 비가 그친 경춘가도를 달리고 있다. 저멀리 말갛게 갠 푸른 하늘 끝으로 먹구름이 몰려간다. 아니면 먹구름을 몰아내며 푸른 하늘이 천천히 드러나고 있는 것인지.

우리는 국도를 벗어나 좁은 샛길로 접어든다. 풀밭을 끼고 조금 들어가다보면, 검은 기름이 먹여진 널빤지 위에 '추억 속으로'라고 새겨진 간판이 나타난다. 강 위로 기차가 지나가는 모습이 보이는 외딴 찻집이다. 찻집 앞에는 차가 딱 한 대 세워져 있다.

현석이 자리에 앉아 재킷을 벗는다. 물냄새가 난다.

비가 갠 하늘은 금방 물청소를 마친 쇼윈도처럼 매끄럽고 선명하다. 물기를 머금은 숲도 초록물이 뚝뚝 듣는 듯 생기가 넘친다. 그 사이로 길게 몸을 끌며 기차가 나타나더니 강물 위를 가로질러 천천히 사라진다. 멀리서 가는 기차는 언제 봐도 하나의 엄선된 풍경이다.

현석이 두 손으로 감싸쥐고 있는 커피잔에서 뜨거운 김이 올라오고 있다. 기차가 사라진 방향으로 눈길을 주고 있는 현석의 옆얼굴도 비에 씻긴 듯이 맑다.

사랑하게 되면 누구나 조금쯤은 마음에 드는 얼굴로 보인다. 하지만 마음에 드는 얼굴이라는 것만으로 누구를 사랑하게 되는 것은 아니다. 사랑하기 때문에 그의 얼굴이 마음에 들게 됐든지 마음에 드는 얼굴이라서 사랑하게 됐든지, 어쨌든 그 두 가지의 행복한 일치는 드문 것 같다. 사랑하는 사람이 내 마음에 드는 얼굴을 가졌다는 것은 순전히 우연이지만 행복한 일이다.

재미있는 말을 잘 해주는 애인도 있었지만 나는 그보다는 말없이 바라볼 때 기분이 좋아지는 애인 쪽에 더 마음이 끌린다. 말은 공허한 것이다. 듣기 좋은 사랑의 고백도 많이 하다보면 지킬 수 없는 맹세가 된다.

찻집 안은 조용하다. 흘러간 팝송이 나오고, 구석자리에 모자를 쓴 젊은 여자 하나가 창밖을 망연히 바라보고 있을 뿐 다른 손님은 없다. 여자의 모자는 신혼여행지 아니면 바닷가에서나 어울릴 챙이 있는 하얀색 모자이다. 자세히 보니 탁자 위에 손수건을 올려놓고 있다. 흰 손수건이다.

여자는 가느다란 목소리로 종업원을 부른다.

"저기요."

자리로 다가온 종업원에게 여자는 더욱 기어들어가는 소리로 부탁한다.

"아까 그 곡, 다시 한번 틀어주실래요?"

그러고는 대답을 듣기도 전에 긴 한숨을 내쉰 뒤 손수건을 뺨에 갖다대고 음악 들을 준비를 한다. 눈이 예쁘고 큰 여자이다. 허리가 꼭 맞는 에이라인 원피스를 입었고 탁자 아래에는 메리제인 구두가 얌전히 모아져 있다.

노래가 나온다.

You can dance every dance with the guy

Who gives you the eye

Let him hold you tight

(……)

But don't forget who's taking you home

And in whose arms you're gonna be

So darling, save the last dance for me

파티에서 사랑하는 여자가 다른 남자들과 춤을 추고 있다. 여자는 유혹의 눈길을 보내는 남자들에게 손을 내준다. 남자는 중얼거린다. 그래 좋아. 어쩔 수 없지. 하지만 마지막 춤만은 나를 위해 남겨둬야 해. 너를 집에 데려다줄 마지막 남자는 바로 나라는 걸 잊지 말라구. 빠르고 경쾌한 리듬에 실린 남자의 독백은 오히려 질투와 절망을 아프게 느끼도록 만든다.

"많이 들어본 곡 같은데?"

"〈마지막 춤은 나와 함께〉야. 다른 남자들 품에서 즐겁게 춤추는 애인을 쳐다보며 부르는 노래래."

"꼭 내 얘기 같군."

현석의 그다음 말은 약간 흔들린다.

"어쨌든 이제 당신과 마지막 춤을 추는 것은 내가 된 거지."

"……"

"우유부단한 사람에게는 운명에 순순히 적응한다는 장점도 있어. 당신이 내 것이라는 확신을 갖기가 어려웠지만, 이젠 달라."

불현듯 음악이 커진다.

I will never never let you go

여자를 흘끗 보니 역시 손수건에 얼굴을 묻고 있다. 저 여자도 언젠가는 애인에게서 '당신을 절대 안 보낼 거야'라는 말을 들었을 것이다. 갑자기 나는 여자에게 다가가서 흰 손수건을 뺏어버리고 싶은 충동이 인다. 뺏은 손수건을 내 눈가로 가져갈지 물기를 깨끗이 짠 다음 다시 돌려줄지 결정은 그다음 문제이다.

우리가 자리에서 일어날 때 여자는 또 한번 종업원을 부른다.

"저기요, 아까 그 음악 좀……"

나는 재빨리 문을 밀치고 나와버린다.

비가 갠 숲에서 차고 향기로운 냄새가 풍겨나온다.

몇 걸음 가지 않아 구두가 푹 젖는다. 비에 젖은 풀밭이 미끄럽다. 이따금 나무에서 머리 위로 물이 떨어져내려 걸음이 멈춰진다. 숲속 깊은 곳에서는 녹색 숲의 정령이 연기처럼 뿜어나오는 것 같다. 살갗 위의 구멍이란 구멍이 다 열리고 그 안으로 진녹색 기운이 빨려들어와 몸속이 정결해지는 기분이다.

젖은 숲 안에서 우리는 오래오래 입을 맞춘다.

나뭇가지 사이에서, 그리고 발밑 군데군데에서 뿌연 안개들이 슬금슬금 솟아나와 우리를 감싼다. 그의 입술은 알맞게 따뜻하다. 우리의 몸은 꼭 붙어 있다. 아랫배 위로 느껴지는 그의 몸도 따뜻하다. 그 아이와 나와 현석이 한몸처럼 하나의 접점을 공유하고 있다.

나는 머릿속으로 사진을 찍어둔다. 가장 무난하고 객관적인 사진 설명도 하나 붙여본다. 강진희 일가의 다정한 한때. 혹은 다정했던 한때.

현석도 눈을 꾹 감은 채 나를 힘주어 껴안는다. 그의 가지런한 속눈썹이 벅찬 시력을 제어하느라 미세하게 떨린다.

6

현석과 함께 경춘가도로 바람을 쐬러 나온 적은 몇 번 있었지만 모텔에 들어가는 건 처음이다.

딸깍, 하고 방문을 잠그자마자 현석은 팔을 낚아채더니 나를 그대로 품에 안는다. 그의 입속으로 뜨겁게 빨려들어간 것이 내 혀뿐이 아니라 몸 전체인 것 같다. 혀끝에서 단침이 계속 솟아난다. 사람의 입속에 그렇게 많이 공간이 있었는지, 이리저리 둘러볼수록 신비롭고 짜릿하고 새로운 곳이 순간순간 나타난다. 눈을 뜰 수가 없다.

방에 들어오면 늘 현석은 애써 시선을 외면하며 욕실로 들어가버리곤 했다. 그에게는 절차가 필요했다. 몸을 씻는 시간도 지루할 만큼 길었다. 빈틈없이 준비가 다 되었다는 생각이 들어야만 섹스를 시작하는 성격이었다.

그가 깨끗한 몸을 침대 위에 단정히 누일 때마다 나는 '자 그럼,

시작할까요'라고 말해야 할 것 같은 기분이 들곤 했다. 마치 의사가 수술 준비를 마친 환자를 내려다보는 순간처럼.

그러나 오늘은 그렇지 않다.

다급하게 내 블라우스를 벗겨 등뒤로 던지며 현석이 나를 끌어당긴다. 내 몸 군데군데 불을 놓듯이 그의 뜨거운 입술이 내 입술과 가슴과 다리에 닿는다. 나는 굵은 참나무 장작처럼 불이 붙어서 빠지직 소리를 내며 현석 쪽으로 오그라든다. 우리가 서로 얽히자 하얀 침대 시트 위로 불꽃이 탁탁 튕겨져나온다.

현석이 귓불을 깨문다. 귓바퀴 안을 더듬는 혀가 축축하고 부드럽다. 그는 긴 입맞춤이 끝나면 으레 손을 들어 입가에 묻은 침을 닦아주곤 했다. 그는 섹스마저도 최후의 자의식을 남겨놓고 치렀다. 내 자의식은 그것을 알았고 똑같이 응수했다. 그러나 섹스의 첫째가는 기교란 자연스러워질 수 있는 능력인 모양이다.

그의 몸이 내 몸속에 들어왔을 때 나는 배를 쓰다듬어 그 아이에게 말을 건다. 그 아이는 자신이 사랑으로 잉태되었다고 생각하고 안심할 것이다. 부모가 좋은 사람임에 틀림없다고 믿어줄지도 모른다.

밀려드는 나른한 순간, 그리고 깜박 잠이 든 모양이다.

눈을 떠보니 방안이 어둡다. 옆자리가 비어 있다. 손을 뻗어도 아무것도 닿지 않는다. 그제서야 빗소리가 귓가에 스민다. 한참을 그대로 누워 있어본다.

사방이 조용하다.

어둠에 눈이 익으면서 커튼 움직이는 것이 보인다. 발코니 문이 열려 있는 것이다. 블라우스를 걸쳐 입는 동안에도 나는 움직이는 커튼에서 시선을 떼지 못한다.

담배를 피우고 있던 현석은 기척을 느끼고 뒤를 돌아본다. 담배를 빨아들이던 참인지 어둠 속에서 오렌지색 점이 조그맣게 빛을 내쏜다. 오렌지색 불빛을 아래로 내리면서 그가, 들어가자, 바람이 차, 라고 말한다. 그러나 내가 그의 셔츠 주머니를 가볍게 치자 하는 수 없다는 듯이 그 안에서 담배를 한 대 꺼내준다.

빗줄기가 발코니의 철책에 부딪쳐 팟, 소리를 내며 부서진다. 팔뚝 위로 물의 파편이 튄다. 담배가 타들어가는 것을 보면서 우리는 서로 팔을 껴안고 한참 동안 어둠 속에서 빗소리를 듣는다.

현석이 먼저 젖은 철책에 담배를 비벼 끈다.

"침대까지 안아서 데려갈까?"

그런 소설을 본 것도 같다. 행복한 신랑은 신부를 가뿐하게 안고 성의 꼭대기에 있는 신방으로 올라간다. 계단을 올라갈수록 너무나 당연하게도 신부는 짐짝이 된다. 소금 가마니처럼 미련하고 묵직하기 짝이 없는 존재이다. 땀을 뻘뻘 흘리며 신랑은 저주를 퍼붓는다. 그런 것이 바로 결혼이라는 뻔한 이야기였다. 제 흥에 겨워 시작한 일을 감당하지 못한 주제에 제멋대로 비극적 결론에 도달하는 신랑을 비웃었는지, 자신이 얼마나 제 발로 걷고 싶어하는지 주장하다가 신랑이 들어주지 않는 탓에 목이 쉬었는지, 그 소설에서 신부의 입장은 표현된 바 없어 모르겠다.

다시 천천히 옷을 벗기는 현석의 손끝이 뜨겁다. 어둠 속에서 나는 몸을 열어젖힌 채 방심하고 있다. 그때 그가 갑자기 침대맡에 있는 스탠드 등의 끈을 잡아당긴다. 이불을 끌어당길 틈도 없이 방안이 환해진다.

쏟아지는 불빛 안에서 그가 나를 안는다. 어둠 속이 아니라 빛이 들어찬 환한 세상에서. 내가 그것을 원했던가?

7

밤새 빗소리가 그치지 않았다.

아침이 되자 억지로 울음을 그친 아이처럼 하늘이 얼굴을 찌푸리고 있다.

남양주를 거의 벗어날 즈음 비가 걷히기 시작하더니 푸른 하늘이 다시 낯을 낸다. 지리한 장마 중간중간에 보이는 맑은 날씨는 아름답다. 곧 또다시 바람이 몰아치고 하늘이 어두워지리라는 불안함 때문에 아름다운 것이다.

축제가 끝난 뒤 2

1

또 잠이 오지 않는 밤이다. 아파트를 나와서 큰길 옆의 편의점에 간다.

밤 열한시가 넘었는데 꼬마 둘이 콜라 슬러시를 먹으면서 즉석 복권을 긁고 있다. 주인도 짐짓 옆눈으로 결과를 주목하고 있다. 나는 우유와 달걀, 오렌지를 바구니에 담는다. 잡지 판매대를 지나다가 종태가 다니는 시사 주간지의 표지를 보고 한 권 집어들어 목차를 뒤적인다. 종태의 기사가 있다.

—반대학 문화제는 일상에 대해 의심하고 상식을 파괴해보자는 뜻에서 만들어진 것이다. 그러나 특히 성에 대한 문제 제기는 아

직 우리 사회에서 받아들여지기 힘들다. 우리 사회에서 성 윤리는 양보할 수 없는 마지막 윤리이기 때문이다.

종태의 생각은 나와 다른 점이 많다. 그것이 문제가 되지는 않는다. 종태를 사랑하지만 그의 모든 것을 사랑할 마음은 없기 때문이다. 나는 그가 나에게 보이고 싶어하는 부분만을 보고 가진다. 기자로서의 종태, 남편으로서의 종태, 그리고 한 존재로서의 종태에 대해서는 굳이 알려고 하지 않는다. 그에게 치명적인 병이나 비밀 같은 게 있다고 해도 그 자신이 감추려 한다면 나는 알려고 하지 않을 것이다. 종태라는 세계는 나의 일부와만 닿아 있다. 그것도 천식과 변덕이 심한 노인이 관리하는 사설 박물관처럼 제한된 시간에만 관람이 허용된다. 그 시간이 오면 나는 기꺼이 입장권을 사겠지만 미리 줄을 서서 기다리지는 않는다.

"에이, 또 틀렸어" 하는 실망의 소리에 이어 "자식들. 그러니까 애들은 이런 거 하는 게 아니래두"라고 그제서야 어른 행세를 하는 주인의 목소리가 들린다. 나는 잡지를 다시 판매대에 꽂아 놓는다.

집에 돌아오니 윤선이 복도 벽에 기대서 있다.

윤선은 몸에 달라붙는 레깅스에 경쾌한 티셔츠를 입고 봄날 피크닉이라도 가는 소녀처럼 데님으로 된 숄더백을 들고 있다. 우아함을 강조하는 평소와는 다른 차림새이다. 그것이 윤선을 더욱 흐트러져 보이게 만드는 건지도 모른다. 나를 빤히 쳐다보는 눈가에 화장이 얼룩져 있다.

밤늦게 찾아올 때는 그만한 사정이 있을 테지만 나로서는 달갑지 않다. 윤선은 분명 비밀을 갖고 왔을 것이다. 비밀을 들어주면 그 비밀의 떳떳하지 못한 부분까지 공유해야 한다.

"진희야, 나 실연당했어."

현관문을 들어선 윤선은 깊은 한숨을 내쉰다.

"술 없니?"

냉장고에서 캔맥주를 가져다주자 힘없이 마개를 딴다. 맥주 거품이 피시시 소리를 내며 주둥이 쪽으로 기어올라오다가 만다. 마시지 않고 그대로 탁자 위에 내려놓는 걸 보니 윤선은 꼭 술을 마시겠다는 것보다 뭔가 비장함을 위한 소품이 필요했던 듯하다.

"이제 어떻게 살아야 할지 막막해."

초점 없는 눈으로 바닥을 내려다보며 넋두리하듯 중얼거리는 윤선의 뺨이 젖어든다. 좀 긴 이야기가 시작될 조짐이다.

"너하고 영화 본 날, 그날이야."

윤선의 눈빛이 아득해진다. 내 짐작대로 윤선의 상대는 내게 시사회 티켓을 보냈던 영화 기획자였다.

"우리 술 좀 마셨잖아. 그 사람이 나를 바래다준다고 함께 택시를 탔는데 너무 속이 메스꺼워서 중간에 내렸어."

아무 건물에나 들어가서 화장실을 찾은 윤선은 먼저 오줌을 눈 다음 세면기의 물을 틀어 손을 씻고 입안을 헹구었다.

“거울을 보니까 머리가 너무 헝클어진 것 같더라. 머리를 빗고 있는데 그 사람이 들어왔어. 내가 빨리 안 나오니까 걱정이 됐나 봐.”

윤선이 보고 있던 거울 속에 등장한 남자는 역시 거울 속에서 윤선의 벌린 입술을 보았다. 갑자기 그는 등뒤에서 윤선의 어깨를 안았다. 그러고는 뒷목에 얼굴을 파묻었다. 숨소리가 거칠었다. 윤선은 온몸에서 힘이 빠져나가는 듯한 기분이었다. 거울이 아니라 자신이 주인공이 된 영화를 보는 것 같았고 어쩐지 현실 속의 일 같지가 않았다.

그들은 다시 택시를 잡아탔다. 어색해져서 서로 한마디도 하지 않았다. 하지만 윤선의 집에서 한 블록쯤 떨어진 곳에서 택시를 내린 그들은 내리자마자 손을 잡았다. 누가 먼저랄 것도 없었다. 골목 안에서 그들은 깊이 포옹했다.

윤선은 가슴이 벅차서 길게 숨을 내쉬었다. 그 숨소리가 몹시 떨리며 푸들푸들 새어나왔다. 남자의 품안은 아득한 평원 같았다. 세상일은 아무것도 떠오르지 않았다. 그것만으로 충분했다. 그의 입술이 다가왔을 때 윤선은 눈을 감았다. 윤선은 들었다. 컴컴한 터널 속을 지루하게 통과해온 기차의 단조로운 바퀴 소리가 햇살 가득한 연초록 숲 한가운데로 들어서며 갑자기 경쾌한 가속음으로 바뀌는 것을.

그의 목에 팔을 감고 있던 윤선은 남자의 손이 블라우스 속으로 들어올 때에야 눈을 떴다. 손을 밀어내자 그는 사과했다. "미안해요. 저 그렇게 이상한 놈은 아닌데, 윤선씨를 만나서 어떻게 된 모양이에요." 윤선은 제 쪽에서 되레 미안한 마음이 들었다. 남자가 조심스럽게 "전화해도 될까요"라고 했을 때 "그럼요" 하는 대답은 선선하게 나왔다. "정말이죠?" 하고 어린애처럼 좋아하는 남자의 표정을 보고 자신이 누군가를 그렇듯 기쁘게 만들 수 있는 존재가 된 것이 행복하기까지 했다. 남자는 "저, 그럼 내일 당장 합니다" 했고 윤선은 얼굴을 붉혔다.

거의 뛰다시피 집으로 돌아왔다. 시간이 늦어서가 아니었다. 불이 꺼진 경비실 앞을 지날 때만 겨우 뛰는 가슴을 진정시켰다.

남편은 깊이 잠들어 있었다. 그 곁에 살그머니 누워서 윤선은 조금 전의 일을 하나씩 하나씩 반추하기 시작했다. 손가락은 남자의 입술이 닿았던 제 입술을 만지고 있었다. 그날 밤 아주 달콤한 기분으로 잠들었다.

다음날부터 윤선은 오랫동안 미루었던 충치 치료를 받기 시작했다. 사흘이면 끝난다고 했지만 그동안에라도 남자에게 연락이 오면 키스할 때 약냄새가 날 것 같아 마음이 조급했다.

"전화 기다리는 조바심도 너무 신선한 거 있지. 드라마에서 연인들이 애틋하게 쳐다보는 장면만 봐도 가슴이 짜릿하고. 아무튼 살아 있는 기분이란 게 이거구나 싶었어."

남자에게서는 일주일이 넘도록 전화가 걸려오지 않았다.

윤선은 벨소리가 채 세 번도 울리기 전에 전화기를 들곤 했다. 그런 다음 전화 건 사람이 무안할 만큼 쌀쌀맞게 대꾸를 하기 일쑤였다. 남편이 전화를 해올 때면 더욱 짜증이 났다.

결국 제 쪽에서 전화를 걸었다.

"반가워하더라고. 왜 연락 안 했냐고 하니까…… 상처받을 일은 시작하고 싶지 않았다고 하면서…… 그 사람도 꽤나 갈등이 심했던가봐."

윤선의 목소리가 흔들리기 시작한다.

"당장 만나자는 거야. 보고 싶다고……"

윤선은 약속 시간 몇 시간 전부터 엉덩이를 바닥에 붙이고 있을 수가 없었다. 미리 나와서는 그의 회사와 같은 건물에 있는 극장에서 영화를 한 편 보고 나서야 약속 장소로 갔다. 남자는 거의 한 시간이 지나서야 나타났다. 회의가 길어졌다고 말하며 앉자마자 멋지게 담배를 피워 물었다.

"그 사람은 계속 우울해 보였어. 술만 마시더라구."

남자는 화장실에 갔다 오더니 윤선의 옆자리에 앉았다. 그러고는 맥주잔을 단숨에 비우더니 윤선에게 내밀었다. 윤선은 거품만 조금 입에 댈 뿐이었다. 첫날보다 훨씬 정숙하게 굴었다.

남자가 슬픔에 잠긴 사람처럼 짐짓 윤선의 어깨에 기댔을 때 윤선은 그의 입에서 나는 술냄새가 조금도 역겹지 않았다.

"그 사람이 나한테 뭐라고 그랬는 줄 아니?"

윤선은 울먹울먹한다.

"같이 어디로 도망가버리자는 거야. 그러면서 술만 계속 마시고……"

탁자 위에 있던 티슈 통에서 연결 동작으로 휴지를 세 장 뽑아낸 윤선은 그것을 눈가에 대고 말을 계속한다.

"술집에서 나오더니 나를 주차장으로 데리고 갔어. 차에 타라는 거야. 술을 마셔서 위험하다고 했더니 도망 못 갈 바에야 같이 죽어버릴 거라면서 갑자기 나를 꽉 껴안고…… 너무 괴로운 표정으로…… 나 정말 그 사람하고 도망가버릴까? 난 말야…… 누구를 사랑한다는 게 너무 고통스럽고……"

"사랑한다고?"

"그래. 너는 모를 거야. 누가 우리를 이해하겠어. 난 그 사람을 위해서는 뭐든지 할 수 있어. 사랑 앞에서 세속적인 계산 같은 건 초라한 거야."

윤선은 그의 차에 탔다. 강변로를 달리는 차의 차창을 열고 윤선은 바람에 눈물을 말렸다.

"헤어지면서 그 사람이 그러더라. 다시는 만나지 말자고…… 만나면 만날수록 잊기 힘든 기억만 늘어갈 텐데 그런 어리석은 일은 하지 말자고…… 진희야, 난 이제 세상이 다 무의미해. 아무도 사랑할 수 없을 것 같아……"

남자가 했다는 말은 모두 어디선가 들어본 영화 대사 같았다.

윤선은 그의 차를 타고 어디에 갔는지는 말하지 않는다. 얘기를 마쳤다는 표시로 등받이에 등을 기댄다. 몹시 지쳐 있다. 흥분이 가라앉자 갑자기 피곤이 밀려와버린 때문이다. 윤선의 표정은 썰물 때의 해변을 연상시킨다. 오늘밤 윤선의 저 얼굴에는 숱한 감정의 기복이 밀물처럼 찰랑이며 아름답게 밀려들었을 것이다. 그러나 지금은 깡통과 쓰레기를 남기고 바닷물이 빠져나간 개펄처럼 눈물이며 화장 자국이 얼룩져 무척 허탈해 보인다.

갑작스러운 전화벨소리는 지쳐 있는 윤선이나 나에게나 유난히 크게 들렸다.

윤선이 깜짝 놀라며 몸을 세우더니 내 팔을 붙잡는다.

"누굴까?"

"놔둬. 이 시간에 오는 전화는 안 받아."

"안 돼. 빨리 받아봐. 혜지 아빤지도 몰라. 너 만나러 간다고 했거든."

그러나 응답기를 통해 흘러나오는 목소리는 종태이다.

—나야, 안 자면 받아봐.

윤선은 안심한 듯 다시 소파에 등을 기댄다. 그러더니 다음 순간 눈을 빛내며 전화기를 바라본다. 찰칵, 소리를 내며 응답기가 꺼지자 고개를 돌려 나를 쳐다보는 윤선의 표정은 뭘 묻기도 전에 그 대답이 진짜일지 거짓일지 미리 탐색부터 하고 있다.

"누군데 새벽까지 전화질이니?"

"너 집에 안 갈 거야? 좀 자야겠는데."

"진희 넌 좋겠다. 나도 너처럼 혼자 살았으면 좋겠어. 아무한테도 간섭 안 받고."

윤선의 얼굴이 다시 일그러진다.

"집에 돌아갈 생각을 하니 지겨워."

"지금까지 별문제 없이 살았잖아."

"그게 문제가 없었던 거니. 나도 진짜 나 자신을 찾고 싶어."

"어떤 게 진짜 너인데?"

"내가 원하는 남자하고 살고 싶단 말야. 사랑하는 사람하고."

"혜지 아빠하고 사랑해서 결혼했잖아."

"중매결혼인데 무슨 사랑이야. 우리는 안 맞는 게 너무 많아."

윤선은 새로운 남자를 향한 연정에 정통성을 부여하고 싶은 나머지 지금까지의 삶을 부당한 것으로 돌리려 한다. 바람피우는 일을 합리화하기 위해서는 지금까지의 성채가 감옥으로 바뀌어야 하고 남편도 문제 있는 사람이 되어줘야 하는 것이다.

문제라는 것은 어디에나 있다. 문제가 없다는 말은 문제삼지 않는다는 뜻일 뿐이다. 윤선의 남편이 특별히 문제가 있는 사람은 아니었지만 문제 있는 사람으로 만들기란 어렵지 않았다.

"진희야, 너하고 얘기하고 나니까 마음이 편해진다. 어쩐지 그 사람이 꼭 다시 연락을 해올 것 같아. 난 이제 그 희망으로 살아갈 거야."

윤선이 돌아간 뒤 나는 따기만 하고 마시지 않은 캔맥주를 대신 마신다. 시네필름 기획실 차장 신춘호. 여성지에서 일하는 후배 은숙에게 얼마 전 그에 관해 들은 적이 있다.

"신차장이 그러던데요. 선배를 아주 잘 안다고. 술도 같이 마셨다면서요? 신배 만나거든 연락 좀 하고 살자고 전하래요."

후배의 말에 따르면 요즘 그는 코를 빠뜨리고 다닌다고 했다. 많은 예산을 들여 기획했던 영화가 흥행에 참패한 모양이었다. 성격이 괄괄하기로 소문난 그 영화사의 사장이 회의 도중 그에게 유리 재떨이를 던졌으며 그 일 이후 회사 안에서 그의 입지가 매우 약화되었다는 얘기였다.

나는 더이상 생각하지 않는다. 일어나 불을 끄고 침대로 간다.

2

산부인과에 간 것은 며칠 뒤이다.

"좀 늦게 오셨네요."

의사는 차트를 내려다보며 친절하지만 건조한 말씨로 말한다.

"아직 팔 주니까 뭐…… 들어가서 누워보세요."

진찰실로 들어간 나는 팬티를 벗고 진찰대 위에 올라가 눕는다. 천장에 화면이 하나 붙어 있다. 환자가 누워서 모니터를 볼 수 있도록 장치해놓은 초음파 화면이다. 화면이라니, 아랫도리를 벗은 나는 얼굴을 찡그린다.

의사는 배를 조금 눌러본 다음 다리 사이로 차가운 기구를 집어넣는다. 천장의 화면을 가리키며 새로운 행성을 발견한 우주 관측사처럼 말한다.

"엄마가 보세요, 저기 보이시죠?"

어디로 해서 죽일까를 알아보고 있는 순간에 엄마라고? 엄마라는 말이 이렇게 잔인한 발음을 할 때도 있나.

옷을 추스려 입고 다시 진료실로 들어가자 의사는 내 차트에다 사진 비슷한 것을 풀로 붙이고 있다. 무심코 의사의 손길을 따라가던 내 시선은 물컹한 것을 담은 사진 위에 그대로 멈춰진다. 초음파로 포착된 태아, 그 아이다. 눈길을 주고 있긴 하지만 그 순간 내 눈에는 아무것도 보이지 않는다.

간호사가 와서 흰 종이를 내민다.

"임신중절수술을 원합니다, 라고 쓰시고요, 상대방 이름하고 환자분 이름 쓴 다음 두 군데 다 지장 찍으세요."

간호사는 내 얼굴을 쳐다보지 않은 채 "안 쓰면 안 돼요"라고 재촉한다. 나는 아무 이름이나 적을 셈으로 먼저 '김'이라고 성을 쓴다. 그런데 하고많은 남자 이름이 하나도 떠오르지 않는다. 일부러 틀리게 써야 하는데도 현석이라는 정답과 종태, 그리고 얼토당토않게 상현이라는 전남편의 이름만 입에서 맴돌 뿐 머릿속이 하얗다. 더듬더듬 써넣고 수술대에 누워 생각해보니 그것은 내가 다니는 대학 설립자의 이름이었다.

3

집에 돌아와 나는 냉장고에서 달걀 두 알을 꺼낸다. 냄비에 찬물을 붓고 달걀을 집어넣은 다음 소금을 조금 넣고 가스레인지 위에 올린다.

달걀은 금방 삶아진다. 삶은 달걀의 껍데기를 까서 따뜻하고 야들야들한 흰 속살을 입안에 넣는다. 입덧이 사라진 뒤 처음 먹는 음식이다. 그 아이와 나눠 먹던 때는 모든 음식의 맛이 다 거북하더니 나 혼자 먹으려니 달걀이 꽤 맛있다. 그러나 한 개는 남긴다.

침대에 들어가자 마치 무덤처럼 그 안으로 몸이 파묻혀 들어가는 기분이 든다. 머리 위로 이불을 뒤집어쓴다. 잠들고 싶다.

전화벨소리가 여러 번 나를 깨웠지만 눈을 뜨지는 않는다. 잠결에 여러 목소리가 들려온다. 자동응답기를 통해 바깥세상의 먼지가 빨려들어오는 것 같다.

—나야, 윤선이. 어젯밤 왜 전화 안 받았니? 외박한 거 아냐? 어딜 그렇게 신나게 돌아다녀. 넌 내가 죽을 맛인 거 뻔히 알면서 어

떻게 그럴 수가 있어?

—응, 강선생. 나 박지영이에요. 연락 좀 주세요.

—선배! 은숙인데요. 시네필름 신차장하고 정말 가까운 사이에요? 지금 같이 술 먹는데 선배 불러달라고 야단이에요.

뒤에서 왁자지껄한 소리가 나더니 누군가 전화기를 잡아채는지 갑자기 끊어진다.

—진희 너 아직도 안 들어왔니? 너밖에 상의할 사람이 없는데 정말 미치겠네. 오늘 내가 그 사람 회사로 전화했거든. 근데, 아이 참, 빨리 안 들어오고 뭐하냐. 이 시간까지.

세번째 다시 거는 윤선의 목소리는 조급하고 노엽다.

그런데도 잠이 쏟아진다.

죽은듯이 자고 나니 자정이 가까워져 있다. 이번에도 나를 깨운 것은 자동응답기이다.

—나야. 집에 있으면 받아봐.

현석답지 않게 취한 목소리이다. 나는 침대에서 몸을 일으킨다. 팔을 뻗어 전화기를 들다가 떨어뜨리고 만다. 전화기는 허공에 매달려 있다. 현석이 그 안에서 말한다. 왜 집에 불이 꺼져 있지? 보고 싶어서 왔는데, 듣고 있는 거야?

4

그가 들어온 뒤 현관문을 닫으려 하자 술냄새가 잽싸게 따라 들어온다. 작은 스탠드 램프 하나만을 켜놓아 실내는 어둡다. 현석의 목소리가 속삭이듯 낮아진다.

"어머니 병원에 갔다 오면서 좀 마셨어."

어둠 속을 더듬듯 현석이 나를 끌어당겨 안는다.

현석은 술을 많이 마시지 않는다. 혼자 마시는 일은 거의 없다. 아마 어머니와의 사이에 언짢은 일이 있었던 듯하다.

"미안해."

"뭐가?"

"아무것도 아냐."

나는 현석과 어머니 사이의 언짢은 일이 무엇이었는지 알게 된다. 예상대로이다.

"왜 불을 안 켜고 있어?"

"당신에게 보일 만한 꼴이 아니야."

그의 팔을 풀어내리며 나는 한 걸음 뒤로 물러난다.

"소파에 앉아 있어. 차라도 끓일게."

그러나 주방으로 몇 걸음 옮기기도 전에 나는 멈춰 서고 만다. 현석이 이미 거실 중앙등의 스위치를 올린 뒤이다. 종태라면 속일 수 있었겠지만 현석에게는 소용없는 짓이다. 현석이 내게로 가까이 다가온다. 뚜벅뚜벅 소리가 날 것만 같은 걸음걸이다.

내가 좀 가볍게 말해본다.

"당신도 나도 원한 일이 아니었잖아. 그런데도 생겨났으니 그 애는 태어나기 전부터 반항아야. 그래서 내가 다시 돌려보냈고."

"그런 일은 신이 해. 당신은 그냥 모체야."

현석의 대답은 추처럼 무겁다. 그리고 상투적이다. 이런 경우 현석이 할 만한 말이긴 해도 정확한 말은 아니다. 나는 그애에게 삶을 줄 수 없었던 데 대해 설명할 마음이 전혀 없다. 죽음을 주는 것도 사랑이라며 눅눅한 논리로 미화하고 싶지도 않고, 그애에게 모험을 시킬 수는 없었다고 싸구려 페시미즘을 토로하고 싶지도 않다. 그리고 그에게 비난받을 이유도 없다.

나는 내 몫의 고통만 감당할 작정이다. 현석의 회한은 그 자신의 몫이다. 그는 적극적인 선택을 할 수는 없었을 것이다. 그가 할 수 있는 것은 어머니를 설득하지 못해 술을 마시고 술냄새를 풍기며 이 집에 불쑥 찾아오는 괴로움의 포즈 정도이다. 나는 그에게 아무것도 기대하지 않았고 그것은 틀린 생각이 아니었다.

내 어깨를 감싸고 있는 현석의 팔을 풀며 내가 말한다.

"난 그냥, 사실을 가장 사실적으로 받아들인 것뿐이야."

"무슨 뜻이지?"

"당신도 알고 있잖아. 그애는 사생아야."

현석의 눈두덩이 갑자기 푹 꺼진 듯이 보인다. 목소리가 떨려

나온다.

"내 생각을 그렇게 잘 알아? 정말 모르는 게 없군. 내가 아니라고 말해봐야 소용없겠지. 당신은 내가 나 자신을 잘 모르고 있다고 대답할 테니까. 생각하는 건 나지 당신이 아냐. 바로 내 생각이라구!"

"스스로 인정하기 어려운 걸 대신 말해준 것뿐이야."

"함부로 단정짓지 마. 나에 대해 다 안다고 생각해?"

"……"

그다음부터는 모든 것이 조용히 진행된다.

현석이 섬뜩할 만큼 조용히 문을 닫고 나가버리는 데까지 십 분도 걸리지 않았지만 무척이나 지루한 시간이었다. 그가 남긴 마지막 말은 "너는 한 번도 날 사랑한 적이 없었어"이다. 그 말을 한 뒤에도 오 분쯤 아무 말 없이 들짐승의 박제처럼 의자에 앉아 있었다. 그러고는 그림자처럼 일어나서 연기가 빠져나가듯 문밖으로 사라졌다.

나는 현관문을 잠근 다음 다시 커피를 끓이러 주방으로 간다. 식탁 위에 한 개 남은 삶은 달걀이 놓여 있다. 달걀은 차고 단단하다. 하얀 껍데기를 부수어서 천천히 벗기기 시작한다. 어떤 외국 시집에서 읽었던 시가 떠오른다. 누군가가 찻잔을 내려놓는다. 그는 모자를 쓴다. 그는 문을 연다. 떠나버린다. 나는 탁자에 엎드려 버린다.

현석은 다시 오지 않을 것이다. 박차가 아무리 옆구리를 찢어도 말은 달리지 않는다. 축제가 끝난 것이다. 그러나 나는 당연히 놀라지 않는다. 나쁜 여자에게 깜짝 놀랄 일이란 없다.

악역의 즐거움

1

세상에는 가난하거나 운 없는 사람이 있게 마련이다. 내가 그 당사자가 되지 말란 법은 없다. 불행은 그렇게 해석해야 하는 게 아닐까. 세상에는 공부 못하는 아이들, 약속 어기는 애인, 실력 없는 전문가 등이 있게 마련인데 바로 내 아이나 내 애인, 나를 치료하는 의사가 꼭 그들이 되지 말란 법은 없다는 이야기이다.

마찬가지로 세상에는 나쁜 사람이 있게 마련이다. 내가 그 나쁜 사람이지 말란 법도 없다. 아니 이 말은 정확하지 않다. 모든 사람에게는 나쁜 면이 있을 수 있다, 그러므로 때로 그 점이 표출될 때 놀랄 필요는 없다, 이렇게 말하는 편이 좋겠다. 나 자신이 나쁘지 않다고 강변하려다보면 '나쁜 일면을 가진 보통 사람'에서 벗어나 거짓된 사람, 즉 '정말 나쁜 사람'이 될 수도 있다는 뜻이다.

세상 사람이 모두 다 착한 사람이 될 수는 없다. 그렇다면 이 세상에 없어서는 안 될 악역은 누가 감당하겠는가. 누가 해고 통보를 하고 누가 집달리가 되고 누가 가망 없는 환자의 수술을 맡는가. 착한 사람들만 모여 있다는 천당이라는 곳에서는 누가 악역을 할까 생각해본다. 천당 사람들은 너무 착하기 때문에 서로 악역을 하겠다고 다툴지도 모른다. 그렇다면 최후에 악역을 차지한 사람은 이미 착한 사람이 아닐 수도 있다. 다른 착한 사람들을 실망시켰으니 말이다. 천당에서는 어쩌면 그렇게 해서 겨우 나쁜 사람을 한 사람 만들어내 관계의 균형을 유지하는 것이 아닐까.

나쁜 인간을 자처하기만 하면 하기 곤란한 일은 적어진다. 누군가에게, 특히 나 자신에게 야박하고 거침없어지는 일은 때로 즐겁다. 희망과 환상을 뺏는 일은 분명히 악역이지만 최소한 거짓된 일은 아니다. 거기에 악역의 즐거움이 있다.

나는 남자를 쉽게 잊는다.

사랑하는 사람을 잃는 것은 물론 고통스럽다. 그러나 세상에 고통은 있게 마련이고, 나에게 그 고통이 오지 말란 법은 없다. 마침 지금 고통의 시간이 왔을 뿐이다. 머리 위의 구름처럼 시간이란 머무는 것 같지만 결국은 흘러가버리는 존재이다. 이 시간은 반드시 지나갈 것이고 다시 다른 시간이 머리 위에 드리워진다. 지나간다는 것을 알면 고통을 견디기가 조금은 나아진다. 이런 것을 두고 옛사람들은 세월이 못 고칠 병은 없다고 표현한 모양이다.

옛사람들 역시 알았을 것이다. 시간이 흘러간다는 말은 고통스러운 시간이나 행복한 시간 모두에 해당된다. 행복한 시간도 흘러가버리는 한순간일 뿐이라는 사실이 고통스러운 사람에게는 행복을 놓친 데 대한 핑계가 되기도 한다.

2

나는 조금도 달라지지 않았다.

현석이 떠나버린 날 혼자서 술을 좀 마시고 싶다는 생각은 했다. 꼭 그가 떠나서만도 아니었다. 그 아이가 떠난 날이기도 했으니까.

그러나 편의점으로 맥주를 사러 나가려고 의자에서 엉덩이를 뗀 순간 어떤 이유를 가지고 술을 마신다는 것이 더없이 약한 짓으로 생각되었다. 술이란 즐거울 때, 그리고 아무렇지도 않은 때 그냥 마시는 것이다. 슬프거나 괴로울 때 마시면 그것은 술이 아니라 슬픔과 괴로움을 제대로 이해할 수 있는 자기의 시간을 마시는 짓이다.

나는 몸을 일으켜 책상 앞으로 다가간다. 책상 위가 어지러운 것은 그동안 일을 많이 해서이다. 보름 동안 학생들의 리포트 채점과 성적 처리를 했고 미루어두었던 소논문 하나를 탈고했다. 영화평도 두 개 썼고 박지영의 부탁을 받아 그녀 대신 동성애에 대한 글을 써서 잡지에 보내기도 했다.

시련에 맞닥뜨리면 사람은 평소 사용하지 않던 부위, 의지력이나 건전함 따위를 사용하는 것 같다. 슬픔도 힘이 된다는 말이 괜히 나오진 않았을 것이다.

요즘 특히 윤선에게 나는 맡은 바 악역을 다하고 있다. 나는 윤선을 만류하지 않는다. 죽음이라 할지라도 자신이 선택하는 것이라면 나름의 의미가 있다고 생각하기 때문이기도 하다. 이게 틀린 생각이라도 이제는 하는 수 없게 되었다.

윤선은 나날이 증세가 심각해져간다. 자기가 빠진 곳이 조심성 없는 사람이라면 누구나 한 번쯤 빠질 법한, 장마철에 흔하디흔한 질퍽한 물구덩이라는 걸 모른다. 운명적 사랑이라고 믿는 것이다. 게다가 점점 그 사랑을 현실로 옮기는 것이 진실한 사랑의 증명이 아닐까 짐짓 회의한다. 가장 심각한 것은 실제로는 가정을 버릴 마음이 전혀 없으면서 그런다는 점이다.

윤선에게 안정된 생활과 신분을 포기할 만한 배짱은 없었다. 입으로는 떳떳한 사랑을 부르짖지만 늘 남편이 알게 될까봐 마음 졸이고 내게서 알리바이를 얻어가곤 했다. 단지 보다 절박하고 진실된 사랑에 빠지기 위해서 자기 자신까지도 속이려 드는 윤선에게는 나의 악역이 꽤 유용했다.

이런 경우 필요한 것은 우정이 아니라 협조자였다. 윤선도 그쯤은 알았다.

“사실이 그렇잖니. 너 아니면 그 사람을 만나지도 못했을 거고, 나는 감옥 같은 집에서 인생을 무의미하게 보냈을 거야.”

이런 말로 나를 교사범으로 끌어들일 만큼 윤선에게는 깜찍한 구석이 있었다.

윤선의 남편은 다감한 사람은 아니었다. 천성적으로 말수가 적은데다 또 기술 좋은 성형외과 전문의라는 죄로 언제나 피곤했다. 그는 아내의 소녀 취향에 무심했다. 그 점이 마음에 들든 안 들든 부부란 서로의 특성을 배려해야 옳다.

대신 나무랄 데 없이 가정적이고 듬직한 남편임에는 틀림없었다. 윤선의 입에서 나오는 아픔이 남의 귀에는 모조리 하품으로 들리는 것도 그런 이유였다. 시네필름 신차장을 만나기 전까지 윤선은 자기의 고민이 배부른 타령으로밖에 들리지 않는다는 게 억울하면서도 한편 다행스러운 눈치였다. 취미가 있을 성싶지 않은 문화센터나 헬스클럽에도 꽤나 열심히 드나들었지만 세 달 이상은 다닌 적이 없는 윤선이었다. 그때마다 윤선은 남편 자랑으로 자신을 위로했다.

그나마 그녀에게 맞는다고 할 수 있는 취미가 바로 영화 감상이었다. 멜로 영화를 좋아하긴 했지만, 타르콥스키의 〈희생〉 같은 영화를 졸아가면서도 끝까지 자리를 지킬 허영심 정도는 갖추고 있었다.

신차장을 운명적 사랑이라고 단정지으면서 윤선은 언제나 단서를 붙였다.

"그 사람은 예술가야. 옆에 있으면 뭐랄까, 영혼이 느껴진다고 할까."

처음 윤선을 끌어당긴 것은 분명 신차장의 영혼이 아니라 입술이라는 육체였지만, 어쨌든 영혼은 육체에 의해 발현되는 법이니까 나로서도 이의는 없다.

"진희야, 그 사람은 나한테 완전히 빠졌나봐. 나를 안 만나는 날은 낙이 없대. 새 영화 홍보 때문에 바빠서 그렇지, 안 그러면 날마다 만날 텐데."

내가 이의를 갖는다면 이 대목이었다.

"그 사람 여자관계가 꽤 복잡하다던데?"

"누가 그래?"

윤선은 믿지 않았다. 발끈하는 한편 한 걸음 다가앉으며 그런 말 한 사람을 대라고 다그치는 윤선의 신문은 집요함에 있어서만은 그 기세가 사천만 달러를 들여가며 몇 년 동안이나 클린턴의 섹스 스캔들을 추적해온 스타 검사에 뒤지지 않았다.

신차장의 폭음과 무절제한 생활도 윤선은 이해했다. 자기와의 못 이룰 사랑 때문에 고통스러워하는 것으로만 여겼다. 그 외에 한 가지 이유가 더 있다면 광포한 예술혼 때문이었다.

그는 만날 때마다 취했다. 만나는 자리에 술냄새를 풍기며 나타나는 일도 예사였다. 윤선이 걱정했다. "왜 그렇게 술을 많이 마셔요?" 그러자 그는 타는 눈빛으로 그녀를 한참 동안 바라보더니, 당신 때문에요, 라고 건들거리며 한마디 뱉은 다음 다시 술잔을 천천히 쳐들어 보이며 말했다. "당신이 싫어하면 이제부터 안 마시죠." 그러고는 유리잔을 던져 박살 내버렸다.

눈물이 그렁그렁한 눈으로 윤선은, 됐어요, 다 알아요, 라고 말하며 새로 가져온 잔에 넘치도록 술을 따라 건네주었다. 그녀는 사랑뿐 아니라 영화 장면에도 취해 있었다. 그러나 후배 은숙의 말을 빌리면 신차장은 원래부터 별명이 '신고래'였다.

"그 사람이 왜, 폼도 잘 잡고 영화 대사도 잘 읊잖아요. 영화판에서 골치 썩지 말고 강남 제비로 나서보라고 놀리면 은근히 좋아해요. 눈에 힘을 잔뜩 주고는, 내 눈을 봐, 눈을 보면 다 알 수 있어, 이런 대사까지 읊어댄다니까요. 정말 다 뒤집어져요. 그래도 여자들한테서 그렇게 전화가 많이 온대요. 요새 같은 대명천지에도 그런 거짓말이 통하나봐."

분명히 통한다. 윤선에게만이 아니다. 사랑의 고백을 하려는 남자에게 "잠깐!" 하고 손바닥을 쳐들어 막으며 "설마 거짓말은 아니겠죠? 속일 생각은 말아요"라며 거짓말탐지기나 녹음기를 들이댈 여자는 없다. 모두 다 꽃냄새를 맡듯 눈을 스르르 감는다.

윤선은 신차장의 모든 말을 믿었다. 그것은 이상하거나 어리석은 일이 아니었다. 사랑이 시작돼버린 것뿐이었다.

3

윤선은 신차장을 만날 때마다 점점 대담해졌다. 한 달 사이에 외박을 세 번 했다.

첫번째 날에는 시궁쥐처럼 조심스럽게 주위를 두리번거리며 아침에 집으로 돌아왔다.

집으로 돌아오는 택시 안에서부터 윤선은 얼마나 마음을 졸였는지 모른다. 지난밤을 뜬눈으로 새운 남편이 충혈된 눈을 부라리며 출근도 하지 않은 채 문 앞에서 지키고 서 있을 것만 같았다. 복도나 계단에서 이웃 사람을 마주칠까 그것도 걱정이었다. 삼 년째 그 빌라에 사는 동안 그녀가 새벽에 밖에 나오는 일이란 단 한 번도 없었다. 외박했다는 것을 누구나 눈치챌 것만 같았다.

—이번만 아무 탈 없이 넘어가준다면, 그럼 다시는 이런 일이 없을 텐데.

윤선은 간절하게 바랐다. 진심이었다.

현관문에 열쇠를 꽂는 윤선의 손이 가볍게 떨렸다. 딸깍, 하고 열쇠 돌아가는 소리에도 가슴이 두근거렸다. 윤선은 목이 아프게 마른침을 삼켰다.

현관에 들어선 윤선은 잠시 우두커니 서 있었다. 언제나처럼 익숙한 자리에 놓여 있는 가죽소파와 사십팔 인치 소니 텔레비전, 매킨토시 오디오 세트, 난 화분, 실내 연습용 골프 기구, 장식장의 양주병들이 눈에 들어왔다. 그것은 홍윤선이라는 인간의 현재가 고스란히 들어 있는 고급 액자였다. 그녀가 서른여덟 해 동안 이끌고 온 그녀의 삶의 도달점이기도 했다. 어젯밤만 뺄 수 있다면 말이다.

집안은 조용했다. 가사도우미가 오기에는 이른 시각이었고 혜지는 유치원이 방학을 하던 그날로 외가에 가고 없었다.

윤선은 먼저 욕실로 가서 욕조에 뜨거운 물을 틀어놓았다. 물 떨어지는 소리가 집안의 정적을 깨면서 갑자기 그 집 주부로서의 일상을 되돌려주는 것 같았다. 윤선은 비로소 한숨을 내쉬었다. 돌아온 탕아들이 처음에는 다 그렇듯이 무사히 집으로 돌아온 것만이 다행스러웠다.

각본대로라면 그녀가 외박을 한 장소는 친구 진희의 집이었다. 진희는 남자 문제로 자살 소동을 벌였는데 또 무슨 짓을 저지를지 몰라 곁에 있어줘야 했다. 이혼녀인데다가, 아버지가 돌아가신 뒤 새어머니가 개가해버렸고 하나뿐인 여동생마저 유학 가 있기 때문에 진희에게 의지할 사람이라고는 다정하고 우정 깊은 윤선뿐이었다.

윤선의 남편은 그런 엉성한 거짓말을 믿고 새벽에 골프 연습장에서 공을 친 다음 상쾌한 기분으로 병원에 출근했을 것이다.

윤선은 욕조 속으로 들어갔다. 뜨거운 물이 살갗으로 천천히 스며들었다. 온몸 구석구석에 감춰진 땀구멍이 열리고 그 속에 들어있던 모든 노폐물이 물속으로 녹아나는 것 같았다. 그 노폐물 속에는 간밤의 욕망도 있었다.

어쩌면 욕망이라고는 할 수 없을지도 모른다.

윤선이 남자에게 구한 것은 드라마틱한 사랑의 표현이지 육체의 교감은 아니었기 때문이다. 그녀는 순간순간 스쳐가는 남편의 얼굴을 보지 않으려고 한사코 눈을 감아야 했다. 키스를 할 때까지는 아름답고 감미로운 느낌이었다. 그러나 낯선 속살이 몸에 닿자 그녀의 몸은 움츠러들었다. 이제 내 인생은 어떻게 되는 걸까. 윤선은 생각했다.

지금까지 그녀의 삶은 고급 케이스에 담겨서 눈에 잘 띄는 곳에 놓여 있었다. 안전하지만 답답했다. 그러나 케이스를 벗어난다면 이리저리 바닥을 굴러다녀야 한다. 낯선 발에 함부로 차일지도 모른다. 윤선은 내키지 않았다. 자기 삶의 안정을 보장해주었던 도덕이라는 케이스를 뚫고 나가기가 두려웠다.

그때 남자가 거친 목소리로 속삭였다. 사랑해. 윤선은 와락 그의 품에 안겼다. 순간적인 격정이 비로소 그녀의 몸을 뜨겁게 해주었다. 그녀의 눈끝에는 눈물이 맺혔다. 세상의 관습을 이겨 누르고 사랑이 승리하는 장면이었다.

— 하지만 다시 또 그러지는 않을 거야.

자기 집의 욕실에서 고급 샤워 젤의 거품을 씻어내며 윤선은 가볍게 머리를 흔들었다. 사랑의 확인은 한 번이면 충분해. 그 사람이나 나나 특별한 관계가 되고 싶어서 그런 것이지 쾌락을 원한 것은 아니니까.

사랑의 이름으로 스스로를 용서한 뒤 윤선은 가벼워진 기분으로 욕실을 나왔다.

실내복으로 갈아입은 윤선은 가스레인지에 찻주전자를 올려놓으며 천연덕스런 기분이 되었다. 음악을 틀어놓고 커피를 타는 모습은 어제 이맘때의 윤선과 조금도 다를 바가 없었다. 소파에 몸을 묻고 뜨거운 커피를 마시며 그녀는 이미 오전 시간의 한가로움을 즐기고 있었다.

여분의 갈망이란 한가로움과 평화에서 비롯되는지도 모른다. 조금 전까지 자기를 괴롭혔던 죄의식과 긴장이 사라지고 그녀의 일상 위로 한가로움이 오롯이 차일을 드리워주자 윤선은 다시 남자가 그리워졌다. 간밤의 일이 슬그머니 떠오르기도 했다. 남자의 눈빛과 목소리, 팔의 감촉.

— 나 사실 윤선씨가 생각하는 것보다 훨씬 형편없는 놈이에요. 그래도 믿고 따라와줄 수 있겠어요?

그 말을 속삭일 때 남자의 눈 속에 깃들던 어떤 우수가 윤선의 가슴에 통증을 일으켰다. 남자를 진정으로 이해하는 것은 자신뿐이며 남자 또한 그 역할을 오직 자신에게 맡겼다는 사실이 행복했다. 윤선은 제 젖가슴을 쓰다듬어보았다. 순간 몸이 짜릿해졌다.

그녀는 전화기를 흘끗 쳐다보았다. 남편에게 전화를 걸어야 하리라는 생각은 들었다. 혜지도 잘 있는지 연락을 해봐야 했다. 하지만 잠시라도 전화기를 들 수가 없었다. 벌써 그의 전화를 기다리고 있었던 것이다.

남자에게서는 전화가 걸려오지 않았다.

이번에도 윤선이 먼저 연락을 했다. 남자가 자기의 전화를 초조하게 기다리고 있으리라고 확신했던 윤선은 그가 출장을 가고 없다는 말에 멍해졌다. 언제 돌아오냐고 물으니 알 수 없다는 대답이었다. 갑자기 다급하고 불안해진 윤선의 목소리가 빨라졌다.

"어디로 갔는데요? 출장 간 곳이 어디예요?"

"그거야 모르죠. 홍콩인지 방콕인지."

상대의 목소리는 진지하지도 사무적이지도 않았다. 윤선이 멈칫하는 동안 전화기 저편에서는 여러 사람이 웃는 소리가 들려왔다.

윤선은 다음날 다시 전화를 걸었다. 그다음날도. 사흘째 되던 날 "여보세요" 하는 상대의 목소리를 듣는 순간 윤선은 잠깐 숨이 막혔다. 그였다.

남자는 그날 밤 회의가 있어 나올 수 없다고 했다. 남자가 바쁘다는 것을 이해 못할 윤선이 아니었다. 그녀는 회사 앞의 카페에서 기다리고 있겠다며 회의가 자정을 넘겨도 괜찮다고 너그럽게 말했다.

윤선의 두번째 외박은 조금 더 쉬웠다. 세번째는 죄책감도 별로 들지 않았다. 거짓말도 자연스럽게 나왔다. 한 번이면 충분하다고 생각했었던 사랑의 확인 작업에도 익숙해져갔다. 이제는 술집에서 그의 팔이나 다리를 쳐다보고 있으면 만져보고 싶다는 생각이 들기도 했다.

금기를 깨는 일에 두번째, 세번째라는 말은 없다. '맨 처음'과 '그다음부터'가 있을 뿐이다. 외도의 경험이 딱 한 번 있다는 말은 어딘가 어색하다. 한 번도 없거나 많거나이다. 두번째부터는 다 똑같다. 순결이란 허상은 그런 것이다. 조금씩 더럽혀지는 게 아니라 단 한 번에 찢겨나간다.

4

"그럼 나는 네가 외박할 때마다 위세척을 한 거니?"

내 질문에 윤선이 멋쩍게 웃는다.

"두번째는 네가 술을 너무 많이 마셨길래 데려다주러 왔다가 붙잡혔다고 했어."

"세번째는?"

"세번째는…… 음……"

선뜻 말을 잇지 못하고 내 눈치를 보는 윤선의 눈가에 주름이 잡힌다. 요즘 피부 관리실을 열심히 드나들어 피부를 억지로 잡아당기고 있지만 나이든 여자의 표정에는 어쩔 수 없이 살아온 시간의 굽잇길이 보인다.

"미안해, 진희야. 혜지 아빠가 좀 의심하는 눈치여서 이것저것 헤아릴 틈이 없었어. 너 중절수술 했다고 했는데……"

불순한 외박을 추궁당하지 않으려는 데 급급해 친구의 인격을 소모품으로 쓰고 버릴 만큼 사람은 이기적이다. 나는 그러나 그 행동이 뻔뻔스럽다고는 생각하지 않는다. 삶의 우스운 면이 바로 이런 경우에 있다. 내가 내 아이를 죽인 것은 사실이고 현석은 그것 때문에 떠났다. 윤선의 조잡한 각본에서 사실과 다른 것은 내가 약을 먹었다는 부분뿐이었다. 윤선은 코끼리처럼 뒷걸음질하다가 쥐를 잡은 것이었다. 또한 그것은 내게 닥친 일이, 상상력이 빈약한 윤선의 머릿속에서 꾸며질 정도로 상투적인 사건이라는 뜻이기도 했다.

그리 긴 시간은 아니었지만 살아볼수록 인생은 상투적이다. 세상에는 언제나 흔한 일만 일어난다. 자기 자신에게는 대단한 사연일는지 몰라도 세상 전체로 보면 태양 아래 새로운 것은 한 가지도 없다.

윤선이 세번째 외박을 한 뒤, 그것이 행복했다고 털어놓을 수 있는 유일한 상대인 나에게 와서 사랑의 기쁨에 대해 장광설을 늘어놓던 날은 내가 딸기향 샤워 젤을 내다버린 날이었다. 나는 현석이 떠난 날로부터 꽤 시간이 지난 다음에야 그것을 내다버렸다. 이번만은 나도 애인과 헤어진 뒤 '미련'이라는 유예기간을 사용했다. 하지만 이제는 결연하게 떠나버린 괜찮은 남자로서의 현석을 잊어가는 일만 남았다.

사람은 언젠가는 떠난다. 그러니 당장 사람을 붙드는 것보다는 사랑이라는 감정을 훼손시키지 않고 보전하는 것이 더 낫다. 그것은 내가 끊임없이 사랑을 원하게 되는 비결이기도 하다. 사람은 떠나보내더라도 사랑은 간직해야 한다. 그래야 다음 사랑을 할 수가 있다. 사랑에 환멸을 느껴버린다면 큰일이다. 삶이라는 상처를 덮어갈 소독된 거즈를 송두리째 잃어버리는 꼴이다.

자기의 사랑을 지키려는 데는 윤선도 만만치가 않다.

"차 안에서 라디오를 들었는데, 괴테가 그런 말을 했대. 이십대 사랑은 환상이고 삼십대 사랑은 외도이고 사십대 사랑이 진실이라고…… 멋있지 않니? 내일모레면 나도 사십인데 이제야 진실한 사랑이 보이는 것 같거든."

괴테 같은 위대한 인물과 의견이 다르다면 부끄러운 일일지도 모른다. 하지만 나는 언제나 현재 사랑하고 있는 남자가 가장 진실된 사랑이라고 믿는다. 어쩌면 괴테의 그 말은 그가 사십대에 한 말일지도 모른다. 베티나와 사랑에 빠졌을 때 물어봤다면 괴테는 육십대의 사랑이 진짜라고 말했을 게 틀림없다.

윤선은 사랑 때문에 입맛을 잃었다고 한다. 하지만 그것은 처음 얼마 동안뿐이었고, 요즘 윤선이 종종 끼니를 거르는 것은 순전히 다이어트 때문이다. 신차장보다 대여섯 살 위인 나이도 신경이 쓰이지 않을 수 없다. 딱 달라붙는 진바지나 미니스커트를 입고 백화점으로 옷을 사러 돌아다니는 윤선은 숙녀 정장이 있는 층은 거들떠보지 않고 캐주얼 브랜드로 가기 위해서 한 층을 더 올라간다.

이따금 교외의 유원지나 유람선 선착장 같은 곳에서 발랄한 차림을 한 중년의 여성들과 마주칠 때가 있다. 그때마다 지나치게 짧은 치마는 오히려 서글프도록 나이를 강조한다는 것을 느낀다. 젊어 보이는 차림과 덜 늙어 보이는 차림은 다르다는 생각을 번번이 하게 된다.

하지만 윤선은 발랄한 차림이 제법 어울렸다. 모든 일에 긍정적이 된 그녀는 얼마 전까지 화제의 절반이 남편과 혜지의 자랑이고 절반이 가사도우미 욕이더니, 이제는 그 가사도우미에 대해서도 '알고 보면 좋은 사람'이라고 너그럽게 말하곤 했다. 그녀의 얼굴은 요즘 검은 녹을 벗기고 윤을 낸 은그릇처럼 반짝거렸다.

사랑에 있어 사려 깊은 불안이나 비탄보다 철없이 행복을 먼저 취하는 것은 사랑에 대한 윤선의 능력이다. 이 감정이 사랑인지 아닌지, 상대가 나를 진심으로 사랑하는지 아닌지 따져보는 데에 사랑할 시간을 다 써버리는 사람이 의외로 많다. 사랑은 누가 선물하는 것이 아니다. 저절로 오는 운명 따위는 더더욱 아니다. 사랑을 하고 안 하고는 취향이며 뜨겁게 사랑하는 것은 엄연한 능력이다.

5

은숙과 저녁 약속이 있는 날이다.

오후 늦게 찾아와 하릴없이 시간을 보내고 있던 윤선은 내가 나갈 준비를 하는 동안 또 탁자 위에 놓인 전화기를 끌어당긴다. 남자가 자리에 없다는 걸 확인한 지 두 시간밖에 안 됐는데 그사이 벌써 세번째 거는 전화이다. 전화받는 상대가 그다지 친절한 것 같지 않은데도 어디 갔느냐, 언제 돌아오느냐, 꼬치꼬치 묻는 윤선은 신혼여행에서 막 돌아온 신부처럼 간절한 한편, 며칠 전 결혼 십 주년을 지낸 아내처럼 당당하다.

"좀 있다가 걸어보지 그래."

내 말에 윤선은 약간 짜증을 낸다.

"전화 거는 거 아냐. 삐삐 좀 쳐보려고."

윤선은 결국 신차장과 통화를 하지 못했다.

내가 현관 열쇠를 꺼내들자 윤선은 마음을 잡지 못한 듯 앉은 채로 나를 물끄러미 올려다본다.

"누구 만나러 가는데, 나도 같이 가면 안 될까?"

"혜지도 왔다면서 일찍 들어가지?"

"집에는 가기 싫어. 멀리서 불빛만 봐도 숨이 탁 막혀."

윤선을 은숙과 만나게 하는 것은 마음에 걸렸다. 그러나 우기기 시작하면 쉽게 물러설 윤선이 아니었다. 나는 윤선을 옆자리에 태울 수밖에 없었다.

은숙과 만나기로 한 카페는 공용주차장 바로 옆이었다. 훤히 들여다보이는 유리문 안에는 똑같이 팔 없는 검은 원피스에 빨간 립스틱을 칠한 여자 둘이 소파에 몸을 묻히고 다리를 꼰 채 담배를 피우고 있다. 그 뒤쪽 테이블에 앉은 은숙의 옆모습이 보인다.

은숙은 윤선에게 사근사근하게 인사를 한다. 윤선이 먼저 "어머, 『베스트 우먼』 기자세요? 그 책 나도 잘 보는데" 하고 말을 붙였던 것이다. 윤선은 은숙에게 기자라는 직업에 대한 찬탄과 독신 여성에 대한 부러움을 숨김없이 드러낸다. 또 은숙이 시키는 것과 똑같은 코로나 맥주를 주문한다.

"나한테 부탁한다는 게 뭔데?"

"꼭 들어줘야 해요."

은숙과 나 사이에 오가는 말을 들은 윤선은 은숙 편을 들어 한마디 거든다.

"방학도 하고, 진희 애 요새 한가한데 뭐."

은숙이 꺼내놓는 것은 「중산층 주부 윤락 적발」이라는 신문기사 얘기이다.

"선배, 혹시 사회부 쪽에 아는 사람 없어요? 나도 동대문경찰서까지 가봤는데 명함도 못 내밀겠더라구."

"없는데."

나는 잘라 말한다.

신문에 나는 일은 어디까지가 사적인 사건이고 어디부터가 사회적 현상인지 가릴 것 없이 무조건 일반화된다. 어떤 주부가 자살한다. 유서가 없어서 왜 죽었는지 알 수 없다. 그것은 사적인 사건이다. 그런데 그 여자가 쌍꺼풀 수술에 실패해 고민이 많았다고 누군가 지나가는 말로 전한다. 그러면 여자의 죽음은 그때부터 사회적 현상이 된다. '쌍꺼풀 후유증 고민, 주부 자살'이라는 제목 밑에 정신과 의사와 사회학자가 동원되어 외모 콤플렉스며 생명경시 풍조를 떠들어댄다. 그러고는 얼마 안 가 까맣게 잊혀진다. 한 여자를 쌍꺼풀 수술 때문에 죽은 걸로 확정시켜놓고.

은숙은 그럴 줄 알았다는 듯이 입술을 한 번 쫑긋 내민다.

"알았어요. 별로 기대는 안 했어. 그럼 두번째 부탁인데, 내가 기사는 어떻게 꾸며볼 테니 선배가 박스 원고 하나 써주지 않을래요? 소수의 동정론인 셈인데, 주부들의 정신적 무기력도 심각한 질환이다, 이런 식으로 말예요."

"그걸 내가 왜 쓰지?"

"실명으로 나갈 건데, 그런 원고 써줄 용감한 여성이 강진희 말고 어디 있어요? 선배가 잡지에 쓴 동성애 원고도 봤다구요."

"한 번 썼으면 됐어."

은숙은 이번에도 쉽게 포기한다. 그러더니 마지막 카드를 낸다.

"선배, 나 여성지 기자잖아. 데스크가 특종이라면서 밀어붙이니까 어차피 안 쓸 수는 없고, 그럼 몇 가지만 물어볼게 선배 의견이나 좀 말해줘요. 기사에 인용하더라도 절대 이름은 안 낼 테니까. 선배는 그 방면에 아는 것 좀 있지 않아요? 무료하다고 바람난 주부 누구 댈 만한 사람 없을까? 직접 인터뷰하면 그게 최곤데."

"네가 쓴다는 기사가 바람이니, 윤락이니? 그건 굉장히 다른 문제야."

"그럼 선배는 바람피우는 건 괜찮다는 거예요?"

찬반과 흑백으로만 결론을 내리려 하는 은숙에게 나는 할말이 없어진다. 눈치 빠른 은숙은 무슨 생각에서인지 갑자기 윤선 쪽으로 몸을 돌린다.

"결혼한 지 꽤 됐죠? 바람피우고 싶다는 생각 해본 적 없어요?"

윤선은 뜻밖에도 태연하게 대답한다.

"없어요."

"정말이에요? 그럼 신문에 난 그 주부들은 죽어도 이해 못하겠네요?"

어떤 법정에서는 검사가 '네, 아니오로만 대답하시오'라고 제한하여 '제3의 경우'와 '또다른 해석의 여지'를 차단해버린다. 그런 검사처럼 은숙은 여전히 찬반 논리를 갖다댐으로써 정해진 대답을 유도한다. 그러는 사이 손은 가방을 더듬어 수첩을 꺼내고 있다.

윤선이 대답한다.

"그럼요. 어떻게 그런 일을 해요."

은숙의 취재가 한참 진행된 뒤에야 나는 윤선이 당당한 이유를 깨닫는다. 윤선은 자기의 운명적 사랑과 남들의 바람을 확연히 구분 짓고 있었다. "알지도 못하는 남자하고 어떻게 관계를 맺죠? 돈까지 받고……" 하며 윤선은 흥분한다. 하긴 신차장과 만날 때마다 돈을 내는 것은 윤선이다.

"그럼 기회가 온다고 해도 남편 말고 다른 남자는 만나지 않을 거예요?"

이 부분에서 윤선은 또 한번 나를 놀라게 만든다.

"지금 만나고 있어요."

하고 대답한 것이다. 자기의 사랑이 얼마나 당당하고 아름다운지 자랑까지 하려는 기세이다. 젊고 독신인 여자 기자에게 자기가 젊은 남자에게 사랑받고 있다는 것을 과시하고 싶었는지도 모른다. 술이 약한 윤선은 얼굴도 벌써 빨갛게 상기되어 있다.

갑자기 은숙의 가방 안에서 요란한 소리가 난다. 호출기를 꺼내

번호를 보더니 은숙이 나를 의미 있는 눈빛으로 건너다본다. 그 눈빛이 나를 불안하게 만든다.

"강선배 남자들은 요새 뭐하고 살아요?"

화장실에 다녀온 은숙이 자리에 앉으며 내 술병에 자신의 병을 갖다 부딪친다.

"내 남자? 누구 말야?"

"남자한테 무슨 구별이 있어요? 애인이라면 물론 구별이 있겠지. 그치만 선배같이 남자관계에 대범한 사람한테는 남자란 다 똑같은 거 아닌가?"

"여자는 다 똑같다, 남자는 다 똑같다…… 이런 말은 네가 기사로 쓰겠다는 윤락에서나 통하는 말이야."

"결혼에도 통하잖아요."

연애만 하고 결혼은 안 하겠다고 하는 독신주의자 은숙은 짐짓 입꼬리를 비튼다. 내가 농담으로 받는다.

"하긴 결혼도 윤락도 다 상거래니까. 결혼은 청부업이고 매춘은 임대업이라고, 어떤 사람이 그런 말을 했을걸?"

"맞아. 일부일처제, 그게 문제야."

윤선의 취한 목소리가 끼어들며 제멋대로 결론을 내린다.

은숙이 팔목을 쳐들어 시계를 본다. 윤선도 생각났다는 듯이 문쪽을 힐끔거린다. 둘 다 누군가를 기다리는 눈치이다. 윤선이 어딘가로 호출을 해서 우리가 있는 술집의 번호를 남겼다는 걸 나는 모르고 있었다.

6

신차장이 온 것은 채 삼십 분도 지나지 않아서이다.

윤선의 감동하는 모습과 그런 윤선을 보고 어리둥절해하는 은숙의 모습이 한 앵글 속에서 용케 초점을 맞춘다. 신차장은 출현부터가 화려하다. 먼저 세 여자와 반갑게 악수를 한다. 은숙에게는 친구처럼 호방하게, 윤선에게는 감정을 절제하듯 약간 어색하게, 그리고 나한테는 보다 깊은 시선을 던지면서. 그런 다음 은숙의 옆자리에 앉더니 여자들의 잔을 차례차례 채워주기 시작한다. 그냥 채우는 것도 아니다. 창업 오십 주년 기념 리셉션에 나온 재벌 회장처럼 껄껄 웃으며 덕담까지 한다.

"무슨 여자가 맨날 술자리에 갔다 하면 만나나."

신차장의 말에 은숙이 잔을 받으며, 이 언니하고도 아는 사이였어요? 하며 윤선을 눈으로 가리킨다. 신차장은 서울 바닥에 내가 모르는 미인이 있나, 라는 노련하고도 속 보이는 말로 그 자리의 여자들을 한데 묶어 추켜세운다.

그 밤은 그런 식으로 깊어갔다.

종업원이 와서 문 닫을 시각이라고 말해준다. 우리가 마지막 손님이었다. 모두 자리에서 일어난다. 신차장은 화장실 쪽으로 사라진다. 윤선이 기대고 서 있는 카운터는 화장실의 입구이다. 나는 윤선에게 아무 말도 하지 않고 은숙과 함께 술집을 나온다.

밖으로 나오니 열기가 훅 끼친다. 열대야현상이 며칠째 계속되고 있었다. 술집은 술집대로 북적이지만 단란한 가정에서는 가족들이 모두 모여서 함께 잠을 설치고 있을 시각이다. 자정이 넘은 거리로 사람들이 쏟아져나온다. 누군가가 그 시각이 되면 택시 잡는 사람들을 보따리로 가져와 풀어놓는 것 같다. 나도 택시를 잡아탄다.

남산 3호 터널 쪽을 향해 가고 있을 때쯤이다. 차를 세워달라고 말한다. 운전기사는 몇 번이나 퉁명스럽게 이유를 묻는다. 이유는 없다. 그냥 내리고 싶을 뿐이다.

나는 천천히 신세계백화점 쪽으로 걸어내려온다. 환히 불이 켜진 쇼윈도를 지나서 굳게 내려진 셔터 앞의 작은 벤치에 앉는다. 검은 가로수들이 바람 한 점 없는 밤을 지키고 서 있다. 술 취한 사람 몇이 발을 질질 끌며 지나간다. 멀리 대형 전광판에 불빛이 일어났다 사라졌다 하는 사이로 차들이 줄지어 나타나서 터널 속으로 빨려들어가버린다. 모두들 어디론가 가고 있다.

핸드백 안을 뒤지다가 나는 술집에 담배를 두고 왔음을 깨닫는다.

7

다음날 윤선에게서는 아무 연락이 없다. 대신 오후에 웬 남자로부터 전화가 걸려왔다.

"강진희씨인가요?"

"그런데요."

"저 혜지 아빱니다."

윤선의 남편은 윤선을 바꿔달라고 말한 다음 잠시 침묵을 흘려보낸다.

"지금 샤워하는 중인데, 끝나면 전화드리라고 할까요?"

그렇게 말하면서 나는 나도 모르게 욕실 쪽을 쳐다본다.

"그럼 부탁합니다."

윤선의 남편이 전화선 저쪽으로 가볍게 퇴장한 뒤 나는 이번에는 욕실을 노려본다.

음악을 듣기 시작한다.

바그너의 〈발퀴레〉를 찾아서 크게 튼다. 쇼스타코비치 5번을 듣고 딥 퍼플과 레드 제플린까지 듣는다. 시끄러운 음악으로만 골라서 귀가 먹먹할 정도로 크게. 그것들을 다 듣고 나자 한 시절이 지난 것처럼 시간이 많이 흐른 기분인데 겨우 두 시간밖에 지나지 않았다. 전화기는 미동도 하지 않는다.

먼저 은숙에게 전화를 걸어본다. 자리에 없다.

커피를 한 잔 마시고는 읽다 만 책을 펴서 이십 쪽쯤 읽어나간다. 같은 곳을 두 번 세 번 읽는데도 뭘 읽었는지 모르겠다.

마침내는 명함철을 꺼낸다. 신차장의 전화번호를 누르며 반쯤은 그가 자리에 없었으면 하는 마음인데 그가 직접 전화를 받는다. 나는 어젯밤 그의 얼굴이 떠올랐으므로 전화기를 귀에서 멀찌감치 떼고 말한다.

"저 강진희예요."

"아, 예. 어제는 실례 많았습니다."

깍듯한 말씨가 어색하다. 나는 용건을 말한다.

"윤선이, 언제 들어갔어요?"

"네? 무슨 말씀인지……"

"윤선이하고 가깝다는 거 알고 있어요. 편하게 말씀하세요."

"……그 여자가 그러던가요? 그래서 진희씨가 나를 피한 거군요?"

신차장의 말투는, 그러면 그렇지 하는 식이다.

"그 여자 착각이에요. 나도 성격이 모진 놈은 못 돼서 끌려다녔지만, 어제 확실히 얘기해줬으니까 이젠 꿈 깼을 겁니다. 하 참, 한밤중에 고수부지까지 가서 안 나오는 눈물 짜내고, 나도 할 만큼은 했어요. 진희씨 친구만 아니면 그럴 필요도 없는데 말이죠."

그대로 나는 전화를 끊었다.

윤선이 찾아온 것은 며칠이 지나서이다.

언제나처럼 윤선은 핸드백을 먼저 탁자 위에 던진 다음 이어서 자기 몸을 소파에 던진다. 그 두 동작에 기운이 하나도 없다. 등받이에 기대고 고개를 젖히고 있는 그녀의 눈에 눈물이 가득 들어 있다.

"나 실연당했어."

전에도 한 번 본 장면 같아서 나는 달력으로 눈을 돌려 오늘 날짜를 확인한다.

"그 얘기는 전에도 했지 않니?"

"그때는 그래도 희망이 있었는데 지금은…… 우린 완전히 끝난 거야…… 이제 다 추억이 되었어."

윤선은, 세상에서 가장 아름다운 추억, 내 인생에 다시는 그런 사람을 만나지 못할 거야, 라고 혼자 중얼거린다.

우리와 헤어진 뒤 윤선과 신차장은 함께 한강시민공원에서 강물을 보며 나란히 앉아 있었다. 신차장은 유난히 기분이 좋지 않은 눈치였다. 강진희라는 친구에 대해 욕도 몇 가지 했다. 그러면서 간이매점에서 사온 캔맥주를 순식간에 비워댔다. 마치 옷 속에 가죽 주머니를 몰래 감추고 그 안에 끝없이 죽을 부어넣어 자기의 커다란 배포를 증명해 보였다는 우화 속의 소년 같았다. 소년과 다른 점은 로켓 모양의 양철통 속에 들어갔다 나오면 전봇대에 들렀다 온 강아지처럼 걸어온다는 점이었다.

그들은 꽤 오랫동안 강물을 보고 있었다.

이윽고 신차장이 윤선의 어깨를 감싸안으며 입술을 가져왔다. 윤선도 지루하게 기다리고 있던 참이었다. 뜨거운 입맞춤이었다. 신차장의 발밑에서 지켜본 맥주 캔의 눈에도 둘은 입맞춤에만 열중해 있는 것처럼 보였을 것이다.

그러나 둘은 다른 생각을 하고 있었다.

"윤선씨."

신차장이 길게 한숨을 내쉬었다.

"우리 다시는 만나지 말아요."

"네?"

"오늘이 우리가 서로 사랑했던 마지막 밤이에요."

"……"

"우리 오늘밤 밤새도록 부둥켜안고 울자구요. 그리고 내일부터는 모르는 사람이 되는 거예요."

그때까지도 윤선은 신차장의 말이 영화 대사인 줄 알고 멋있어하기만 하고 있었다. 그러나 다음 순간 속살이 결을 따라 짝짝 찢기는 듯한 고통을 느껴야 했다. 그가 정말로 울기 시작했던 것이다.

남자의 눈물은 윤선에게 두 가지를 알려주었다. 진짜 이별이 왔다는 것과 남자가 진실로 자기를 사랑했다는 것. 그녀 역시 하염없이 운 것은 당연한 일이었다. 눈물이란 얼마나 못 믿을 현상인가. 얼마나 간교하길래 거짓된 순간까지도 남을 감동시키는가.

그들은 가까운 모텔을 찾아들었다. 우는 데 체력을 소모한데다가 고수부지까지 들어오는 택시가 없어서 꽤 걸었기 때문에 둘 다 몹시 지쳤다. 방에 들어서자 남자는 발냄새를 풍기며 잠에 곯아떨어졌다.

방안이 덥고 퀴퀴해서 윤선은 깊이 잠들 수가 없었다. 쏟아지는 졸음을 못 이겨 눈꺼풀을 내렸다가도 얼마 안 가 다시 눈이 떠졌다. 그때마다 윤선은 곁에 잠든 남자를 발견하고, 이제 막 큐 사인을 받은 배우가 표정 연기를 하듯 갑자기 슬픈 얼굴이 되었다. 다음 순간에는 다시 꾸벅꾸벅 졸기 시작했다.

깜빡 잠들었다가 다시 남자를 보고 그러다가 다시 잠들고, 그러기를 몇 번 하니 새벽이 되었다. 윤선은 땀과 기름기로 번들거리는 남자의 이마에 가만히 입술을 댄 뒤 방을 나왔다.

집으로는 가고 싶지 않았다. 지금까지 자신이 속했던 모든 것이 무의미하게 느껴졌다. 그녀의 곁으로 반바지를 입고 조깅을 하는 중년 남자가 가볍게 뛰어 지나갔다. 그를 보며 윤선은 삶을 건전하게 산다는 것이 어쩐지 아무것도 아니라는 생각이 들었다. 하룻밤 사이에 너무 많은 고통을 겪고 너무 많이 인생을 알아버린 기분이었다.

윤선은 택시를 잡아탔다. 저멀리 고속버스 터미널이 보였다. 그녀는 터미널에서 내렸다. 그 많은 지명 중에 '영동'이라는 이름이 윤선의 마음을 잡아당겼다. 신차장의 회사도 영동에 있었다. 그날 윤선은 영동까지 버스를 타고 갔다가 거기 터미널에서 냉면 한 그릇을 사 먹고 다시 서울로 돌아왔다. 저녁에 집에 돌아온 그녀의 모습은 심하게 앓은 사람 같았다.

윤선의 남편은 여덟시쯤 퇴근했다. 침대에 누워 있는 윤선의 머리맡으로 오더니 이마를 찡그렸다.

"입맛 없어도 저녁을 먹어야지. 웬 여름 감기야."

윤선이 변명을 하기도 전에 이렇게 말하기도 했다.

"어제부터 몸살기 있다는 사람이 웬 샤워를 그렇게 오래했어? 나한테 전화 왔었다고 당신 친구가 안 전해준 모양이지?"

"아니."

윤선의 남편은 기운 없이 고개를 젓는 윤선에게 아스피린을 가져다주었다.

그렇다고 신차장에 대한 그리움이 적어지는 것은 아니었다. 며칠을 자리에서 일어나지 못하고 앓았다. 하지만 신차장을 생각하며 울다가도 남편이 집에 들어오면 반가웠다. 미안하기도 하고 소중하기도 하고, 아무튼 그전처럼 꼴 보기 싫고 짜증이 나지는 않았다.

주스 한 잔을 마시고 그 주스와 비슷한 양의 눈물을 손수건에 적셨을 즈음 윤선의 이야기도 끝났다. 말을 마친 윤선은 소파에 길게 눕는다. 시계 속에서 뻐꾸기가 나와 세 번 뻐꾹대더니 문을 탁 닫고 들어간다.

"이 근처에 깐풍기 잘하는 집 없니?"

"이제 다이어트도 필요 없는 모양이지?"

"혜지 아빠한테 잘해주고 살 거야. 나 다시는……"

누워 있는 윤선의 눈가에서 눈물이 기어나오더니 작은 폭포처럼 수직으로 흘러서 천소파에 얼룩을 남긴다. 나는 중국 음식집 전화번호를 찾던 손을 멈추고 윤선을 내려다본다. 윤선이 몸을 뒤집어 엎드리더니 으흑, 소리를 내며 흐느끼기 시작한다. 놓쳐버린 뭔가를 꽉 붙잡듯이 손가락 열 개가 갈퀴처럼 소파를 움켜쥐고 있다.

"보고 싶어. 보고 싶어서 미치겠어. 조금 전 너네 아파트 앞에서 말야. 택시에서 내리는데 그 사람이 저만치 가는 거 있지. 막 뛰어서 가봤더니 역시 아니었어. 나, 바보 같지."

"응."

"그 사람…… 다시 연락 안 하겠지?"

"물론이지."

나는 남의 희망을 빼앗는 악역이 즐거워서 어쩔 줄 모르는 사람처럼 냉큼 대답한다. 자기의 말에 계속 긍정만 했는데도 나를 쳐다보는 윤선의 눈길에는 원망이 담겨 있다.

"혜지 아빠 말이 맞아. 진희 넌 참 독해."

"그럴 거야."

"경애도 그러더라. 네가 이혼 수속 마치고 와서 보충수업까지 다 하는 거 보고 기가 질리더라고. 그래도 육 년이나 같이 산 사람인데 눈물도 안 나오디? 이혼하는 사람들 보면 보통 사람들은 아니야. 나 같으면……"

세상일을 해석하는 데 있어 윤선의 탁월한 점은 바로 이런 비논리성이다. 그때그때 자기에게 유리한 쪽으로 돌려서 해석을 한다. 윤선은 자기에게 유리한 일만 하면서 살 것이다. 그것 역시 삶의 능력이다. 나는 윤선을 좋아한다.

8

혼자서 마시는 술은 예상된 시간에 취해서 좋다. 윤선이 돌아간 뒤 한 시간쯤 지났을까. 나는 내가 원하는 만큼 취했다. 왜 취했는지 이유는 없다. 술 취했을 때 좋은 점 중 하나는 이유에서 벗어날 수 있다는 것이다.

취하면 나는 방심하고 호의를 남발한다. 평소 어수룩하다고 얕봤던 남자는 순수하다고 본다. 위선적이라고 생각했던 남자는 영민해 보이고, 독선적인 남자일수록 부드럽게 어루만져줄 약한 구석이 있음을 깨닫게 된다.

때로 나는 그중에서 몹시 감상적이거나, 뒷일을 생각 안 할 만큼 무모하거나, 아니면 가장 많이 취해버린 사람과 게임을 벌이기도 한다. 해프닝을 만드는 것이다. 포옹을 하는 일도 있고 감정이

격해지면 키스까지도 한다. 물론 그 순간은 둘 다 그것이 피할 수 없는 운명이라고 생각하고 있기 때문에 제법 진지하다.

다음날 술이 깬 뒤 상대가 바뀐 것을 알고 잠시 어리둥절할 때도 있다. 분명 술이 취하기 전 마음에 둔 사람이 있었는데 막상 추억을 만든 사람은 전혀 뜻밖의 사람이었다던가 하는 경우 말이다. 술의 장난기가 아닐 수 없다.

더욱 신기한 것은 그후 그들과 다시 만나보면 내가 처음에 좋아했던 남자에게는 더이상 흥미를 느낄 수 없고 대신 그날 밤 추억에 동참했던 남자에게서만 매력이 샘솟기 시작한다는 점이다. 그럴 때마다 나는 내가 남자를 판단하는 눈보다 취기의 보는 눈이 정확했음에 감탄하곤 한다.

운명적 사랑이나 특별한 존재 같은 건 없다고 생각하는 나 같은 사람은 현실을 쉽게 받아들인다. 최상의 것을 찾아내려는 희망이나 적극성이 없기 때문에 누구라도 사랑할 수 있다. 단지 가능한 것에 대한 성실함이라고 해도 좋을 것이다. 덕분에 나는 내게 허락되지 않았음이 분명한 행복을 추구하다가 절망하기보다는, 아예 그 행복에 의미를 두지 않는 쪽으로 생각해버리는 데에 익숙해져 있다.

그러나 술 취한 밤의 인연이 언제나 다음날 햇살 속에 해맑게 살아남는 것은 아니다. 어떤 때는 겨울날 눈사람을 품고 잔 것처럼 아침이 되면 허망하게 사라져버릴 때도 있다. 그렇다고 축축한 이불 속을 빠져나오며 회한을 품을 필요는 없다. 회한과 고통에 찬 시간도 행복한 시간과 마찬가지로 그럭저럭 흘러가주기 때문이다. 현석을 그리워하는 시간도 마찬가지이다.

냉장고에서 마지막 맥주 캔을 꺼내는데 전화벨이 얌전히 울린다. 취한 세상에서는 모든 소리가 다 우호적이다. 나는 착한 아이처럼 전화기를 귀에 바짝 대고 안 취한 바깥세상을 향해 선언한다.

"강진희입니다. 지금은 술에 취해서 전화를 받을 수 없습니다. 삐 소리가 나면 용건을 말씀해주세요. 삐이……"

바깥세상에서 전화를 걸어온 사람은 웃는다. 웃음소리 속에 여자가 흉내낼 수 없는, 목울대 움직이는 기척이 들어 있다.

"나야."

"누구세요?"

"너 정말 취했구나?"

"네."

남자는 또 한번 크게 웃는다. 실망스럽게도 그것이 몹시 남자다운 웃음이다. 현석은 절대 그렇게 웃지 못한다. 그의 웃음은 풍선껌으로 분 작은 풍선처럼 입술에 잠깐 매달렸다가 입안으로 사라져버린다. 터져나오는 웃음이란 없다.

종태가 웃음을 그치고 나를 나무란다.

"요새도 집에서 혼자 술 마시냐? 그거 한번 습관 들이면 큰일나. 알코올중독으로 그냥 가는 거야."

겁을 준 다음 그의 목소리는 다시 부드러워진다.

"그러지 말고 나와라. 포장마차에서 정식으로 한잔하자."

나는 망설인다. 이런 경우 '약은 약사에게 진료는 의사에게'를 써서 종태의 무면허 진료를 거절해야 할지, 아니면 '병 주고 약 주고'를 써서 그에게 약을 받으러 나가야 할지 판단이 서지 않는다. 나는 생각하기 귀찮아져서 그만 전화기를 놓친 척 떨어뜨려버린다.

개 이야기

1

바람 한 점 없는 날씨이다.

어제부터 차의 에어컨이 시원찮다 싶더니 오늘은 아예 더운 바람만 뿜어나온다. 주유 램프에도 불이 들어와 있다. 아파트 단지를 빠져나온 나는 큰길로 진입하지 않고 뒷길로 들어간다. 그 길이 끝나는 곳쯤에서 카센터를 본 기억이 나서였다.

얼마 들어가지 않아 반대쪽에서 차가 나온다. 두 대가 비켜가기에는 여의치 않은 좁은 길이었으므로 후진을 해서 그 차를 보낸 뒤 출발하려는데 같은 장소에서 차가 줄지어 나온다. 겨드랑이와 뒷목으로 땀이 줄줄 흘러내린다. 겨우 마지막 차까지 보내고 안쪽으로 들어가보니 카센터 문에 '휴가중 휴업'이라는 삐뚤빼뚤한 글씨가 붙어 있다.

카센터가 있던 골목은 고속도로로 통하는 샛길이었다. 골목에서 벗어나자마자 한 발짝도 더 나아갈 수가 없다. 휴가철 고속도로 체증에 꼼짝없이 발이 묶여버렸다.

'만남의 광장' 근처에 와서야 겨우 차가 달리기 시작한다. 주유소 간판을 보았지만 나는 그대로 지나간다. 모처럼 체증이 풀린 길에서 벗어나고 싶지 않았고 얼마 가지 않아 다음 휴게소가 있다는 것을 알고 있었기 때문이다. 그러나 다음 휴게소에는 주유소가 없다. 간이매점뿐이다. 결국에는 갓길에 차를 세우고 도움을 청해야만 했다.

학교까지 네 시간이 걸렸다. 에어컨도 없이 햇볕이 뜨겁게 들이치는 차 안에서 익을 대로 익은 나는 마치 뜨거운 양은 대야 속에 아직 헹구지 않은 채 처박혀 있는 삶은 빨래 같다. 연구실에 들를 틈도 없이 점심 약속이 있는 일식집으로 가는데, 약속 시간에서 벌써 삼십 분이나 지나 있다.

"얼굴이 왜 그래요? 꼭 마라톤 뛰고 온 사람 같애."

박지영은 읽고 있던 신문을 내려놓으며 나를 놀란 눈으로 쳐다본다.

"이거 마셔요. 금방 새로 갖고 온 거예요."

박지영이 건네주는 물은 다행히도 시원하다. 오늘 들어 처음으로 제대로 풀린 일이다. 물을 마시며 나는 그녀가 내려놓은 신문 쪽으로 무심코 시선을 내리깐다. 박지영이 묻는다.

"강선생, 전에 여성지 다니는 후배 있다고 하지 않았어요?"

"있어요."

"그 후배 다니는 잡지 이름이 혹시 '베스트 우먼' 아네요?"

"맞는데, 왜요?"

박지영이 광고면이 잘 보이도록 신문을 접어서 내 쪽으로 돌려놓아준다. '베스트 우먼'이라는 제호 아래 굵은 글씨의 제목들이 요령껏 빽빽이 들어차 있다.

"나는 잡지는 안 봐도 신문에 난 잡지 광고는 꼭 봐요. 가십 기사 제목을 보면 세상 돌아가는 게 한눈에 들어오는 것 같아요. 대중매체란 것이…… 대중의 움직임을…… 관심과 욕구……"

나는 박지영의 설명을 잘 듣지도 않는다. 광고를 들여다볼 기분이 아니다. 물 한 컵을 더 청할 양으로 카운터 쪽만 계속 흘끔거린다.

"강선생 혹시 이번에 그 잡지하고 인터뷰했어요?"

"아뇨."

그제서야 나는 긴장한다. 아직 오늘의 불운이 끝나지 않은 것이다. 아니, 일어날 만한 일은 반드시 일어나니까.

친절하게도 박지영은 손가락으로 광고의 제목을 짚어준다.

마감 특종/ 주부 탈선, 어디까지 갈 것인가

그 첫번째 이야기, 주부 윤락 S씨 충격 고백 '무료하고 심심했어요'

그 두번째 이야기, 유치원 딸 둔 의사 부인의 자유 선언 '내가 연하의 애인에게 몸과 마음을 빼앗긴 사연'

그 세번째 이야기, 교양과 여교수의 이색 주장 '동성애는 필수, 윤락은 선택'

"이 문안 보자마자 혹시 강선생 아닌가 하는 생각이 들더라구요. 잡지를 한번 찾아서 보는 게 좋지 않겠어요? 광고는 그렇다 치고 만약 잡지에 이름까지 나왔다면 보통 일이 아니잖아요."

그러나 아무리 생각해봐도 이색 주장이라고 할 만한 멋진 말을 한 기억이 없다.

"글쎄요. 광고 제목만 그렇게 뽑았겠죠."

"실명이 안 나왔다고 해도 그래요. 동성애 어쩌구 한 걸 보면 지난번에 쓴 글까지 인용한 것 같은데, 웬만한 사람들은 다 강선생인 줄 알 거라구요."

"……"

"요즈음 안 그래도 교수 채용 때문에 뒤탈도 많고 말도 많은데, 학교에서 알아봐요. 기사 내용이 사실이든 아니든 상관없이 난리가 날 거 아녜요. 내년 겨울 심사 때까지도 못 갈지 몰라요."

눈 밑을 덮고 있는 기미가 더욱 짙고 촘촘해지더니 박지영은 교수 자리를 얻기 위해 이루어지는 뒷거래들을 나열하며 흥분한다. 어떤 형편없는 낙하산 인물이 실력 있는 후보들을 제치고 교수가 됐는지에 대해서 그녀는 꽤 많은 경우를 알고 있다.

시간강사 시절 어쩌다 과 사무실에 들르면 언제나 듣게 되는 것이 임용에 얽힌 뒷얘기들이었다.

그런 뒷얘기를 들으면 처음에는 아차 싶어진다. 그동안 나 혼자만 정보와 진실의 사각지대에 있었다는 깨우침이 온다. 그런 중요한 정보가 더욱 진전될 자리에 빠진다는 것이 불안해서 술자리에도 끼게 된다.

그러나 한 시간 이상 들으면 실속 없고 지루한 것이 바로 뒷소문이다. 쓸데없이 시간 낭비를 했다고 후회하며 돌아가서 한동안은 공부에만 몰두한다. 그러다 한두 주일 후 다시 학교에 나가면 새로운 뒷소문을 듣게 되고 불안해져서 또 술자리에 합석한다. 나도 충분히 겪어온 사이클이다.

나는 신문을 끌어당긴다. 신문은 종업원이 쟁반을 내려놓느라 탁자 구석으로 밀친 그대로, '유치원 딸 둔 의사 부인의 자유 선언'이라는 글씨가 내 정면에 놓여 있다.

"강선생, 퇴근 몇시에 할 거예요? 이따 영화 한 편 안 볼래요? 예매를 해놨는데 남편한테서 못 온다고 연락이 왔어요."

박지영이 이런 때 남편과 사이가 좋다는 것을 은근히 과시하는 이유를 몰라서 나는 약간 어리둥절해진다.

2

연구실로 들어온 나는 먼저 창을 연다.

책상 위에 놓인 우편물 중에서 '강진희 동문께'라고 쓰인 봉투를 뜯는다.

> 더운 여름에 별고 없으신지요.
>
> 이렇게 여러 동문들께 글을 올리게 된 것은 모교에서 최근 진행되고 있는 신임 교수 채용에 관해 말씀드리기 위해서입니다.

모교, 동문, 교수—사무적인 문건에서까지 현석을 떠올리는 자신이 조금은 우스워진다. 창밖으로 시선을 돌린다. 현수막들이 바람 한 점 없는 더위 속을 가로질러 걸려 있다.

3

종태와 만나기로 한 찻집은 광화문에 자리잡은 칼국숫집 이층이다.

무심코 창밖을 내려다보고 있는데 건너편에서 걸어오고 있는 종태의 모습이 눈에 들어온다. 앞 단추가 두 개 달린, 유행과 상관없는 여름 양복 속에 흰 남방셔츠를 입은 그는 팔을 휘휘 저으며 횡단보도를 건넌다.

날씨가 더워서 그의 얼굴은 찡그려져 있다. 찻집이 있는 건물 앞에 잠깐 선 그는 고개를 뒤로 젖히고 한 손으로 머리카락을 몇 번 쓰다듬어 넘긴 다음, 가볍게 한 번 흔들어 턺으로써 모양을 정리한다. 그러고는 주머니에서 손수건을 꺼내 이마를 꾹꾹 눌러 닦는다. 하수구에 대고 침을 퉤 뱉은 뒤 입도 닦는다.

칼국숫집 유리문에 비친 얼굴을 힐끗 살피는 것을 끝으로 종태는 내 시야에서 사라진다. 그리고 십 초 후에는 내 앞에 서서 씩 웃고 있다.

그가 데리고 간 곳은 구기터널 옆의 사철탕집이다. 그런데 뜻밖에 사철탕이 아닌 닭백숙을 주문한다. 시뻘건 낙지볶음에 쓱쓱 밥을 비비며 호전적인 식성을 과시하던 때의 종태와는 다르다. 내가 쳐다보자 그는 싱겁게 말한다.

"몰랐어? 나 개 안 먹어."

나는 고개를 끄덕인다. 그냥 그럴 수 있는 일이다. 좋은 것과 싫은 것에 대해 이유를 일일이 다 생각해내야 한다면 정작 좋은 것을 좋아하고 싫은 것을 싫어할 시간은 조금밖에 남지 않을 것이다. 그러나 종태에게는 뭐든지 앞뒤를 맞춰 설명하려는 습관이 있다. 그의 입버릇 중의 하나가 '기자는 생리적으로 몸속에 육하원칙이 있다'는 것이다.

종태가 개를 먹지 않게 된 데 제법 사연이 있긴 했다.

어렸을 때 그의 집에서 잡종 개를 한 마리 키웠다고 한다. 하루 종일 하는 일이라고는 찌그러진 양은 밥그릇을 반짝반짝 윤이 날 정도로 깨끗이 핥아먹은 다음 그것을 이리 차고 저리 차는 짓뿐이었다. 거리를 재기도 하고 한번 으르렁거려보기도 하면서 제깐에는 개 밥그릇과 심각하게 전투를 벌이는 모습은 우스꽝스럽기 짝이 없었다.

"동네 형들은 오다가다 그 장면을 보고는 그때마다, 똥개 새끼 하는 짓이라고는, 하면서 한 번씩 걷어찼지. 그런데 하루는……"

이런 이야기는 '하루는……'이라고 하는 부분에서부터 비로소 사건이 전개된다. 종태는 이야기 솜씨가 꽤 좋은 편이었다.

"동네 어른들하고 아버지가 뒷산으로 그 개를 끌고 가는 거야. 어쩐지 긴장과 기대가 감돌고, 뭐 재미있는 일이 있을 것 같더라구. 나도 촐랑촐랑 따라갔지. 근데 어땠는 줄 알아? 어른들이 갑자기 개로 돌변하는 거야. 개 잡는 개로. 멍청한 똥개라도 제가 죽을 것만은 눈치를 챘던 모양이야. 평소 밥그릇과 훈련했던 그 전법으로 이리 뛰고 저리 뛰고, 와, 전열을 마구 교란시키면서 도망치는데……"

종태의 머리가 절레절레 흔들어진다.

"어쩌나 필사적인지 어른 몇 가지고는 상대가 안 되더라구. 시간이 지날수록 개는 눈이 이상하게 빛나면서 더욱 힘이 뻗치는데 어른들은 완전히 녹초가 됐어. 그때 아버지가 나를 손짓으로 부르는 거야."

종태의 아버지는 어린 종태에게 개를 불러오라고 명령했다. 그의 가족 중에서 개를 발로 차지 않는 것은 어린 종태뿐이었다. 아버지도 개가 그쯤은 알고 있으리라는 데에 생각이 미친 것이었다.

종태의 아버지는 그 일로 인해 사나이 종태의 마음속에 배신자의 낙인이 새겨진다는 데 대해서는 그다지 유의하지 않고 있었다. 종태는 자신에 대한 개의 믿음을 그런 식으로 배신하고 싶지 않았다. 그러나 눈을 부릅뜬 아버지의 명령을 거역할 수는 없었다.

종태는 개에게 들리지 않기를 기대하며 기어들어가는 소리로 백구야, 하고 불렀다. 종태의 목소리를 듣자 개의 귀가 쫑긋하더니 냉큼 종태 쪽을 쳐다보았다. 이때다 싶어서 아버지가 그의 어깨를 툭 치며 신호를 보냈으므로 종태는 얼른 손을 쳐들어 개를 불러야 했다.

개는 잠깐 동안 망설이는 듯했다. 개의 눈을 보면 의심을 완전히 떨쳐버리지 못하고 있다는 걸 알 수 있었다.

이윽고 개의 네발이 엇박자로 균형을 잡으며 무겁게 종태 쪽으로 다가오기 시작했다. 약간은 순교자적인 걸음걸이였다. 입에서는 질질 침이 흘렀지만 종태를 쳐다보는 눈빛은 꽤나 고결하게 빛났다.

개가 걸음을 떼기 시작하자 입을 쩍 벌린 어른들이 못 참겠다는 듯이 한꺼번에 달려들어 박달나무 몽둥이로 머리를 내리쳤다. 개의 짧은 생은 그렇게 끝이 났다.

종태는 소주 한 잔을 입속에 가볍게 털어넣는다.

"그래서, 그뒤부터 종태는 영영 개고기를 먹을 수 없게 되었다는 슬픈 전설이 있다, 이건가?"

내가 픽 웃는다.

"지어낸 얘기 아니야. 요즘 들어 가끔 꿈까지 꾼다니까. 아버지가 나타나서 '어서 백구를 불러봐, 어서!' 하고 내 어깨를 툭 밀어붙이는 꿈 말야."

종태는 "제기랄!" 하면서 다시 소주잔을 비운다. 잠시 동안 아무 말 없이 바닥의 장판만 노려보는 종태의 어깨는 약간 굽어 보인다. 종태의 아버지가 일찌감치 종태에게 가장의 자리를 물려주고 세상을 뜬 지는 십 년이 넘었다. 종태는 가장의 역할을 타고난 사람처럼 보였다. 또 그가 자란 시골 마을에서 처음 배출된 기자로서 동네 송사와 취직을 관장해야 했지만 그 일의 권세적인 측면에서 은근히 보람을 찾는 듯했다. 그러나 언제나 똑같을 수 있는 사람은 없다. 누구나 한 가지 얼굴만 갖고 있는 게 아니다.

나무 옷걸이에 걸려 있는 그의 양복 재킷의 소매끝에서 실밥 하나가 기어나와, 선풍기 바람에 턱을 덜덜 떨고 있는 것을 나는 물끄러미 쳐다본다.

한참 만에 고개를 든 종태의 입에서는 엉뚱한 말이 나온다.

"진희 너, 왜 그렇게 까부냐?"

"무슨 말이야?"

"『베스트 우먼』에 나온 기사 봤어. 내용을 읽어보니까 정식 취재는 아닌 것 같더라만 이름까지 나왔던데, 무슨 배짱으로 그런 인터뷰를 했어?"

이름이 나왔다고? 나는 술잔을 만지작거린다.

"술자리에서 한 얘기를 그냥 쓴 거야. 후배가 거기 있거든."

"뭐라구?"

종태가 버럭 소리를 지른다. 얼굴까지 벌겋게 달아 있다.

"그럼 술자리에서 한 말을 허락도 안 받고 기사화했단 말야? 실명으로?"

"위에서 기사를 만들어내라고 하니 걔도 할 수 없었겠지."

"취재원이야 어떻게 되든 말든 데스크 비위만 맞추면 그만이란 얘기군. 기자라는 것들이 도대체……"

종태는 씨근거리며 다시 또 담뱃재로 구멍이 난 리놀륨 장판만 노려본다. 그의 마지막 말은 특종을 많이 내는 사회부 기자답지 않게 자조가 섞여 있다.

"근데 웬일로 여성지를 다 봤어?"

"그럴 일이 좀 있어."

"여자에 대해 아직 모르는 게 있었구나 하고 반성하는 중이야?"

종태의 입가가 어색하게 실룩인다.

"웃기지 좀 마. 요즘 나 자료실에서 잡지 들춰보는 게 일이야. 이 개월 정직당했거든."

종태는 이제부터 발사시킬 이야기 로켓의 꽁무니에 점화라도 하려는 것처럼 눈을 내리깔고 심각한 동작으로 담배에 불을 붙인다. 길게 연기를 뿜어낸 다음 첫말을 찾기 위해 잠시 입을 벌린 채 먼 허공을 쳐다보더니 불현듯 헛웃음 같은 걸 내뱉고 만다.

종태에게는 몇 가지 모임이 있었다. 그중 하나가 대기업 기조실 사원에서부터 정부 기관의 관리, 기자 등 다양한 분야의 야심만만한 젊은이들의 친목 모임이었다. 거기에서는 적당한 선에서 자기 쪽 정보를 흘리고 다른 쪽에서 흘린 정보를 주워담는 일도 중요한 친목 중의 하나였다.

정부 기관 쪽에서 자기 부처 안의 동향에 관한 정보를 흘리면 기업에서 주워가고, 기업에서 경영 전망을 분석한 자료를 귀띔하면 그 정보를 경제 부처의 공무원이 챙겼다. 정보기관이나 경찰청 정보팀과 기자들도 서로 정보를 교환했다. 서로에 대한 경계심과 치밀한 계산 위에 이루어지는 기묘한 공생 관계였다.

물론 실마리만 제공하는 것이므로 제대로 기사가 되려면 철저

한 사실 추적이 따라가야 했다. 자칭 근성 있고 공명심이 강한 종태는 일단 손안에 실마리가 쥐어지면 어떻게든 실타래 쪽으로 파고들었고 그 결과 특종을 여러 개 냈다.

"그런데 하루는 데스크가 부르는 거야……"

부장의 손에는 종태가 쓴 기사가 들려 있었으며 이마에는 그 기사를 반으로 접은 듯한 주름살이 깊게 패어 있었다. 종태가 다가가자 부장은 과장되었음이 틀림없는 겁 주는 듯한 말투로 "이 기사, 확실한 거야? 사실 확인했어?"라고 거칠게 물었다.

종태는 오직 고압적인 분위기 연출에 의지하여 기자들을 장악하려 드는 부장의 태도를 평소에도 그리 좋게 생각하지 않았다. 더구나 사실 확인이라는 초보적인 단계를 거쳤냐는 질문은 종태의 자존심을 적잖이 건드렸다.

그는 부장의 책상 모서리에 한 손을 짚고 한 마디씩 눌러가며 대답했다. "취재원 신분도 정확하고, 내부 자료도 제 눈으로 다 확인했습니다. 보름 동안 쫓아다녔어요."

그 기사는 어느 군 고위층 인물의 비리를 다룬 것이었다. 돈으로 따지면 십억쯤의 단위는 되어야 비리라고 할 수 있고 사망자 수로 따지면 몇십 명은 되어야 사고라고 할 수 있는 요즘 기준으로 보면 그리 큰 비리는 아니었다. 군 인사에 사적인 감정을 개입시켜 억울한 사람을 많이 만들고 구린 돈을 챙긴 일인데, '율곡비리' 같은 장편소설에 비한다면 열 장짜리 콩트도 되지 못할 시시

한 내용이었다.

그러나 중요한 것은 그 고위층 인물이 아주 높은 사람, 이른바 '최고위층'과 가까운 사이라는 점이었다. 회사측에서 본다면 그 고위층의 심사를 불편하게 하는 것은 당연히 회사에 누를 끼치는 해사 행위였다.

"그래서 부장이 당신을 부른 거야? 기사를 고치라고?"

내 물음에 종태의 대답은 침통하다.

"아니. 빼겠다는 거지."

종태의 기사가 마지막 조판에서 빠진 것은 몇 번 있었던 일이었다. 그 기사를 위해 앞뒤 없이 뛰어다녔던 종태는 그때마다 허탈과 분노를 느껴야 했다. 항의를 하면 부장의 해명은 언제나 명확했다. '회사 이익보다는 국익 차원에서' 내린 결정이었다.

부장이 종태의 공격적인 취재 방식을 좋아하지 않는 것은 아니었다. 시경캡을 지냈던 그는 회식 자리에서 종태를 '이 시대의 마지막 사회부 기자'라고 추켜세웠다. 자신의 젊은 시절을 보는 것 같다는 말까지 했다.

"우리 때는 사회부 기자라면 살인 현장에서 시체를 만지는 것은 예삿일이었다구. 몇 센티 깊이로 찔렸는지 기사에 쓰기 위해서 피범벅이 된 뱃속에 손가락을 집어넣고 그랬는데 말야."

그런 말을 한 다음 부장은 술잔을 단숨에 비우고는 그것을 번쩍 쳐들어 종태 앞에 턱 내려놓곤 했다. "자!" 소리와 함께 술을 따라

주는 표정이 마치 후계자를 지목하는 듯 흐뭇했다.

그러나 막상 종태가 문제작을 만들어오면 이마에 깊은 주름을 만들고 사려 깊은 척하며 몸을 사리는 것이었다. 종태는 부장을 선배로 인정하지 않았으며 부장도 그것을 알고 있었다.

기사를 빼겠다는 말에 종태가 "제가 사표를 쓰겠습니다"라고 책상 앞에서 한 걸음 물러나자 부장이 소리쳤다.

"뭐야? 사표만 쓰겠다면 다야? 이종태씨, 안 되겠구만. 당신 때문에 회사가 한두 번 시끄러웠어? 기사란 써제낀다고 다 되는 게 아니야. 정확성이 생명이라고, 정확성, 팩트 말야. 추측 기사 남발했다가 어떻게 되는지 몰라서 그래?"

"이건 추측 기사가 아닙니다. 취재원 신분이 정확하다고 말씀드렸잖습니까."

어금니를 악물었기 때문에 종태의 말소리는 받침이 정확하지 않았다.

"좋아, 그럼 이 기사 취재원이 누구야? 정확한 신분하고 이름을 대봐."

처음 정보를 귀띔해준 것은 경찰청 소속 정보팀의 젊은 친구였다. 그는 사회정의 실현이라는 큰 뜻을 품고 경찰대학을 지원했으며 졸업 후 바로 경찰청에 들어갔다고 했다. 정보팀에 배속된 탓에 직접적인 행동으로써 불의를 다스리지 못하고 은밀히 사회 동향을 파악하고 정보를 캐고 다니게 되어 심적 갈등이 많다고 종태에게 털어놓은 후 서로 가까워졌다.

그가 하는 일은 신문기자와 크게 다르지 않았다. 자기가 취재하고 알아낸 정보를 매일 보고서로 만들었다.

그는 이따금 종태에게 지도급 인사의 사소한 비리를 털어놓으며 분개했다. 기회만 있다면 경찰을 포기하고 기자가 되어 속속들이 비리를 파헤침으로써 원래의 포부대로 사회정의의 실현에 앞장서고 싶다는 속마음을 내비치기도 했다. 그러면 종태는 "기자라고 아는 대로 다 쓸 수 있는 것도 아니다"라고 말하며 등을 두드려주곤 했다.

종태가 크로스 체크한 것은 또다른 정보기관에 있는 고등학교 동창에게서였다. 학교 다닐 때부터 친하게 지내던 사이는 아니었다. 그들은 첫 대면 때 학교 교정에서 서로를 본 기억이 별로 없음을 고백했다. 하지만 전통을 자랑하는 지방 명문의 몇 회 졸업생이라는 것만으로 만나는 순간 악수하는 손에 힘과 우정이 들어갔다.

종태는 두어 번 동창에게 신세를 졌다. 그때마다 동창은 종태를 믿고 적당히 사소한 정보를 제공했다. 술자리에서 부하 직원과도 인사를 시켜주며 동창은 그도 역시 동향이고 자기 사람이니 안심해도 된다는 말을 했다.

"그래서 부장한테 그 두 사람 이름을 댔어?"

"데스크가 물어보는데 말 안 할 수 있어?"

종태의 눈빛이 날카로워진다.

"부장한테 취재원을 대는 거야 어쩌면 당연한 일이지. 기사는 기자 혼자 쓰는 게 아니고 데스크의 지휘권 안에 있는 거니까. 문제는 부장이 위에 올라가서 보고를 하다가 제 입장이 곤란해지니까 미주알고주알 나발을 불었다는 점이야. 그게 회사 밖으로 새나가봐! 빌어먹을. 취재원을 보호하는 것은 취재 양심 제1조야! 근데 나를 배신자로 만들어?"

그 말을 해놓고 종태는 허공을 무섭게 쏘아본다.

"이 이종태가 잘난 것은 쥐뿔도 없지만, 적어도 비겁한 놈은 아니란 말야."

땀에 젖은 그의 눈썹이 형광등 불빛을 받아 검게 빛난다.

종태는 부장에게 가서 한바탕 따졌다. 부장은 레코드판처럼 '국익 차원'만 반복해서 노래할 뿐이었다.

그날 저녁 종태는 술을 많이 마셨다. 사무실에 들어가서 부장과 마주치자 그대로 책상을 엎어버렸다. 부장은 벌떡 일어서며 얼결에 다리를 벌리고 눈썹 위로 양손을 교차시키며 태권도 기본자세를 취했다. 야근을 하러 들어와 있던 기자 몇이 우르르 의자에서 일어섰다.

부장이 먼저 종태를 향해 소리를 질렀다.

"이 새끼, 덤벼봐! 이게 눈에 뵈는 게 없어?"

목소리는 제법 카랑카랑했지만 부장은 턱을 덜덜 떨고 있었다. 종태는 순간 백구를 생각했다. 백구는 종일 가야 짖는 법이 없었다. 심지어 일곱 살배기 옆집 꼬마가 "스!" 하면서 아랫입술을 깨물고 발을 쳐든다 싶으면 금세 고개를 다리 사이에 박고 깨갱 죽는시늉을 했다. 그러곤 이내 아첨하는 눈빛을 보내면서 꼬리를 살살 쳤다.

그런 백구도 짖는 때가 있었다. 누군가 가만히 서서 자기를 빤히 쳐다보면 당황하고 불안해진 백구는 몇 걸음 뒤로 무르춤하며 괜스레 컹, 하고 한 번 짖는 것이었다. 그것은 짖는다기보다는 변명하거나 애걸한다고나 해야 할 몹시 자신 없는 소리였다.

종태는 아무 말 없이 몸을 돌려 사무실을 나와버렸다.

문을 열다가 종태는 양손에 자판기 커피를 들고 들어오던 기자와 부딪칠 뻔했다. 그녀는 눈을 흘기며 "아무튼, 이종태씨 박력 땜에 문이 못 살아, 문이!" 하며 호들갑을 떨더니, 조금 전 종태가 엎어버린 책상에서 굴러떨어진 둥근 연필꽂이를 밟고 미끄러져 커피와 함께 바닥으로 납작 넘어졌다. 서 있던 사람들은 마침내 할 일을 찾아냈다는 듯이 그녀 쪽으로 우르르 몰려들어 기백이 넘치는 해결사처럼 단번에 그녀를 일으켜세웠다.

이틀 후 게시판에 그의 이 개월 정직을 알리는 방이 나붙었다. 회사 안이 수런댔다. 들리는 말에 따르면 부장은 종태가 나가자마자 의자에 털썩 주저앉더니 비장한 표정으로 '아랫사람에게 이겨봤자 승리는 덧없도다'는 식의 탄식을 뱉은 다음 표표히 사무실을 나갔다고 한다.

구두 뒤축을 구겨 신고 신문을 읽고 있던 한 동료는 부장이 나간 뒤에야 자기가 어느 순간 잽싸게 구두를 제대로 신고 임전 태세를 갖추고 있었음을 깨달았다며 자기의 전투적 반사신경을 기특해했다. 이런 식으로 데스크가 사주와 한통속이 되어 편집권을 남용하는 일이 반복된다면 노조에서 어떤 움직임을 보여야 한다고 열을 올리는 신입 기자들도 있었다. 그러나 며칠 안 가 그 일은 점심시간의 화제에서도 밀려났다.

그 일로 변화를 겪은 것은 종태 본인뿐이었다. 동참은커녕 점심 한끼 같이 먹자는 사람도 없었다.

어둠이 내리면서 식당 안이 부쩍 소란스러워진다. 옆자리의 남자들은 유난히 왁자하게 술을 마신다. 종태와 나는 그들이 회사 동료이며 승진 턱을 내는 자리라는 것, 사내 권력의 향방과 관련된 그 승진에 흔쾌히 동의하는 것은 아니지만 여자 직원을 따돌리고 보신탕집으로 오는 데만큼은 의기투합이 잘되었다는 것 따위, 전혀 알고 싶지 않은 일을 알아야만 했다. 그런 것을 아느라고 우리의 대화는 간간이 끊어진다.

마치 싸우는 사람들처럼 술을 마시던 남자들 자리에서는 기어코 싸움이 벌어진다. 젓가락과 술잔이 탁자 아래로 쏟아지는 소리, 침 튀는 소리, 야, 이 개새끼야! 어쩔래, 이 개새끼야! 이 개새끼 봐라? 어디서 개같은 소리를 지껄이고 있어? 이것 놔, 이 개같은 새끼! 어딜, 이놈의 개새끼가 쥐새끼같이! 아줌마! 이 개새끼한테 개 팔지 마! 개만 팔았단 봐라, 개새끼. 정말로 개새끼네, 이 새끼.

4

사람을 위로하는 데에는 여러 방법이 있다. 고향 풍경을 그리워하는 사람이 있다고 하자. 어떤 사람은 고향의 사진을 구해다 보여줄 수도 있고 어떤 사람은 다른 멋진 풍경으로 데려가 고향을 잊게 해줄 수도 있다. 또 어떤 사람은 애인을 소개해줘 풍경에 대한 관심을 다른 곳으로 돌리게 할 수도 있다. 삶은 우리의 정면에만 놓여 있는 게 아니다.

남자가 스스로를 초라하게 느낄 때 아내는 그 초라함에 속한다. 아내가 해줄 수 있는 것은 '그래도 괜찮다'는 동반자로서의 위로이다. 그러나 애인은 다르다. 때로 멋진 애인의 존재는 '당신은 초라하지 않다'는 말과 같다. 그것이 아내와 애인의 다른 점일 수 있다. 보통 생각과 달리 애인 노릇은 아내 노릇보다 결코 쉽지 않다. 애인은 늘 매력적이어야만 한다. 애인의 위상이 오래 지속될 수 없는 것도 당연하다.

종태를 만난 것은 오 년 전이다.

이혼한 뒤로 나는 공부에만 몰두했다. 그때는 남자에 대한 관심도 없었지만 있다 해도 그것을 실천할 여유가 없었다. 가능하지 않기 때문에 아예 욕구가 잠복해버린 건지도 모른다. 그 무렵은 종태가 기자 시험 준비를 잠시 때려치우고 선배가 운영하는 편집 기획사에 이따금 나가서 신문을 뒤적이고 사보에 싣는 기사에 대해 몇 마디 잔소리를 하던 때이기도 했다. 종태가 들락거리던 기획회사는 칸막이 몇 개를 사이에 두고 한 출판사와 같은 사무실을 쓰고 있었다. 바로 경애가 아르바이트를 하던 출판사였다. 나는 그 출판사의 손님용 소파에서 경애의 일이 끝나기를 기다리고 있다가 종태를 처음 만났다.

투박한 갈색 구두가 눈앞에 와서 멈춰 서길래 나는 보고 있던 책에서 고개를 들었다. 키 큰 남자가 손에 종이컵을 들고 있었다. 그의 몸 어디선가 희미하게 땀냄새가 났다. 남자의 목소리는 자못 호방했다. 이거 몸에 해로운 커피인데, 드실래요? 뭔가 인상적인 말로 관심을 끌고 싶어하는 마음은 느낄 수 있었지만 그다지 인상적이지는 못한 말이었다.

그러나 나는 그가 권하는 종이컵을 받아들었다. 그의 웃음이 너무 시원하고 산뜻해 보였으며 또 거절해봤자 소용없을 것 같은 느낌이 들었기 때문이다. 그에게서는 나로 하여금 몸에 해로운 커피를 마시게 하고야 말 것 같은 힘 비슷한 게 느껴졌다. 어떤 사람들의 용어로는 그런 것을 박력이라고 부르기도 하는 모양인데 어쨌든 그에게는 사람을 장악하는 매력이 있었다.

그와의 관계는 복잡하다고 할 수도 없다. 처음 만난 순간부터 그는 우리가 운명적인 관계임을 끈질기게 설득하려 했다. 그리고 그 설득에 거의 성공하는가 싶던 어느 날 자신이 결혼하게 되었다고 고백했다.

그 말을 하던 날 종태는 술을 많이 마셨다. 몸을 제대로 가누지 못할 정도였다. 나는 그가 잡아끄는 대로 여관으로 들어갔다. 나 역시 꽤 취해 있어서 실랑이하기도 귀찮았다. 물론 함께 잘 마음은 전혀 없었다.

내가 사랑하는 것은 너뿐이야. 종태는 그렇게 말하며 막무가내로 내 옷을 벗기려 들었다. 마치 입대하기 전날 밤 애인을 방으로 데리고 오는 데 가까스로 성공한 어린 남자처럼 필사적이었다. 내 몸은 차가웠고 열리지 않았다. 종태는 술냄새를 내뿜으며 계속 중얼거렸다. 어쩔 수가 없었어. 이해해줘. 널 사랑해.

나와 한 침대에 눕곤 하던 그 무렵에 다른 여자의 몸속으로 들어가서 아이를 만들었고 그것 때문에 결혼하게 된 애인이 이해해달라고 말할 때, 그까짓 게 뭐 어려운 일이겠냐고 선선히 대답하는 여자는 별로 없을 것이다. 섹스를 사랑의 표현으로만 생각하고 있는데 그것이 가부장적인 생식의 현실로 다가올 때 거리감이 느껴지는 것은 당연한 일이다. 나 역시 그랬다.

그가 '사랑해'라고 말할수록 내 몸은 굳었다. 그 말은 나를 위로하기 위한 수사조차 아니었다. '내가 그렇게 나쁜 놈은 아니야'라는 뜻의 자기변명이었다. 그는 임신한 여자를 버리는 것보다 사랑하는 여자를 버리는 편이 훨씬 양심적이라고 말하고 싶은 듯했다. 그리고 그녀를 택해야만 하는 상황의 불가피성을 스스로에게 합리화시키기 위해서는 나를 그렇게나 사랑했어야만 하는 것이다.

차라리 '미안해'라고 했더라면 그를 이해해주기가 쉬웠을지도 모른다. 누구나 사과할 만한 잘못을 하는 법이니까. 그랬으면 어쩌면 작별의 의식으로서 섹스만이라도 가볍게 치를 수 있었을지도 모른다.

종태는 기어코 열리지 않는 문을 찢고 들어왔다. 그가 자신의 묵직한 두레박으로 바닥까지 말라버린 나의 우물을 긁어댈 때 나는 죽은듯 가만히 움직이지 않았다. 이제 그가 내 몸속에서 애욕을 길어내는 일은 없을 것이라고 생각했다. 내게는 그의 결혼에 반발할 권한이 없었다. 나뿐 아니라 그 누구에게도 그런 권한은 없는 것이다. 그에게 상처를 주기 위해 내가 할 수 있는 가장 큰 실력 행사란 고작 그날 밤 섹스를 거절하는 정도였다.

종태는 섹스에서 여자의 만족을 중요하게 생각하는 타입이었다. 그에게 있어 절정감은 자기가 상대를 만족시킨 정도와 깊은 관계가 있었다. 여성 상위라는 체위를 인정하지 않는 것만 봐도 그랬다. 그가 섹스에서 구하는 것 중에는 상대에 대한 자기과시와 성취감도 빼놓을 수 없었다. 그런 점에서 본다면 그날 밤은 종태에게 참담했다. 알고 보면 섹스를 이용한 모욕만큼 치사하고 효과적인 것도 드물다. 종태가 다시 나를 찾으리라는 것은 전혀 예상하지 못한 일이었다.

그에게 전화가 왔을 때 나는 냉담했다. 진심이었다.

나는 사랑했던 남자가 행복하게 살아서 내게 잊혀지기를 바랐다. 사랑은 자주 오고 결국은 끝나는 것이다. 아무리 사랑했어도 시간이 흐른 뒤에는 나미가 노래했듯이 '그 시절의 너를 또 만나서 사랑할 수' 없는 것이 사람의 '슬픈 인연'이다. 사람의 관계란 끝이 오면 순순히 끝내야만 한다. 아무리 사랑했더라도 그 시간이 지나가버린다는 사실을 받아들이듯 말이다.

게다가 나는 누군가와 대립된 이해관계를 갖는 일은 질색이었다. 나는 결혼을 부정했다. 그러나 결혼을 부정하는 것은 나일 뿐이지 세상 전체가 아니다. 누군가는 결혼 속에 자기를 맞춰가는 일로 삶의 의미를 찾는다. 내가 그들에게 독신이나 분방한 연애를 강변할 수는 없다. 나 자신 누군가에게 결혼이나 독신을 강요당하고 싶지 않은 것과 마찬가지이다. 비록 나와는 생각이 전혀 다른 사람이긴 해도 종태의 아내와 대립하고 싶지는 않았다.

결혼한 남자를 만났던 경험이 전혀 없었던 건 아니다. 결혼한 남자들이 다른 여자를 만나는 것은 일상이 권태롭거나 나이들어가는 일이 쓸쓸하거나 혹은 자신이 인생을 너무 좁게 사는 것이 아닌가 돌이켜볼 만큼 호기심이 남아 있는 경우일 것이다. 나의 상대는 그 세 조건을 모두 갖추고 있었다. 아내라는 익숙한 환경에 편안해하면서도 새로운 것의 흥분을 원하는 것 자체가 어차피 제한적이고 상투적인 감정이었다. 그러므로 오래갈 일은 못 되었다. 나는 그와 지극히 한시적인 연정을 나누었다.

그를 만나는 동안 가장 불편했던 것은 가족과 가정 안에서의 그를 의식하지 않을 수 없다는 점이었다. 아내가 고른 스킨로션의 향이 배어 있는 그의 얼굴, 아내가 빨래를 한 그의 양말, 아내가 만든 음식으로 채워진 그의 위장, 전날 밤 아내가 받아 걸었을 양복 재킷…… 그의 입에서는 아내와 함께 쓰는 치약 냄새가 났다. 언젠가는 아내와 같은 이불에서 빠져나온 그의 머리카락 속에 오리 깃털 하나가 묻어 있었다. 그에게서 나는 아내가 슈퍼에 가서 치약을 고르거나 그의 양말을 세탁기에 넣는 모습, 발코니에 나가 그들이 함께 덮었던 이불을 터는 모습 등을 연상하지 않을 수 없었다.

지금 내 곁에 있는 남자를 기다리느라고 연신 시계를 쳐다보고 있을 여자를 의식하여 덩달아 시계를 흘깃거릴 수밖에 없었다는 것이 솔직한 마음이었다.

그러나 그런 감정과는 달랐던 모양이다. 나는 종태에게 끝까지 냉담할 수 없었다. 종태는 계속 전화를 걸었고 한두 번은 집 앞에서 나를 기다렸다. 그런 일이 여러 번 계속되자 나는 우스워졌다. 그는 한때 나에게 갈망을 주던 애인임이 틀림없다. 그의 전화를 기다렸고 사랑한다는 말을 들으면 기분이 좋았다. 헤어질 때마다 다음에 만날 것을 의심해본 적이 없는 관계였다. 그런 대상으로 하여금 애원을 하게 만드는 것은 무언가 나 자신의 자존심과도 관련이 있는 듯이 느껴졌다. 나에게 소중했던 사람이 내 사랑을 얻기 위해서 수고롭게 애를 태울 필요까지는 없는 일이었다. 그것은 지나간 내 감정에 대한 예의도 아니었다.

어느 날 밤 나는 종태의 전화를 받고 집 앞으로 나갔다. 종태는 아파트 놀이터의 벤치에 앉아 있다가 천천히 일어났다. 술을 마신 모양이었다. 그는 그네 한번 안 탈래? 하면서 춤 신청하는 사람처럼 한 손을 내밀었다. 나는 그 손을 잡았다. 나를 무릎 위에 앉히고 그가 그네 위에 올라앉자 쇠줄이 삐거덕 소리를 냈으므로 불안하게 두 손으로 줄을 꼭 붙잡아야 했다. 그는 내 뒷목에 얼굴을 묻었다. 뜨겁고 축축했다. 술냄새가 심했지만 나는 그가 짐짓 불행한 척하고 있음을 알았으며 그것을 연출하는 데 들어간 성의를 인정했기 때문에 술냄새와 누기와 녹슨 그넷줄의 차고 끈끈한 감촉을 참았다.

결혼한 남녀가 바람을 피우는 것이 어디까지가 비련이고 어디부터가 불륜이냐고 윤선이 물었다. 불륜? 윤리에 어긋나는 것 말이야? 글쎄. 윤리란 건 질서를 유지하기 위해 만든 약속이잖아. 그러니 사랑보다는 하위개념이겠지. 간통죄라는 실정법이 있으니까 바람피우는 게 불법이긴 하겠지만, 신호등 위반으로 도로교통법을 위반한 정도 아닐까. 내 말에 윤선이 대꾸했다. 내가 하면 비련이고 남이 하면 불륜이지 뭘 그렇게 어렵게 말해.

5

터널을 향해 들어가는 차가 사나운 속도로 우리 곁을 스쳐지나간다. 종태의 걸음이 약간 흔들린다.

"나 몸이 좀 좋아진 것 같지 않아?"

그것은 종태를 찻집에서 봤을 때부터 이미 느끼고 있었던 점이다. 얼굴 윤곽선이 완만해지고 어깨가 더욱 벌어져서 종태의 남방셔츠는 목둘레가 꼭 끼었다.

"한가한 것도 생각보다 괜찮더라. 네 생각도 많이 할 수 있고."

"내 생각?"

"그래. 너 처음 만났을 때, 그리고 처음 여행 갔을 때랑 내가 결혼하자고 했을 때……"

어느 겨울밤 골목 안에서 종태는 나를 업은 적이 있었다. 내가 내려달라고 할 때마다 그는 하나도 안 무거워, 날아갈 것 같은데? 라고 대답하면서 휘파람만 불었다. 그러더니 갑자기 "나는 날개를 달았다!"라고 크게 소리쳤다. 그의 목소리는 냉기와 정적 속을 가로질러 골목 안에 울려퍼졌다. 그날이 결혼하자고 말했던 날이다.

"참, 너 보름 동안이나 증발한 때 있었잖아. 그때 미친듯이 찾으러 다녔던 일도 생각난다. 집 앞에서 새벽까지 기다렸던 일도 그렇고…… 지금 생각해보니 어쩌면 네가 바라지 않는 일만 골라서 한 건지도 모르겠다."

"아냐. 괜찮았어."

"그렇게 다 지난 일처럼 얘기하지 마."

종태가 걸음을 멈추고 내 팔을 잡는다. 길은 어둡다. 차 소리를 뺀다면 쓰레기봉투 사이를 바스락대며 지나다니는 고양이와 바람의 기척뿐, 거리는 조용하다.

종태의 입술이 뜨겁게 다가온다. 긴 입맞춤이다.

"내가 결혼한다고 했을 때, 그때 왜 날 안 붙잡았지? 날 사랑한 거 아니었어?"

종태는 벌써 다 잊은 모양이다. 그때 그는 이혼한 여자와 결혼하기에는 야망이 많은 남자였다. 그는 원하던 여자와는 결혼을 못했는지 몰라도, 적어도 원하던 결혼만은 한 셈이다. 내가 붙잡았다 해도 그는 나를 선택하지 않았을 것이다. 그렇게 되면 결국 자신의 비겁함을 스스로와 세상 모두에게 확인시킬 수밖에 없었을 테고. 나는 그렇게 하지 않았다. 그를 위해서가 아니라 나 자신을 위해서였다.

그때 나는 종태가 했던 수많은 맹세를 생각했다. 맹세란 지키고 싶을 때만 유효하다. 모든 사랑의 맹세는 진실하지만, 사랑이 떠난 다음까지 '영원히 사랑하겠다'는 그 맹세를 지킬 사람이 어디 있겠는가. 누구나 사랑할 때만 맹세를 지킨다. 그러므로 맹세란 아무 구속력도 없는 것이다. 맹세가 효력이 있는 것은 희망 없는 사람들에게 최후의 위로로 쓰일 때뿐이다.

종태가 다시 묻는다.

"나를 믿지 못했던 거지?"

내가 종태의 맹세를 전혀 믿지 않았을까. 그렇다면 상처를 받지 않았을 것이다. 나는 내가 그의 맹세를 믿고 있었음을 깨달았기에 상처받았다. 어린 종태의 손짓에 하는 수 없이 불려왔던 개처럼 말이다.

"지금까지 다 헛산 것 같아."

"……"

"내가 다시 청혼하면 뭐라고 대답할래?"

그러나 어리석은 대답은 할 필요가 없다. 그것은 현석에게도 마찬가지였다.

지적인 남자를 유혹하는 법

1

현석이 처음부터 내 눈길을 잡아당겼던 것은 아니다. 두어 번 만날 때까지만 해도 그를 매력적으로 느끼지 않았다. 공적인 만남이었기 때문이기도 하지만 무엇보다 그가 내게 전혀 관심을 보이지 않은 탓이었다. 한 문예지의 필자들이 모여 저녁을 먹는 자리였는데 현석은 꼭 일부러 그러는 사람처럼 끝내 나와는 눈 한번 마주치지 않았던 것이다.

같은 대학의 동급생이었지만 현석과 나는 캠퍼스에서 만난 기억이 없었다.

처음 소개받았을 때 나는 그의 얼굴을 빤히 쳐다보기는 했다.

현석. 그것은 내가 열두 살 때 첫 키스를 했던 소년의 이름이었다. 삼십 중반이 넘도록 현석이라는 이름의 남자를 또 만나보지 못한 것은 아니었다. 그러나 그 이름에 어울리는 용모의 현석을 만난 것은 이것으로 두번째가 되는 셈이었다.

단지 그 이유 때문에 나는 두어 번 더 그를 흘깃거렸다. 그뿐이었다. 그뒤로 몇 달이 흘러갈 때까지 다시 만날 일이 없었으므로 나는 그를 거의 잊어버리고 있었다.

우리가 다시 만나게 된 것은 짓궂은 인연이었다.

그날 나는 어느 술집에서 간간이 손수건을 코에 대며 훌쩍이는 여자를 보았는데, 그 앞자리에 앉아 있는 남자가 현석이었다. 내막이야 어찌됐든 그것은 나에게 현석에 대한 반감을 불러일으키기에 충분한 장면이었다. 여자가 우는 동안 그는 처음부터 끝까지 냉랭한 표정이었고 비록 그것이 그의 얼굴에 차가운 기품을 드리워준 것은 사실이지만, 여자에게 상처를 주는 남자에게 우선은 적개심부터 품고 보는 나에게 기분좋은 재회는 아니었던 것이다.

그렇다고 내가 그 여자 대신 현석에게 원망이나 복수심을 품을 이유란 없었다. 내가 현석과의 만남을 짓궂은 인연이라고 하는 것은 바로 그런 이유에서이다. 장소에 대한 것은 꼭 우연이라고는 할 수 없다. 우리 나이대의 사람들이 가는 대학가 술집이란 생각보다 많지 않으니까. 정작 짓궂은 것은 그날 내가 왜 손수건으로 콧물을 찍어 닦던 그 여자를 대신해서 그를 상대해줄 마음이 들었느냐는 점이다. 나는 남의 일에 끼어드는 성격이 아니었다. 다른 여자를 대신해 여성의 권익을 수호할 만한 대표성도 정의감도 전혀 없었다. 그런데도 나는 약간의 전의를 품고서 현석의 자리로 다가갔다.

"저 기억하시겠어요? 강진희예요."

현석은 나를 잠깐 멍한 표정으로 쳐다보았다. 한참 만에 "아, 예. 안녕하세요" 하며 얼굴을 붉히는 것을 보니 그것은 나를 알아보지 못했다기보다 울고 있는 여자 앞에 앉아 있는 자기의 모습이 어떻게 비쳤을까 머릿속으로 정리하는 시간이 길었기 때문인 듯했다.

인사만 한 뒤 나는 자리로 돌아왔다. 그러고는 적당히 눈치 채일 만큼 그들에게로 눈길을 보냈다. 현석은 내 쪽을 쳐다보지 않으려고 애쓰고 있었다.

그들이 나간 뒤 나는 생각했다. 만약 현석이 내가 생각한 만큼 소심한 사람이라면 변명을 하기 위해 얼마간의 핑계를 만들어서 되돌아올 것이다. 그렇지 않고 훨씬 호방한 사람이라면 나와의 우연한 만남을 이어가기 위해서 되돌아올 것이다. 그저 그런 보통 남자라면 절대 돌아오지 않는다.

어떤 경우든 상관없었다. 소심한 쪽이든 호방한 쪽이든 성격 중의 하나일 뿐이지 낫고 못하고의 차이는 없다. 또 그가 돌아오지 않는다 해도 괜찮았다. 어차피 그저 그런 남자에게는 관심이 없었으므로 혼자 술을 마시면 그만이었다. 현석은 정확히 십오 분 후에 돌아왔다.

술집 문을 열고 들어와 아직 내가 있는 것을 확인한 현석의 얼굴에는 한순간 안심하는 빛이 스쳐갔다. 하지만 두세 개의 탁자를 거쳐 내 자리로 다가오는 동안 그의 표정은 조금 어색해져 있었다.

"앉아도 되겠죠?"

하면서 의자를 무겁게 끌어당겨 앉는 모습에는 후회하는 빛조차 감돌았다.

그는 후회하는 것은 아니었다. 자기의 행동이 내게 어떤 의미로 해석될지 몰라서 신경을 쓰고 있을 뿐이었다. 탁자 위에 팔꿈치를 얹고 두 손을 맞잡은 채 잠시 옆자리로 시선을 돌리는 그의 모습은 아직 자기가 돌아온 것에 대한 핑계도 떠오르지 않은데다가, 우는 여자를 보내버리고 다시 온 것에 대해 내가 같은 여자로서의 분노를 느낄지 아니면 또다른 한 여자로서의 승리감을 느낄지 알지 못해 곤란해하는 듯 보였다. 괜한 일을 자청한 자신에 대해 조금 어이없어하다가 번거로워하다가 어쨌든 그는 좀 어정쩡한 기분인 것 같았다.

나는 지적인 남자가 스스로 하찮게 생각하는 문제로 혼란에 빠져 있는 모습을 조금 오래 보고 싶기도 했지만 그러기에는 반가움이 너무 컸다. 그의 잔에 맥주를 채우며 되도록 쾌활하게 말했다.

"두 시간까지는 기다리려고 했어요."

그 말은 현석이 돌아온 것을 당연한 사실로 만들어주었다. 그가 돌아온 것은 내가 보낸 호감의 발신에 응답한 것일 뿐이라는 새로운 해석이 들어 있었다. 현석은 굳이 핑계를 댈 필요가 없었다. 오히려 돌아오지 않았다면 내게 무정한 짓을 할 뻔한 셈이니 말이다.

나는 그의 자존심에 한번 더 향유를 부었다.

"곤란한 일이 가끔 있으시죠?"

"네?"

"일방적인 사랑의 고백 같은 것 말예요."

울고 돌아간 여자의 이야기라는 걸 알고 현석은 다시 긴장했지만 이 역시 새로운 유권해석으로 미리 내 쪽에서 죄 없고 때 없는 현석의 변론을 자처하고 나서는 격이었다. 내친김에 나는 남자의 발등에 긴 머리카락을 드리우고 향유를 문질렀다.

"저도 그렇게 귀찮게 할지 모르니까 마음놓지 마세요."

그 말을 듣자 현석은 완전히 홀가분한 표정이 되었다. 왜 자기가 돌아왔는지 스스로도 납득이 가지 않는다는 듯이 보이려던 태도를 비로소 버렸다.

그를 유혹하기 위한 첫번째 단계에서는 나에 대한 두 가지 설명이 필요했다. 즉 내가 남자에게 개방적인 여자라는 것과 아무에게나 개방적이지는 않다는 것.

나는 여러 남자친구 얘기를 자연스럽게 늘어놓아 내가 부담 없는 상대임을 강조했다. 그런가 하면 진정 이해받을 대상을 찾지 못한 사람의 근원적 고독을 드러냄으로써 허점을 보이고 곁을 내놓는 한편 간간이 내 마음속에 깊이 뿌리박은 도덕적 규범에 대해 탄식하기도 했다.

현석이 자세를 바꿔 내 쪽으로 몸을 기울였다.

그를 유혹하는 두번째 단계에서 필요한 것은 '당신은 내게 특별한 존재예요' 하는 암시이다.

지적인 남자는 스스로 아는 것이 많다고 생각하는 게 습관이 되어서 당연하고 옳은 말에는 흥미를 느끼지 않는다. 자신이 예상하지 못한 말만 그럴듯하다고 생각한다. 따라서 반드시 칭찬을 하되 상투적으로 해서는 안 된다. 논리에 어긋나도 상관없다. 남과 달라야 한다는 점이 중요하다.

그러므로 살아오는 동안 그가 너무나 많이 들었을 용모에 대한 호감은 단 한마디도 꺼내지 않고 오직 지성에 대한 감탄만을 늘어놓은 것은 내가 가장 신경을 쓴 대목이었다. 물려받은 아름다운 용모는 기정사실이라 치고, 저 스스로 도달한 지성에 대해 더 많은 칭찬을 받고 싶은 것은 지적인 남자의 당연한 허영심이었다.

여러 가지 인문적 교양을 동원하여 그의 화제에 성심껏 응하면서도 나는 속으로는 언제쯤 취해버린 척하며 그로부터 남자로서의 행동을 유발할 수 있을까 기회만을 엿보고 있었다. 그를 유혹하는 세번째 단계는 '내가 저 여자를 좋아하게 된 것 같아' 하는 자기암시를 주는 것이다. 그 암시를 스스로도 사실이라고 믿게 만들려면 손을 잡는다거나 포옹한다거나 하는 가시적인 행동을 하도록 유도해야 한다.

그날은 윤선, 경애와 만나기로 한 날이었다. 약속 시간까지 시간이 남아서 혼자 그 술집에 들어와 있다가 현석을 만난 것이다. 경애에게 못 간다는 전화를 걸러 갈 때만 빼고 나는 드물게도 오로지 현석에게 집중했다.

그러나 이런 과정만으로 유혹이 성취되는 것은 아니다. 가능성을 보여 곁에 오게 한 다음 특별한 호감을 표시함으로써 마음을 끌어당기고 그러고는 행동의 증표를 남기게 하는 것, 이런 따위는 누구나 생각할 수 있는 보편적인 유혹의 방법이다. 그것이 결정적 기회인가 한갓 해프닝인가는 오로지 행운이 결정한다.

술집 계단에서 나는 걸음이 비틀거려 두 번이나 난간을 붙잡았다. 그는 예상대로 약간 망설이다가 손을 내밀었다.

"내 팔 잡아요."

그러나 나는 "괜찮아요. 별로 안 취했어요" 하면서 짐짓 불안한 몸짓으로 다시 난간을 더듬어 잡았다. 그러고는 그가 머쓱해져서 방심하고 있을 때 계단 중간쯤에서 재빨리 그의 뺨에 키스했다. 그의 뺨은 따뜻하고 부드러웠다.

그것으로 충분했다. 술집 문이 열리는 소리와 함께 계단 위쪽에서 말소리가 들리는 것을 기화로 나는 적절한 때 행동을 끊고 다시 앞서서 계단을 내려가기 시작했다.

마침 내 앞에 택시가 한 대 와서 멎었다. 나는 지체 없이 택시를 향해 다가갔다. 뒤따라온 현석이 내 팔을 붙잡았다. 뜻밖에도 손아귀 힘이 세었다. 그러나 다음 순간 그는 자기의 순간적인 과격함을 변명하듯이 순순히 팔을 놓으며 마치 그 말을 하기 위해 나를 붙잡았다는 듯이 "조심히 가세요" 하고 인사치레를 했다.

나는 마지막으로 그를 돌아보며 쏘는 듯한 눈빛으로 무슨 말인가를 하려고 입을 벌렸지만 그가 내 말을 듣기 위해 고개를 내미는 순간 택시가 그냥 출발하려 했으므로 급히 차문을 열고 들어갔다.

내가 그의 뺨에 입을 맞춘 것은 '오늘밤'이라는 긴 문장에 찍은 마침표이다. 나는 알쏭달쏭한 말없음표나 물음표, 평이한 온점이 아닌 강력하고 짧은 느낌표를 찍은 것이다. 마침표는 다음 문장의 방향을 결정짓는 강력한 표현이 되기도 한다.

택시 안에서 나는 혼자 실없이 웃었다. 그 남자가 그렇게 마음에 든 것도 아니지 않나? 키스까지 동원한 적은 지금까지 한 번도 없었다. 그러나 해야 할 때가 오면 하는 편이 옳다. 물론 그건 이미 해버린 사람의 생각이겠지만.

2

다음에 현석을 만난 것은 이 주일쯤 뒤였다.

현석에게서 직접 연락이 온 것은 아니었다. 같은 필자로서 현석과 처음 인연을 맺게 된 문예지의 젊은 편집장이 내게 아주 별것 아닌 자료를 부탁해 만났는데 그 자리에 현석이 함께 있었던 것이다. 그 자료는 바로 현석이 편집장에게 부탁한 자료였으므로 그가 자료를 받아가기 위해 그 자리에 나온 것은 생각하기에 따라서는 당연해 보였다.

넉살 좋은 편집장이 너스레를 떨었다.

"강선생님, 자료는 핑계고요, 선생님하고 술 한잔하려고 만나자고 한 거예요. 제가 흠모하고 있다는 것 알고 계시죠? 하하."

나는 그것이 사실이라고 생각하기로 했다. 나는 편집장의 흠모를 받고 있는 여자에 걸맞게 행동했다. 편집장이 내 술잔을 채울 때마다 고마워했고 진부한 농담에도 감탄해주었다. 심지어 묵묵히 땅콩만 집어드는 현석에게 재청을 요구하기까지 했다.

그날 밤 현석이 나를 집까지 바래다준 것은 내가 일부러 그에게 친절한 듯 무심하게 굴었던 덕분인지도 모른다.

우리는 내 아파트가 올려다보이는 놀이터 벤치에서 두번째 키스를 했다. 질투가 감정을 자극해주었는지 이번에는 그가 먼저 뜨거운 입술을 내게 가져왔다. 그의 입속에 있던 땅콩 가루가 내 혀로 건너와서 까끌까끌 굴러다니는 것을 느끼며 나는 눈을 감았다.

아침에 정리를 하고 나왔으니 집안은 그런대로 깨끗할 것이다. 냉장고에는 늘 캔맥주가 있다. 어떤 의도를 품은 것은 아니지만 감정이 뻗어가는 대로 어떤 일에든 자유롭게 대처할 수 있다는 뜻이다. 이제 그가 어색해하지 않도록 자연스럽게 집안으로 이끌 수 있는 말 한마디만 찾으면 된다.

하지만 벤치에서 몸을 일으키며 나는 뭔가 허전하다는 것을 깨달았다. 강의가 있는 날은 핸드백 외에 서류 가방을 더 들고 다니는데 그 가방을 술집에 놓고 와버린 것이다. 지금에 와서는 그다지 중요한 일은 아니었지만 그 가방 안에는 현석에게 줄 자료도 들어 있었다.

놀이터 바로 옆에 공중전화가 있었다. 나는 핸드백 안에서 용케 그 술집의 성냥갑을 찾아내 거기 적힌 번호로 전화를 걸었고 내 가방이 잘 보관돼 있음을 확인할 수 있었다. 그런 다음 현석의 옆으로 돌아왔을 때 상황은 조금 전과 같지 않았다. 그의 얼굴에 이미 지적인 남자의 평정이 되돌아온 뒤였던 것이다.

“그럼 가볼게요.”

현석은 엉덩이를 털며 벤치에서 일어났다.

내게는 때때로 일이 내 예상대로 되지 않을 때 그 일이 중요한 일이 아님에도 집착하게 되는 고지식함이 있다. 모든 불행에 용의주도하게 대비한다고 큰소리치는 만큼, 예상치 못했던 일에는 의

외로 크게 상처를 입고 필요 이상의 안간힘을 쓰게 된다.

내 입에서는 이런 말이 튀어나왔다.

"제가 큰길까지 같이 갈게요."

걷는 동안 나는 현석이 왜 그렇게 쉽게 정열을 거두어버렸는지 알아내려고 애썼다. 뭔가 내게 다가오지 못하게 방해하는 것이 있긴 한데 그것이 무엇인지 알 수가 없었다. 나는 현석의 자기모순적인 성격을 빨리 파악하지 못하고 있었다.

큰길까지는 약 오 분 정도 걸리는 거리였다. 시간은 오 분뿐이었다.

나는 그중 이 분을 어떻게 하면 그를 붙잡을 수 있을까 머리를 짜내는 데 썼다. 일 분 정도는 아무 생각도 나지 않는 것에 조바심을 내느라 써버렸다. 아파트 동 앞에 늘어선 나무들이 가로등 불빛을 받아 진초록빛으로 빛났다. 그 나무 아래를 지나가면서 나는 어제 바로 이 자리에 차일을 치고 있던 플라스틱 그릇 장수의 지루한 표정을 떠올리며 다시 일 분을 썼다. 몇 발짝만 걸으면 큰길이었고 벌써 빈 택시들이 눈에 들어왔다.

앞서 걷던 현석이 뒤돌아보았다.

"그만 들어가요."

그러고 보니 현석은 그 자료를 어떻게 전해받겠다는 얘기도 하지 않고 있었다. 핑계를 찾아낸 나는 표정이 좀 밝아졌다.

"그럼, 자료는 다시 편집장한테 보낼까요?"

"그러죠 뭐."

그의 대답은 간결했다. 다시 그를 유혹할 기회가 오지 않을지도 모른다는 생각이 들었다. 사실은 상관없는 일이었다. 그러나 마땅히 성실성이라고 부를 만한 미덕으로 나는 시간을 연장하는 방법을 궁리하고 있었다. 방법은 두 가지뿐이었다. 울거나 화를 내는 것이다.

당연히 나는 가능한 쪽, 즉 화내는 쪽을 택했다.

"어쩌면 그 자료가 처음부터 필요 없는 자료였을지도 모른다는 생각이 드는데요?"

"무슨 뜻이에요?"

갑자기 공격적이 되자 현석은 당황했다.

"대체 왜 그 자리가 만들어진 거죠? 단순히 자료 때문인가요?"

긴한 용건도 없이 구실을 붙여서 술자리로 불러낸 데 대해 심한 모욕을 당한 기분이라며 나는 편집장을 비난했다. 사실은 현석을 겨냥하는 말이었다. 그런 것이 바로 어떤 종류의 남자들이 가진 속물성이라고 비약시킬 때는 지적인 남자 앞에서 너무 모험을 하는 게 아닌가 싶어 좀 불안하긴 했다.

그러나 현석은 그 순간 내 말의 논리성보다는 자신의 이미지에 더 신경을 썼다. 마지막 순간을 속물적인 모습으로 남기고 싶어하지는 않았다. 그는 변명할 기회를 원했다. 때문에 우리는 다시 만나야 했다.

우리의 만남은 느리게 진행되었다.

그에게는 다른 애인을 대할 때보다 훨씬 많은 참을성이 필요했다. 예민해서 화도 잘 내는 편이지만 무엇보다 화난 것을 감추려고 짓는 표정이 너무나 냉랭하여 매번 일방적으로 버림받은 기분이 들도록 만들기 때문이었다.

한번은 그가 달 때문에 화를 낸 적이 있다. 호수 위의 흔들다리를 건너가게 되어 있는 교외의 한 낭만적인 찻집에서였다.

나는 달을 자주 쳐다보는 편이다. 신호 대기를 기다리는 차 안에서 차창을 통해 바라보기도 하고 또 카페의 창가 자리에 앉아 있을 때도 무심코 달을 올려다보곤 한다. 그날도 나는 밤 호수에 떨어져 흔들리고 있는 달을 오랫동안 쳐다보았다.

그가 달을 쳐다보는 심리를 분석하기 시작했다.

"어떤 소설에서 봤는데 말야. 아내가 짜증을 내기 시작하면 주인공이 달을 쳐다보고 아내의 생리가 시작되었다는 것을 알아차리더라구."

계속해서 그는 달을 둘러싼 신화, 아르테미스적 상징과 여성성에 대해 많은 얘기를 했다. 신화를 둘러싼 여러 가지 유형의 분류와 틀에 집어넣는 해석법에는 분명 의미가 있다. 그러나 내가 좋아하는 방식은 아니었다. 나는 별다른 관심이 없었다. 그가 문학을 공부한 나보다도 더욱 그런 이론에 진지할 뿐 아니라 박식하기까지 하다는 점에 감탄하는 정도였다.

게다가 내가 무슨 의미를 두고 달을 보는 것은 아니었다. 나는 늘 뭔가를 본다. 무심코 눈에 들어오는 것에 한동안 시선을 두고 있기도 하고, 그러다보면 순간적으로 어떤 장면이 팬케이크 위에서 버터 조각이 녹듯 마음속에 스며들기도 한다. 하지만 그뿐이다. 뜻은 없다.

그가 잠시 말을 끊었을 때 나는 내 생각을 말하지 않을 수 없었다.

"무슨 의미를 두고 달을 보는 건 아냐. 볼 게 달밖에 없잖아."

그 말은 당연히 평소 과묵함에도 불구하고 나를 위해서 십 분에 걸쳐 긴 설명을 했던 그를 화나게 했다. 그는 나를 무지할 뿐 아니라 그 무지를 개선할 의지조차 없는 뻔뻔스럽고 답답한 사람으로 몰아붙였다.

"논쟁을 할 때 가장 어려운 상대는 나보다 똑똑한 사람도, 수준이 떨어지는 사람도 아니야. 경직된 사람이야. 이분법에서 더 나아갈 줄 모르는 사람은 뭐든지 두 가지로 나누어서 제시하고, 그중에서 어느 쪽인지만을 물어보는 식이야. 그런 사람에겐 내가 그 분류 기준 자체를 인정하지 않는다는 사실을 납득시키기가 불가능해. 그러니 논쟁이 진전될 수 없는 거지."

라고 타이르기까지 했다.

"말이란 원래 안 통하는 거야. 결론이란 없는 거고."

내가 대꾸했다. 마음속으로는 그 못지않게 화가 나 있었다. 자기와 같은 생각을 하지 않는 것을 무지하다고 생각하는 것 또한 그 자신이 경원하는 이분법 아닌가. 때로 나는 그의 지식인다운 사제적 권력, 그 허위의식에 신물이 났다.

화가 나면 늘 그렇듯이 현석이 얼마 안 있어 자리에서 일어나버렸다. 나는 그를 붙잡지 않았다. "제발 가지 마"라고 붙잡으면 남자는 떠난다. 하지만 그 남자가 가장 마음에 들어하는 모습으로 멋진 작별인사를 하면 그는 그리 멀리 가지 않는다.

차 안에서 나는 아무 말도 하지 않았다. 내 차를 타지 않으면 서울로 나가기가 번거로운 일이 되어버리므로 하는 수 없이 조수석에 앉은 그도 굳게 입을 다물고 있었다. 이럴 때는 길이 좀 막혀주었으면 하고 바라게 되는데, 다행히 서울까지는 충분히 멀었다. 차가 국도로 접어들자 나는 그가 좋아하는 바흐의 음악 테이프를 틀었다. 어쨌거나 클래식 테이프는 그것 한 개뿐이었다.

얼마쯤 후에는 혼잣말처럼 이렇게 중얼거렸다.

"달이 변해가는 걸 안 보면, 사람들은 대체 무엇으로 시간 가는 걸 알지?"

그날 현석은 처음으로 내 침대에서 잤다.

3

솔직히 나는 섹스에 그다지 몰두하지 못하는 편이다. 눈을 감아도 남자와 더불어 몸을 움직이고 있는 내 모습이 보이기 때문이다. 특히 첫 섹스가 그렇다. 상대가 무엇을 원하는지 알지 못하기 때문에 더욱 깨어 있을 수밖에 없다. 나는 생각보다 낯가림이 심하다.

현석의 몸에서 떨어져나와 담배에 불을 붙였을 때 내게는 원하는 것을 가졌다는 기쁨보다는 드디어 현석과의 관계에서 모든 절차를 마쳤다는 완료의 허탈감이 밀려들었다. 시험지를 받아들자마자 열심히 문제를 풀었는데 끝나는 순간 그 시험이 고등학교 입학시험인지 조리사 자격시험인지 알 수 없는 그런 기분이었다.

그리고 현석을 대하는 마음이 급속히 어색해졌다. 침대 헤드에 등을 기대고 일부러 허공만 바라보며 천천히 담배를 피운 것도 그래서일 것이다.

나는 냉장고에서 캔맥주 두 개를 가지고 왔다. 텔레비전도 켰다. 몸을 일으키면서 현석은 어둠에 익숙해졌던 눈을 찡그렸다. 내가 건네주는 맥주 캔을 향해 팔을 뻗으면서 그는 내 얼굴을 뚫어져라 쳐다보았다. 나는 그의 찡그린 눈 속에 담긴 다정함을 얼핏 보았다.

사실은 아무것도 보고 있지 않으면서 내 시선은 텔레비전을 향해 있었다. 맥주 캔을 사이드 테이블 위에 내려놓는 소리가 귀에 들려왔다. 따뜻한 숨소리가 다가오더니 현석이 나를 등뒤에서 안았다. 내 등에 밀착된 그의 가슴에서 팔딱팔딱 뛰는 박동이 느껴졌다.

나는 그 박동에게 말을 걸었다.

— 달라진 것은 우리에게 저녁식사와 술과 대화 외에 함께 즐길 수 있는 일이 하나 더 늘었다는 사실일 뿐이야, 그렇지?

나를 안은 팔에 힘을 주며 현석이 말했다.

"아무 생각 하지 마."

그런 다음 그는 나를 한 팔로 안고 한 팔로 내 눈을 가려주었다.

"아무것도 보지 말고."

현석은 내 마음속을 읽었던 것이다. 내 가슴도 뛰기 시작했다. 우리는 그런 채로 오랫동안 가만히 멈춰 있었다. 텔레비전 화면만이 움직였고 간간이 사람들이 나타나 우리를 쳐다보았다. 두번째로 그의 몸을 받아들일 때 텔레비전 화면 속의 대통령과 눈이 마주쳤는데, 그쪽에서 먼저 시선을 피하는 눈치였다.

현석과 나는 그 여름을 텔레비전의 아홉시 뉴스와 함께 보냈다. 뉴스 시간은 우리가 섹스를 나누는 시간이었다. 함께 사는 남녀라면 아홉시 뉴스와 섹스는 그다지 상관없는 것일지도 모른다. 그러나 우리는 두 번 잠자리에 누워야 하는 처지였다. 적어도 아홉시에는 일과를 마감하고 첫번째 잠자리에 들어야만 다른 사람들처럼 자정 이전에 각자의 집에서 수면을 위한 두번째 잠자리로 들어갈 수 있었던 것이다.

텔레비전 소리가 섹스를 방해하는 면도 있긴 했다. 하지만 모든 움직임을 숨죽이고 바라보고 있는 듯한 정적은 더 싫었다. 그래서 우리는 가명계좌니 보스니아 내전이니 하는 숨가쁜 뉴스의 현장에서 섹스를 치렀다. 화면이 빠르게 바뀔 때마다 우리의 벗은 몸 위로도 새로운 각도에서 조명이 던져지곤 했다. 언제부턴가 그것이 우리를 흥분시켰다. 나중에는 나 혼자 텔레비전을 볼 때도 아홉시 뉴스 앵커가 단정하게 넥타이를 매고 화면에 나타나면 식사시간 종소리만 듣고도 침이 분비되는 파블로프의 개처럼 불현듯 욕망이 솟을 정도였다.

그때 이후 달라진 것은 별로 없었다. 여전히 일주일에 두 번쯤 만나고 여전히 그중에 한 번쯤은 섹스를 나누고 그리고 여전히 다른 애인들이 내 마음속 셋의 균형을 유지해주기 때문에 상처 없이 만날 수 있는 관계였다.

"당신을 보고 있으면 좋기도 하고 괴롭기도 해. 더이상 가까워지지 않는다는 기분이 들거든"이라고 하면서도 내가 더 가까이 다가갈까봐 두려워하는 것이 현석의 딜레마였다.

현석은 무거움에 뿌리를 내린 채로 가벼움을 원했다.

환멸과 그리움 사이

1

또 신촌이다. 경애와 약속을 하면 어김없이 신촌의 '사람이 사는 세상'인 것이다. 강남 쪽에서 오기 힘들다고 윤선이 아무리 불평을 해도 소용없다. 육백사십 밀리리터짜리 병맥주를 삼천원 받고 땅콩과 멸치까지 공짜로 주는 걸 보면 양심적인 술집이 틀림없다는 게 그 이유였다. 돈을 맡길 은행이나 아이를 돌봐줄 어린이집을 고르는 거라면 모를까, 양심적이라는 점이 술집을 선택하는 가장 큰 기준이 될 필요는 없다. 그러나 경애에게 있어 양심적이란 것은 그 어떤 투자나 상술보다도 훨씬 많은 돈을 벌 수 있는 기회여야 했다.

벽에 붙어 있는 진지하고 지루한 포스터들과 깨알 같은 유치한 낙서로 지저분해진 나무 탁자, 그리고 맥주를 더 시키면 어쩐지 미안해하며 허둥지둥 달려와 그 탁자를 냄새나는 행주로 닦아내곤 하는, 말이 느린데다 늘 개량한복을 입는 젊은 주인도 그 집을 경애의 단골로 만드는 데에 한몫을 했다. 술을 즐긴다기보다 팔아준다는 생각을 강요하는 술집. 내 취향에는 전혀 맞지 않았다. 나는 허름하더라도 당당한 장소가 좋았다. 경애가 가진 고지식한 선의의 행동반경을 그럭저럭 받아들이는 것뿐이었다.

경애는 말하자면 그런 사람이다. 술 한 병을 마셔 없애더라도 그로써 누군가에게 도움이 되기를 원했다. 경애가 복권을 사는 일은 상상할 수 없겠지만 만약 샀다가 천원짜리라도 당첨되는 날에는 분명 반은 실업자를 위한 기금으로 내놓고 반은 자기의 사행심을 반성하기 위해 교회에 헌금할 것이다.

'사람이 사는 세상'은 시장통에 있다. 옷 수선집의 이층인데 머리를 숙여야만 겨우 통과할 수 있는 좁고 가파른 계단을 올라가야 한다. 술집 안은 텅 비어 있다. 구석자리에서 혼자 맥주를 마시고 있는 경애가 눈에 들어온다. 나는 흘끗 시계를 본다.

"십 분도 못 기다리고 벌써 시작했어?"

"빨리 먹고 빨리 가야지."

앉자마자 빨리 들어가야 한다는 말부터 하는 것은 경애의 버릇이다. 시간을 잘 지키다못해 언제나 십 분쯤 일찍 왔고 들어갈 때도 가장 먼저 가는 것이다.

반대로 윤선은 삼십 분쯤 지나서야 도착한다. 마스카라를 칠하고 립펜슬로 정성스럽게 입술 선을 그릴 때나 옷장 안에서 이 옷 저 옷 꺼내 대보고 할 때는 한없이 느긋하다가도 현관에서 구두를 신는 순간부터 갑자기 급해진다. 아마 지금쯤 강변로로 접어드는 택시 안에서 문갑 열쇠를 잠그고 나왔는지 열어둔 채 그냥 나왔는지 불안해하고 있을 것이다.

경애가 내 잔에 술을 따른다.

"너, 요새 매스컴 많이 타더라."

"『베스트 우먼』 얘기야?"

"그래. 너는 그렇다 치고 윤선이 얘기는 또 뭐야? 나한테까지 전화해서 길길이 뛰던데."

"일이 그렇게 됐어."

"윤선이 말은 앞뒤가 안 맞아. 뭘 빼놓고 얘기하는 것 같더라구. 오늘도 좀 늦게 온다고 하던데, 남한산성인가 어디로 운전 연수 갔다 온다고 말야. 기계 무섭다고 카메라 셔터도 안 누르는 애가 갑자기 웬 운전이야. 걔 혹시, 진짜 애인이라도 생긴 거 아냐?"

윤선이 요즘 집에 거의 붙어 있지 않는 것은 나도 알고 있다. 처음에는 자신의 표현대로 '모든 걸 잊기 위한 안간힘'이었겠지만 점점 거기에서 다른 종류의 즐거움을 찾은 듯했다. 어떤 사람들과 어울리는지 말하지 않지만 남자가 끼어 있다는 것은 분명했다. 젊은 수영 강사일 때도 있었고 부동산업자일 때도 있었다. 그전처럼 문화에 대한 갈증을 느끼는 것 같지도 않았다. 그런가 하면 가정에 무척 성실했다. 퇴근하는 남편을 언제나 준비된 모습으로 맞았고 딸에게도 자상해졌다. 그리고 그런 자신에게 쉽게 익숙해졌다. 아마 단 한 사람, 즉 자기 자신에게 솔직해짐으로써 세상을 잘 속일 수 있게 된 것 같았다.

그것은 윤선이 잡지를 보고 흥분하여 전화를 걸어왔을 때에도 느낀 일이었다.

"벌써 봤어?"

내 말에 윤선은 다짜고짜 소리를 질렀다.

"벌써가 뭐야. 혜지 아빠 병원에 그놈의 잡지가 매달 들어오는데. 어제 병원에 나갔다가 그것 보고 정말 기절할 뻔했다니까. 거짓말을 해도 정도껏 해야지 어쩜 그럴 수가 있니? 그리고, 너도 그렇지. 그런 애를 왜 나한테 소개해? 혜지 아빠하고 무슨 일 생기면 어떻게 책임질래?"

윤선은 이런 말도 했다.

"한 번 실수한 걸 갖고 그게 무슨 큰일이라고, 아무튼 여성지들 말야, 없는 말 지어내는 건 알아줘야겠더라. 기가 막혀서!"

모든 일을 자기 본위로 해석하는 거야 윤선의 성격 그대로이다. 그러나 애써 자신의 감정을 운명적 사랑이라고 포장하려 하던 예전의 윤선은 아니었다. 그녀의 삶은 전보다 더 다채롭고 분주해졌지만 그전처럼 호기심 많고 들떠 보이지는 않았다.

대부분의 사람들이 가는 방향을 따라서 떠밀리듯 살아온 윤선에게 신차장과의 일탈은 그녀 스스로 선택한 최초의 '어긋난 길'이었다. 그 대가로 그녀는 자신의 삶을 조금 떨어뜨려놓는 법을 알게 된 것 같았다. 그것은 연륜이라고 불릴 수도 있지만 엄연한 상실이었다.

한참 동안 생각에 잠겨 있던 경애가 병에 남은 술을 제 잔에 다 부어버린다. 그러고는 혼잣말처럼 중얼거린다.

"하긴, 뭐 그러면 어떠냐."

"뭐 말이야?"

"윤선이. 제 인생이니 제 식대로 살겠지. 남이 상관할 문제는 아닌 거고."

늘 바르고 씩씩한 경애답지 않게 맥없는 말투이다.

"진희 네가 『베스트 우먼』에 났다는 건 다른 사람한테 먼저 들었어."

"누구한테?"

"이종태 부인한테서. 미용실에서 그 책을 봤다더라. 너 혹시 요새도 이종태 만나니?"

"……"

"걔가 그런 말 하더라. 아직도 자기는 빈껍데기하고 사는 것 같다고."

나는 종태의 알맹이를 구경조차 한 적이 없다. 종태에게 있어 나는 자신의 진수를 바칠 특별한 대상이 아니다. 로맨틱한 성격의 그로서는 아내라는 현실적 동반자 외에 미화된 사랑의 대상이 필요하고 그것이 나일 뿐이다. 굳이 내가 아니라도 그는 다른 대상을 찾아 연애를 할 것이다. 그러나 이 또한 어쩔 수 없이 자기 합리화인지도 모른다.

경애의 말이 이어진다.

"순서로 본다면 그쪽에서 먼저 네 애인을 가로챈 셈이니까 너도 나름대로 입장이 있겠지. 모르겠다. 요새는 다 혼란스러워. 어떻게 나이 먹을수록 모르는 게 많아지냐."

윤선이 왔으므로 우리의 대화는 거기에서 중단된다.

바로 앞에서 택시를 내려 계단을 뛰어올라왔을 뿐일 텐데도 윤선의 숨소리는 남한산성에서부터 줄곧 뛰어온 사람처럼 거칠다. 그런 중에도 자기의 늘씬한 구두굽이 마루나 카펫이 아닌 거친 시멘트 바닥에 닿아서 내는 딱딱 소리를 귀에 담고 있었던 모양이다. 앉자마자 발바닥을 살짝 뒤집어 굽을 확인하는 것은 잊지 않는다.

경애가 카운터를 향해 소리친다.

"여기 맥주 두 병하고 잔 하나 더 갖다주세요."

오늘은 개량한복을 입은 주인 남자가 보이지 않는다. 대신 주근깨가 많고 고무줄로 머리를 질끈 맨 젊은 여자가 어설프게 쟁반을 들고 온다. 맥주병을 탁자 위에 내려놓고 나서 돌아가는 여자의 걸음을 따라 청바지 뒷주머니가 실룩이는 것을 쳐다보던 윤선이 못마땅하다는 듯 혼잣말을 했다.

"요새는 달동네에 살아도 게스 아니면 보이런던이야."

그러고는 경애의 재킷을 보더니 눈을 가늘게 뜬다.

"경애 너, 옷 샀니?"

경애는 거기에 대해 별로 말하고 싶지 않은 모양이었다. 그러나 우기고 졸라대는 게 특기인 윤선이 일단 호기심을 보인 이상 훔쳐 입었다든지 하는 대단히 곤란한 경우가 아니라면 입을 떼야만 한다.

"지난주에 내 옷 오십만원어치 샀어."

"네가 웬일로? 남편이 목돈 갖다주디?"

윤선은 경애의 예민한 화제 중 하나를 조심성 없이 건드린다.

"남편? 너같이 주는 돈만 받아 쓰는 애는 이런 기분 모를 거다. 남의 돈으로 기분 내면 어디 기분이 나냐?"

거의 십 년 동안 번역이나 교정 일을 해왔지만 경애는 저 자신을 위해 돈을 쓸 여유가 없었다. 윤선의 말대로라면 그것은 전적으로 '깡촌 출신에 육 남매 중 장남에다가 실속 없이 사람만 좋고 황금 보기를 돌같이 하는' 경애의 남편 때문이다. 그러나 경애 자신은 불편하긴 해도 불만은 아니라는 식이었다. 그러기에 남편이 이른바 운동을 할 때는 신문 미담 면을 장식하는 자원봉사자처럼

“고생스러워도 보람 있어요” 하는 궁색하고도 밝은 미소를 짓고 다녔다. 요즘은 그렇지 않다. 남편이 뒤늦게 선배의 부름을 받고 한 기업의 홍보실에 들어간 뒤부터는 남편 안부를 물어보면 “흥, 기자들 입 틀어막는다고 룸살롱 돌아다니느라 신났어” 하고 함부로 대꾸하는 것이다.

“얼마 전부터 그 남자가 제발 싸구려 면양말 좀 갖다 버리라고 신경질을 내더라. 어디 가서 구두 벗기가 창피하다고 말야.”

경애는 동기이기도 한 남편에게 ‘우리 남편’ 소리가 안 나온다고 늘 ‘그 남자’라는 호칭을 썼다.

“그래서 내가 양말까지 고급 찾고 언제부터 그렇게 호사스러운 팔자가 됐냐고 잔소리를 했지. 뭐, 이미지 메이킹? 자기가 운동 쪽에서 실패한 것은 바로 그 이미지 메이킹을 잘못해서라나? 그러면서 나를 전근대적인 구세대 아줌마로 몰아붙이더라. 야, 홍윤선. 너는 강남파니까 좀 알겠지? 구세대 반대말이 신세대냐, 엑스세대냐?”

“우리 강남에서는 원래 그런 거 모르고 써.”

“그럼 미시인가? 애인 같은 아내? 그런 게 어딨어. 암튼 두 시간 동안이나 옷 사러 돌아다녔더니 그것도 피곤하더라.”

“겨우 오십만원어치 사면서 뭘 두 시간이나 걸렸어?”

이죽거리는 말과는 달리 윤선은 약간 시무룩하게 술잔을 든다.

“옷이나 사러 다니고, 속 편하네 뭐.”

"속이야 네가 제일 편하게 살지. 운전 연수 갔었다면서?"

그 말에는 아무 대꾸도 하지 않더니 윤선의 목청이 신경질적으로 높아진다.

"병원에 있는 책만 감췄다고 해결될 일이 아냐. 누가 보고 말해줄 수도 있잖아. 이름이 가명이라고 해도 혜지 아빠는 당장 그게 나라는 걸 알 거야. 내 얘기만 나왔다면 또 몰라. 옆 페이지에 진희 이름이 떡하니 나와 있는데 그걸 모르겠니? 미치겠어, 정말."

"너 잘 쓰는 방법 있잖아. 다 내가 꾸며낸 거라고 하면 될 텐데 뭐."

경애 대신 내가 대답한다. 경애가 어리둥절한 표정을 짓는다.

"무슨 말이야?"

윤선은 술을 벌컥벌컥 마시고는 잔을 내려놓는다.

"난 진희 너같이 독하지 못해. 능력도 없고. 혜지 아빠가 알면 난 끝장이란 말야."

"어차피 평생 감출 수 있는 비밀 같은 건 없어."

"무슨 얘기냐니까."

경애가 다시 끼어들지만 윤선은 제 얘기를 하는 데에만 바쁘다. 우는 표정까지 짓고 있다.

"그럼 어떡해. 내가 어디 가서 우리 혜지 아빠 같은 사람 또 만나겠어."

갑자기 경애가 뜻 모를 한숨을 내쉬더니 나서서 대답한다.

"그렇게 생각할 것 없어. 억누르고 산다고 다 보상을 받는 것도 아니고…… 아무튼 인생이란 단순하지가 않아. 하룻밤 자고 나면 세상이 바뀌는데 뭐가 옳고 그른지 어떻게 알아. 뭘 추구하면서 산다는 것도 고리타분한 생각이야."

우리 셋은 잠깐 동안 아무 말도 하지 않는다. 그리고 거의 동시에 술잔으로 팔을 뻗는다.

마실수록 윤선은 말이 많아지는가 싶더니 이내 취해버린다.

"그래. 그 말이 맞아. 여자는 추억으로 사는 거야."

"무슨 추억?"

"경애 넌 몰라. 이혼? 할 테면 하지 뭐. 내가 싹싹 빌 필요 뭐 있어? 위자료 못 받고 쫓겨날까봐 그러는 거지, 자기하고 같이 살고 싶어서 그런대? 여자는 불쌍해. 남자는 나가서 별짓 다 하고도 큰소리만 치는데, 여자한테는 사랑할 권리도 없고 돈도 없고, 인간이 이렇게 하찮게 살아도 되는 거야?"

경애도 잔을 비우는 속도가 빨라진다.

"넌 인간이 뭔지 안다는 말 같구나. 난 그걸 모르겠어. 내가 아는 건 다 틀렸다고만 하니 도대체 뭐가 뭔지 말야. 아무튼 재밌어. 뭐든지 반대로 말하면 다 정답이거든."

"경애 너는 어떻게 취해도 어려운 소리만 하니? 내 말은, 돈만 있으면 이혼 따위는 겁 안 난다 이거야. 참, 그건 진희 전공이지. 진희야, 좀 물어보자. 너, 남편 생각은 전혀 안 나는 거니? 안 궁금해?"

"진희 재, 남편 싫어해서 이혼한 거 아냐."

경애가 끼어든다.

"감당을 못한 거야. 그렇지?"

"그게 무슨 뜻이야?"

"좀 잘난 남자였어? 진희 너, 솔직히 독일 따라가기 싫어서 이혼했지? 독일어 몰라서 잘난 체도 못할 테니까. 잰 속물이거든."

나는 아무 대꾸도 하지 않는다.

나는 머릿속으로 '누구를 좋아하나' 게임을 하고 있다. 먼저 내 주변에 있는 여러 명의 남자 가운데 세 명을 고른다. 애인 선발이다. 그런 다음 누구를 가장 사랑하는지 곰곰이 생각해본다. 취했을 때라면 아무런 작위도 계산도 없을 테니 공정한 결과가 나올 것이다. 나는 누구를 사랑하는 걸까. 물론 술이 깨면 이 순간조차 기억나지 않을 것이다. 어쨌거나 단지 게임일 수밖에 없다. 중요한 일은 아니다. 다 그런 것이다.

2

술을 마실 때는 시간이 평소와 좀 다르게 흘러간다. 처음에는 시계를 자주 쳐다보는데도 바늘이 한 눈금이나 두 눈금 정도 느리게 움직인다. 그러다가 조금 지나면 시간이 탄력을 받아 흐름을 타기 시작한다. 한 번 시계를 볼 때마다 삼십 분씩 지나 있다. 나중에는 한 시간 단위로 한꺼번에 뭉텅뭉텅 시간이 빠져나가며 중간에 끊어져서 사라져버린 시간까지도 생겨나는 것이다.

술 취한 시계가 한 시간 단위로 시간을 흘려보내기 시작할 즈음 우리는 자리에서 일어난다. 조금 전에 아홉시였던 기억이 나는데 시계는 벌써 자정을 가리키고 있다. 윤선은 물론이고 "빨리 들어가봐야 한다"는 말을 더이상 하지 않는 걸로 보아 경애도 취한 것 같다.

경애와 윤선이 먼저 계단을 내려가고 내가 카운터에 서서 막 계산을 마쳤을 때였다. 갑자기 계단 쪽에서 비명이 들려온다. 나가 보니 계단 아래쪽에 경애와 윤선이 쓰러져 있다. 내가 급히 계단을 내려가는 사이 윤선과 경애는 서로를 의지하며 가까스로 몸을 일으킨다. 둘 다 숨을 헐떡이며 어깨를 들먹이고 있다. 우는가 싶었는데 그것은 아니다. 낮은 흐느낌이 들리긴 했지만 다음 순간 오히려 격렬한 웃음이 터져나왔던 것이다. 계단을 서너 개쯤 남겨놓고 윤선이 발을 헛디뎌 미끄러지면서 경애까지 함께 나동그라진 것이 그렇게도 우스운 일은 아닐 테지만 둘은 계속 허리를 앞뒤로 꺾으며 발작하듯이 깔깔댄다.

겨우 웃음을 진정시키고 일어서는가 했더니 윤선이 갑자기 또 "어머, 어떡해!" 하고 소리를 친다. 한쪽 구두굽이 부러져나가고 없다는 것이다. 울상을 지으면서 한 발을 떼놓는데 금방이라도 넘어질 듯이 몸이 기우뚱거린다. 내가 경애의 발밑에서 윤선의 구두굽을 찾아낸다. 윤선은 그것을 패스트푸드점의 영수증처럼 가볍게 받아 주머니에 넣는다.

"내 팔 잡고 가."

경애가 혀 꼬부라진 발음으로 윤선에게 말한다. 윤선이 경애의 팔짱을 끼고 걸음을 떼어놓기 시작한다. 한 걸음을 옮기고 나서 다음 걸음이 푹 꺼져들자 "어머" 하며 경애의 팔을 두 손으로 붙든다. 밤거리에 윤선의 발소리가 또각, 퍽, 또각, 퍽 하고 불균형하게 울려퍼진다.

경애는 짐작보다 훨씬 더 취한 모양이다. 윤선의 딸꾹질 걸음에 아랑곳없이 언제나처럼 터벅터벅 씩씩하게 걷는데 그 걸음이 심하게 비틀댄다. 경애가 비틀거릴 때마다 함께 몸이 이리저리 쏠리면서 윤선은 굽 없는 구두 뒤축으로 균형을 유지하려고 애쓴다. 또각, 퍽, 또각, 퍽. 마치 술 취한 주인의 옆구리에 매달려 절름절름 딸려가는 강아지 같다. 그 걸음에 금방 익숙해졌는지 "어머, 이렇게 해도 잘 걸어진다 얘" 하며 재미있어하는 목소리까지도 그렇다.

밤바람이 쌀쌀하다. 신촌역 앞에 멈춰 선 윤선의 스카프가 그럴듯하게 휘날린다.

옷가게와 화장품가게들은 다 셔터가 내려져 있다. 편의점만 환하게 밝다. 편의점 앞을 지나가는데 문 앞에 쭈그리고 앉아 술을 마시던 젊은 남녀가 우리를 쳐다본다. 한쪽 굽이 없는 윤선의 구두를 보고는 저희들끼리 눈을 맞추며 피식피식 웃는다.

"진희야, 이제 어디 갈래?"

"글쎄, 이 정도 취했으면 준비는 된 건데 어떡하지, 같이 잘 남자가 없네?"

"야, 우리끼리는 안 되냐?"

"넌 안 서잖아!"

경애가 윤선의 말에 "우하하" 소리를 내뿜으며 제법 호방하게 웃어젖힌다.

우리 앞에 코란도 한 대가 와서 멈춰 선다. 조수석에 앉은 젊은 남자가 창문을 내린다. 차창 밖으로 내려뜨린 손에서는 담배가 빨갛게 타고 있다.

"같이 갈래요? 우리도 셋인데."

밤거리에 쏟아져나온 여자들 중에서 하필 우리 앞에 차를 세운 것은 순전히 어둠 탓일 것이다.

한 손으로 짧은 머리칼을 만지작거리며 다른 한 손으로 담배를 입술에 대는 남자의 모습이 보기에 나쁘지 않다. 물론 그 차에 탈 마음은 조금도 없다. 하지만 어찌됐건 상대가 남자인 다음에야 지나치게 배타적인 태도를 보여서 그의 여자에 대한 자신감에 조금이라도 상처를 주어서는 안 된다는 것이 술 취한 나의 결심이다.

그렇게 되면 그는 모자이크 처리된 화면 뒤에서 이렇게 말할지도 모른다. 처음에는 저도 이렇지 않았어요. 여자를 보면 따라가 말을 걸기도 했지요. 그런데 신촌역 앞에서 거절을 당한 다음부터는 여자 기피증이 생긴 거예요.

내가 텔레비전의 선정적인 고발 프로그램을 연출해보는 사이 운전석의 남자는 편의점 불빛으로 우리의 모습을 조금 자세히 본 것이 틀림없다.

"야, 그냥 가자."

하고 조수석의 남자에게 내뱉듯이 말한다. 저희들끼리 두어 마디 나누더니 조수석의 남자가 "그래, 물좋은 데로 좀 돌아보지 뭐" 하면서 차창을 올린다.

차가 출발한다. 그러자 지금까지 아무 말 않고 서 있던 윤선이 갑자기 차 꽁무니에 대고 삿대질을 하며 소리친다.

"야, 우린 안 서!"

경애는 잠깐 사이 술이 좀 깬 얼굴이다. 골목에 들어가서 토하고 나온 윤선도 마찬가지이다.

우리의 걸음은 택시 정류장 쪽으로 가고 있다.

자정이 넘자 술집에서도 쫓겨난 사람들로 거리가 갑자기 북적댄다.

그들은 편의점으로 몰려가기도 하고 자기들을 받아주는 불 켜진 카페의 간판을 찾아서 헤매기도 한다. 걸음새는 풀려 있지만 그 기세만은 불나방처럼 막무가내이다. 택시를 잡으려고 비틀거리며 차도로 내려서는 사람도 있고 여관 간판을 향해 골목 속으로 사라지는 남녀도 있다. 일찌감치 방을 차지한 사람들은 그나마 이 밤을 그리움 없이 지낼 수 있다. 부부라도 좋고 애인이라도 상관없다. 그들은 권태와 환멸 덕분에 그리움을 잊을 수 있다. 그리고 지금 방을 차지하지 못해 밤거리에 쓸려다니는 저 불나방 같은 사람들은 그리움 덕분에 환멸을 잊고 있는 것이다. 비록 취기에 의해 겨우 불 붙여진 그리움일지라도.

그리움과 환멸 이외의 선택이 있다면 그 둘 사이의 견딤이라는 지점일 것이다. 그곳은 그리움처럼 무겁지도 환멸처럼 냉정하지도 않다. 지금 내 취기 속에 깃든 방임처럼 하찮고 사소한 것이다.

사람들이 쏟아져나와 택시 잡기가 쉽지 않다. 조금 전까지의 일탈에 대한 기세는 간곳없고 이제 경애와 윤선은 서둘러서 차도로 내려선다. 윤선의 "대치동!" 하고 부르짖는 소리에 메아리라도 되는 듯이 길 건너에서 경애의 "불광동!" 하는 외침이 밤거리에 제법 긴박감을 준다.

그들이 떠난 뒤 나도 택시를 잡는다.

택시의 흔들림에 몸을 맡긴 채 멍하니 창밖을 본다. 눈앞에 상현의 뒷모습이 나타났다가 사라진다.

3

인생이란 단순하지가 않다.

성공과 행복의 비결을 모르지 않지만 그것을 쉽게 얻을 수 없다는 데에 인생의 만만찮음이 있다.

어느 날 의사가 말한다. 담배를 끊으면 더이상 간이 나빠지지는 않을 겁니다. 담배만 끊으면? 간단하군. 그러나 환자는 담배를 끊는 데에 실패한다. 의지가 약해서가 아니라 그러기가 싫어지는 것이다. 하고 싶은 걸 못하고 사나 좀 일찍 죽으나, 그게 그건데 뭐. 그의 간은 계속 나빠진다.

책을 많이 읽어야 한다. 선생님이 말한다. 책을 읽어야만 자기 자신을 뛰어넘을 수 있다. 나도 여러분만할 때 책 많이 읽으라는 스승의 말을 건성으로 들었다. 여러분은 나와 같은 후회를 하지 말기를 바란다. 학생들은 당연하고도 좋은 말이라고 생각하여 그것을 공책에 적어만 놓는다. 그리고 선생님 나이가 되어서 아이들에게 같은 말을 한다.

좋은 길을 가르쳐주는데도 나쁜 길로 접어들게 되고 직접 겪고 나서 후회하게 돼 있는 것, 또 그런 다음 다른 사람에게 그 길로 가지 말라고 쓸데없는 안타까움을 갖게 되는 허무한 재귀가 인생인 모양이다. 잘못되리라는 걸 알면서도 해야 하는 일이 있고, 벗어나려고 애쓸수록 가까이 죄어드는 운명이 누구에게나 있다. 나에게는 그것이 바로 상현과의 결혼이었다.

내가 결혼할 때 아버지가 말했다. 너, 기어코 그놈하고 살겠다는 거냐? 꼭 신세 망치고 피눈물 흘려봐야 아버지 말이 옳다는 걸 알겠냐?

아버지 말씀은 다 옳았다. 나도 모르는 건 아니었다.

친절한 새어머니나, 같이 사는 동안 내내 어린애였던 동생 애리에게 나는 한 번도 가족으로서의 맹목적 애정을 느껴본 적이 없었다. 아버지만이 유일한 가족인 셈이었다. 그럼에도 나는 아버지를 미워해왔다.

비록 어머니와 동생을 갖춘 어엿한 가정을 내게 주었다고는 해도, 그들과 아버지가 이루어가는 가정을 나는 질투했다. 그런 것이 죽은 어머니에 대한 사랑의 방법이라고 생각했기 때문이다. 살아 있는 사람들의 행복을 방해할 아무런 힘도 없다는 점에서 어린 나는 무조건 죽은 자의 편이었다. 아버지에 대한 감정은 늘 모순투성이였다. 사랑을 기대하면서도 한편 마음을 아프게 하면 속이 시원했다. 가족애란 것은 애정과 증오가 반반씩 섞여야 단단해진다는 것도 알게 되었다.

아버지에게서 학비와 생활비가 끊어졌다. 나는 대학원을 휴학했다. 출산휴가중인 교사의 빈자리를 메우는 임시 교사 노릇을 서너 달씩 하며 생계를 꾸려갔다. 그러다가 용케 취직이 된 곳이 서울과 인접한 경기도 지역의 한 사립여고였다.

취직하는 즉시 삼 개월만 불입하면 대출을 해주는 결혼 적금에 들었고, 그 대출금으로 결혼식을 올렸다. 끝내 아버지의 딸로 복권되지 못한 나는 결혼식장에 신랑과 손을 맞잡고 입장해야 했다.

그런 종류의 '맹목적 사랑의 대관식'은 내게 어울리지 않았다. 나는 결코 사랑을 위해 모든 것을 버린 눈먼 연인이 아니었다. 상현을 사랑할 수 있다고 생각할 뿐 아직은 사랑하지 않았다. 그러나 장난기 많은 삶은 나를 '두려움 없는 사랑'의 주인공으로 만들고, 대부분이 친구들인 결혼식 하객들로 하여금 비난과 우려를 억지로 감추고 성원의 박수를 치게 만들고 있었다.

웨딩마치 속을 걸으며 나는 생각했다.

결혼으로 인생이 완전히 달라지는가. 아닐 것이다.

결혼은 연속되는 내 삶의 가운데에 있는 하나의 마디일 뿐이다. 지금까지 살아온, 그리고 앞으로 살아갈 내 삶의 중간 과정이다. 학년이 바뀌어 새로 받은 교과서 같은 것인지도 모른다. 공부할 과목만 바뀌었을 뿐 삶이 달라질 것은 없다.

결혼하면 행복해질까. 알 수 없다.

결혼을 통해 행복을 얻으려는 것처럼 의타적인 생각은 없다. 그런 의미에서 본다면 결혼이 운명이란 말은 맞는 말이다. 어쩌면 결혼 역시 내 출생과 마찬가지로 내가 견뎌야 하는 삶의 불리한 한 측면이 될지도 모른다. 사람에게 달라붙은 운명의 그림자란 절대 떨어져나가지 않는다. 그렇다고 해도 할 수 없다. 나는 지금 결혼한다.

식장 안이 그다지 쓸쓸하지는 않았다. 심심찮게 소문을 뿌리던 캠퍼스 커플이라 선후배며 친구들이 한 떼로 몰려들었고, 내가 가르치는 여고생들 또한 단체로 찾아와 자리를 부산하게 만들어주었다. 그러나 아무리 하객이 많아도 부모의 자리를 채울 수는 없었다.

그때만 해도 나는 경애를 '신선생'이라고 불렀다. 폐백 준비를 도우면서 경애가 말했다.

"강선생한테 이런 면이 있는지 몰랐어. 아무튼 둘 다 대단해. 대단한 용기야."

나는 아무 말도 하지 않았다.

나에게는 주어진 상황을 바꿀 용기가 없었다. 상현은 너무 강력한 속도로 물밀듯이 내 인생에 진입했다. 그를 거부하고 난 뒤 그보다 더 나은 운명이 온다는 낙관이 없는 나로서는 차라리 거부에 따른 부담을 지지 않는 편이 나았다. 용기 있기는커녕 비겁한 선택이었다. 싸울 자신이 없어서 지레 져버린 일을 두고 용기 있는 항복이라고 말할 수는 없는 일이다.

상현은 목표가 정확한 사람이었고 오차 없이 제 인생을 꾸려가려 했다. 결혼 후 나는 철저히 혼자였다.

외로움에 대해 오랫동안 생각하지는 않았다. 나라는 존재가 상현의 아내일 뿐은 아니다. 나는 누구의 친구이며 누구의 동료이자 또 누구의 선생이었다. 어떤 책의 독자이며 어떤 뮤지션의 팬이기도 했다. 어떤 장면의 관찰자나 목격자, 동시대인이자 이웃이었으며 또한 유권자, 손님, 회원, 승객 등 나를 규정하는 명칭은 아주 많았다. 결혼이 내가 속한 세계의 전부는 아니라고 생각하기로 했다.

차라리 외로워했다면 어떤 식으로든 결혼이 유지되었을지도 모른다. 그러나 상현과 나는 서로 다른 이유에서 그것을 인정할 마음이 전혀 없었다. 상현은 용서가 없는 사람이었다. 완전주의자로서 상현은 불완전한 것이 되어버린 자기의 결혼을 미련 없이 폐기시켰고 나는 그 결정을 받아들였다.

이혼 수속을 마친 날 나는 보충수업이 남아 있어서 다시 학교로 돌아가야 했다. 법원 문을 나오며 뒤도 돌아보지 않고 택시를 잡았던 것은 순전히 그 이유에서였다.

차가운 날씨였다. 택시 안에서 보니 법원 담을 끼고 돌아서 가고 있는 상현은 꽤 추워 보였다.

— 외투도 안 입었구나.

나는 이제 나와 아무런 관계도 없는 그를 막막히 쳐다보았다. 내 삶에 다시 그를 만날 일이 있을까? 어제까지 함께 살던 사람이 단 하루가 지난 뒤 다시는 만나지 않을 관계가 된다. 세상일은 아무것도 아니었다. 모든 일은 흘러가는 것이고 흘러가면 그만이었다. 붙드는 순간 흘러가버리는 것에 집착하는 일은 모두 쓸쓸했다.

마치 흘러가버리는 인생의 시간에 순응하듯 나는 택시의 흔들림에 몸을 맡겼었다.

4

오늘도 불면이 먼저 와서 내 침대맡을 지키고 있다.

잠이 오지 않으면 안 자면 그만이다. 잠이 올 때까지 안 자겠다는 배짱으로 거실 중앙등을 환히 켜고 소파에 버틴 자세로 앉으며 나는 제풀에 식식거린다.

나에 대한 타당한 오해들 1

1

그런 날이 있다. 불현듯 누군가를 생각했는데 바로 그 사람에게서 소식이 오는 날. 그러면 이렇게 말한다. 안 그래도 네 생각 했는데 뭐가 통했나보다, 라고.

그것은 늘 그리워하던 사람에게서 연락이 왔을 때도 곧잘 하게 되는 말이다. 그렇지 않아도 당신 생각하고 있던 참이었어요. 우리 사이에는 특별한 주파수를 감지하는 텔레파시가 있나봐요. 사실은 신기할 것이 하나도 없다. 언제나 상대를 생각하고 있고 그에게서 연락이 오는 순간도 예외가 아니었을 뿐이다. 그런데도 의미를 부여하고 싶어지는 것이 사랑할 때 누구나 겪는 자기최면이다.

내게도 그런 일이 일어났다. 현석에게서 전화가 온 것이다.

김교수가 연구실 문을 두드렸을 때 나는 책장을 정리하는 중이었다. 개강 인사를 하러 온 학생이려니 하고 건성으로 돌아보는데 김교수가 웃는 얼굴로 서 있었다.

"강선생, 방학 잘 보냈어요?"

"네. 어디 여행 간다더니 잘 다녀오셨어요?"

"유럽 쪽에 다녀왔죠. 처남이 파리 사는데, 식구들 데리고 그 집에 놀러갔다가 이태리로 영국으로 여행 좀 했어요."

"처남이 파리에 있었어요?"

김교수가 그렇게 물을 줄 알았다는 듯이 싱긋 웃었다.

"강선생 동생도 파리에 있죠? 우리 처남하고 잘 알더라구요. 처남한테 자전거 빌리러 왔을 때 나하고도 인사했어요. 근데 자매가 왜 그렇게 안 닮았어요? 강선생하고 얼굴이 영 다르데요?"

"이복동생이에요."

김교수는 약점이라도 들춰낸 것 같은지 미안한 표정을 지으며 얼버무렸다.

"난 또……"

"제 동생, 잘 지낸다고 하죠?"

그애의 편지를 받은 것이 언제였던가? 그때만 해도 패션의 중심지인 파리에서 디자인 공부를 하는 데에 퍽 만족하는 것 같았다. 가톨릭 대축일인 '투생 방학'중에 콘테스트에 출품할 작품을 만들어야 하기 때문에 무척 바쁘다고 적혀 있었다. 에스모드는 삼 년 과정이었으므로 아직 일 년이 더 남아 있었다.

"처남 말로는 곧 한국으로 돌아올 거라던데. 강선생, 모르고 있었어요?"

"걔가 워낙 뭘 시작하기도 잘하고 도중에 끝내기도 잘하는 애라서요."

"성격이 참 명랑하고 서글서글하던데요? 얼굴도 서구적이고. 키가 얼마예요? 파리 여자들이 좀 작은 편이지만 어쨌든 그 사이에 서 있어도 꽤 커 보이더라구요."

사실 나는 그애에 대해 잘 모른다. 하나뿐인 동생이지만 친해질 시간이 주어지지 않았다.

김교수가 나간 뒤 소파에서 일어나 책상으로 되돌아가던 나는 창가에서 발을 멈췄다. 창턱 아래에 햇살이 물살처럼 반짝이며 일렁이고 있다.

고등학교 교과서에 들어 있던 생경한 단어가 떠오른다. 초추의 양광. 처음 들었을 때 너무 억지스러워 우스꽝스럽기까지 하던 그 말이 이제 학창시절의 한 추억으로 초가을마다 한 번씩 중얼거리는 말이 되었다.

책상 위에는 교수 회의 자료가 펼쳐져 있다. 교무과의 업무 보고는 학사 일정과 인사, 교수 업적 평가제, 학생 지도 일지에 관한 내용이다. 학생과에서는 종합 학술제에 관해서, 도서관에서는 도서 검색 이용 안내를 하고 있었다.

아무것도 머리에 들어오지 않았다.

다시 일어나 창가에 서서 햇살을 바라보았다.

작년 이맘때 현석과 함께 어떤 찻집의 야외 테라스에서 바라본 햇살도 꼭 이런 초추의 양광이었다. 우리는 하얀 야외 테이블에 마주앉아서 이따금 싱그러운 햇살이 떨어지는 초록 정원으로 눈길을 돌리며 거품 많은 맥주를 마시고 있었다.

해가 기울어가면서 나뭇잎에 닿는 햇살은 점점 부드러워졌다. 햇살과 반대 방향으로 바람도 조금씩 스치기 시작했다. 바람은 현석의 앞머리를 흩어놓고 내 스커트 끝을 건드린 다음 한가롭게 사라지곤 했다.

현석의 뺨이 약간 상기돼 있는 것이 보기 좋았다.

그가 싱긋 웃으며 내 얼굴을 쳐다보았다.

"이런 기분도 괜찮은데? 당신 아니었으면 논문 쓸 것 팽개치고 나와서 이렇게 한가롭게 한잔하는 기분, 아마 몰랐을 거야."

"논문 쓸 게 있었어?"

"상관없어. 지금 이 시간이 중요하니까. 꼭 휴가 같은 기분이야."

"지금 이 시간이야 일시적인 건데 중요할 게 뭐 있어. 진짜 중요한 건 당신 자신의 인생이겠지. 논문이나 학교 문제, 뭐 그런 것들."

다음 순간 나는 내 농담이 오해를 불러일으켰다는 걸 깨달았다. 현석의 얼굴에서 홍조가 걷히며 대번에 표정이 싸늘해졌던 것이다.

"당신 말은 너무 신랄해."

그런 다음 술잔으로 손을 뻗으며 나직하게 내뱉었다.

"비록 그것이 사실이라고는 해도."

이번에는 내 얼굴이 굳어졌다. 일부러 강조하는 바람에 현석의 말은 중량과 파장을 갖고 내 가슴을 무겁게 건드렸다. 받아들이고 싶지 않은 일을 스스로 명확히 다짐해둔 셈이 되었으므로 우리는 둘 다 우울해졌다.

그날 밤 우리의 작별인사는 좀 스산했었다.

창가에 선 채 나는 무거운 머리를 젖히고 잠깐 눈을 감았다. 머릿속이 아프도록 하얗게 비어버린다. 마치 흑백필름 속의 영상이 강렬한 빛을 쬐어 하얗게 날아가버리듯이.

거리라는 말. 거리를 두고 사랑한다고? '해와 달까지의 거리' 말인가. 그렇다면 그것은 거리가 아니라 단절이다. '아득하면 되리라'고? 그것은 거짓 그리움이다. 그리우면 몸을 던져 달려가야 한다. 거기가 지구 끝이든 남자 화장실이든, 어머니 뱃속이든 그를 만날 수 있다면 어디든지!

다시 눈을 떠보니 창턱에 매달린 햇살이 무심한 어린아이처럼 잘 놀고 있었다. 나는 의자를 끌어당겨 앉은 뒤 교수 회의 자료를 다시 읽기 시작했다. 그때 전화벨이 울렸던 것이다.

2

몇 가지 점에서 현석은 변했다.

그의 곁에 이제 어머니가 없다는 것도 큰 변화였다. 무엇보다 큰 변화는 현석이 그 사실을 힘들어한다는 점이다. 어머니에게서 벗어나면서 그는 제대로 어머니를 사랑하게 됐는지도 모른다. 집착에 있어서라면 남녀관계뿐 아니라 모자 관계에도 시차와 길항은 어김없이 작용하는 모양이다.

현관 안에 들어선 현석은 몇 번 눈을 깜박인다.

"시계를 옮겨 달았어?"

"잘 안 보이는 데로. 감시받는 기분이 들어서."

"커튼이……"

"추워져서 두꺼운 천으로 바꿨는데, 좀 어둡지?"

커피를 마시며 현석은 "여전히 헤이즐넛이네" 하기고 하고, 캔맥주를 가져다가 따개를 따는 나를 돌아보며 "여전히 하이네켄……"이라고 혼자 중얼거린다. 현석은 말수가 훨씬 많아졌다.

첫번째 섹스는 생각대로 잘 되지 않았다. 그러나 두번째 섹스를 자연스럽게 만들어주었다. 두번째가 끝났을 때 현석은 그대로 오랫동안 나를 안고 있었다. 한참 후에야 고개를 들더니 내게 청혼했다.

3

"결혼을 두 번이나 할 생각은 없어."

내 목소리는 담배 연기에 묻어 깔깔하게 나온다.

"지금 이대로 됐어. 나한테는 결혼생활이 안 맞아."

"나하고는 안 해봤잖아."

"다른 여자하고 해. 그런 다음 나하고 몰래 만나면 되잖아. 우린 괜찮은 내연 관계가 될 거야. 당신이 마피아한테 쫓기면 숨겨줄게."

"농담 아냐."

"농담이 아닌데 그런 말을 했단 말야? 부탁이야. 나한테는 농담만 해줘."

현석이 사이드 테이블 위에 놓인 재떨이에 담배를 끄면서 말한다.

"사랑해."

"그래. 정말 좋은 농담이야."

그가 내 양쪽 겨드랑이에 팔을 집어넣어 깍지를 낀 채로 드러눕는 바람에 내 몸은 현석의 몸 위로 쏟아진다. 그의 몸 위에서 내려다보는 그의 얼굴. 사랑하는 남자의 얼굴이란 가끔 슬프게 느껴지는 모양이다.

현석이 말한다.

"당신을 도저히 이해할 수 없을 때도 있었어. 내가 사랑하는 여자려니 하고 등뒤에서 끌어안는 거야. 그런데 돌아보는 순간 전혀 낯선 여자의 얼굴이 있었거든. 난 그걸 견딜 수 없었던 것 같아. 당신이 당신 혼자만의 마지막 부분을 남겨놓는 것을."

현석은 말을 끊고 허공을 보고 있다. 그가 침묵하는 동안 길 바깥에서 지나가는 차 소리가 유난히 크고 분주하게 들린다. 늦가을 깊은 밤의 바람소리도 간간이 끼어든다. 그때마다 가로등 불빛 속으로 마른잎이 몸을 떨며 떨어져내리고 있을 것이다.

"같이 사는 일이 가장 좋은 방법인지는 잘 모르겠어. 나도 독신으로 사는 데 익숙해졌고…… 하지만 지금처럼 이렇게 지낼 수는 없어."

"왜?"

"당신을 독점해야겠어."

"잘 알잖아. 나한테는 끊임없이 남자가 필요해."

"당신한테 필요한 것은 남자가 아냐. 사랑의 존재를 의심하게 해주는 싸구려 연애 감정이지. 당신은 사랑이 하찮은 거라고 생각하고 싶어서 자꾸 남자에게 곁을 주는 거라구."

"당신 말대로라면, 당신도 그중 하나 아냐?"

"난 사랑을 믿는 사람이야. 믿는 사람에게는 보여."

"그거야 당신 방식이고 나한테는 내 방식이 있어. 맞든 안 맞든, 너무 오래되고 익숙해서 난 그 방식이 편해. 날 바꾸려고 하지 마."

"바꾸려는 게 아냐. 당신은 자기 자신을 잘못 알고 있다니까.

냉정하고 강한 척하지만 당신은 소심하고 비겁하고, 그리고 감상적이야. 이젠 나도 안 속아."

"나한테는 농담만 해달라고 했더니 금방 이렇게 잘하게 된 거야?"

"정체가 탄로났을 때 이렇게 대범한 척하는 것, 그게 바로 당신의 소심함이야."

"잘 봤어. 나 정말 소심해."

"자기 입으로 먼저 공표해버리면 덜 창피하다고 생각하겠지? 그게 비겁한 거라구."

현석이 언제나 논리적이긴 했다. 하지만 대범한 사람이 치밀하지는 못한 것처럼 논리적인 사람은 순발력에서 떨어진다고 생각해왔는데, 내가 틀린 모양이었다.

몇 년 전 거리에 울려퍼지던 유행가가 생각난다. 널 만났다는 건 외롭던 날들의 보상인걸. 하지만 이런 노래도 있었다. 어차피 헤어짐을 아는 나에게 우리의 만남이 짧아도 미련은 없네.

거실에서 뻐꾸기가 울기 시작한다. 한 번, 두 번…… 열두시인 모양이다. 왕자와 춤추는 데에 정신이 팔렸던 신데렐라처럼 나는 갑자기 시간을 깨닫는다.

내가 침대 밑에 떨어진 셔츠를 들어올리자 현석이 묻는다.

"왜 그래?"

"집에 가야잖아."

"이젠 안 그래도 돼."

"……"

"기다리는 사람 없다구."

현석의 말은 조금 허전하게 들리기도 한다.

"그게 아냐. 아침에 헤어지기 싫어서 그래. 아침에 헤어지려면 더 쓸쓸해."

천장을 올려다본 채 한참 동안 말없이 누워 있던 현석이 이불을 옆으로 젖히고 일어난다. 내 어깨 위에 팔을 얹는다.

"그러니까 결혼하자는 거야."

"결혼하면 헤어지지 않는다고 생각해?"

"적어도 이런 식은 아니잖아. 지금보다는 훨씬 덜 불안하고 그리고, 덜 쓸쓸할 거야."

나는 픽 웃는다.

"쓸쓸한 게 꼭 나쁜 건 아냐. 애써 쓸쓸하지 않으려고 할 때의 기분이 나쁜 거지."

4

현석이 간 뒤 나는 계속 시계를 본다. 그리고 정확히 십 분 후에 집에서 나와 주차장으로 간다.

창마다 거의 불이 꺼진 아파트 건물은 모두가 퇴근해버린 외딴 도로변의 공장 같다. 자동차 안은 싸늘하다. 몇 개 안 되는 희미한 별도 싸늘해 보인다.

교차로로 들어서려는데 신호등이 초록에서 노란색으로 바뀐다.

나는 아무도 없는 신호 대기선에 차를 댄다. 바람이 불자 가로수에서 잎이 몇 개씩 길 위로 떨어져내린다. 어두운 보도 위에서 신문지 한 장이 바람에 날리고 있다.

신문지는 가로수의 밑동을 붙잡고 거기에 기대려고 한다. 그러나 바람이 심하게 흔들어대는 바람에 하는 수 없이 가로수에서 떨어져나와 이번에는 택시 정류장의 쇠막대를 붙잡는다. 뒤따라온 바람이 다시 신문지를 세차게 걷어찬다.

신문지는 파들파들 떨며 버텨보려 하지만 결국에는 쇠막대에서 손을 떼고 다음번 가로수의 밑동을 붙잡는다. 거기에서도 오래 머물 수는 없다. 바람에 떠밀려 길바닥으로 쓰러져버린다. 가까스로 일어나서 쓰레기통을 붙잡으려 하지만 이번에는 차도로 내팽개쳐진다. 차도로 밀려난 신문지는 이리저리 날리며 또 무언가를 붙잡으려고 안간힘을 쓴다. 하지만 신호가 바뀌어 차가 출발하자 그 바람에 공중으로 한 번 풀썩 날아오른 다음 그대로 차바퀴에 깔려버린다.

스산한 늦가을 밤거리를 이리저리 쫓겨다니던 그 신문지는 어제 신문임에 틀림없다.

차는 강을 건너간다. 언제나처럼 불빛이 물속에서 흔들리고 있다.

목적지 없는 밤거리를 달려보는 것도 참 오랜만이다.

나에 대한 타당한 오해들 2

1

낮 한시이다. 침대에 눕는다. 그러나 잠이 올 것 같지는 않다.

한 달쯤 전에 청탁받은 원고를 더이상 미룰 수 없어 붙잡고 앉은 것이 사나흘 전이었다. 이틀 밤을 꼬박 새워서야 마감 날짜를 맞출 수가 있었었다. 정오 무렵에 교정을 마치고 학회지 편집 직원에게 전화를 걸었더니 직원이 상냥하게 말했다.

"선생님, 오늘 토요일이잖아요. 지금 막 퇴근하려던 참이거든요. 월요일 날 학교로 전화드릴 테니까 그때 팩스나 메일로 보내주세요."

그 전화를 끊고 나니 갑자기 피곤이 몰려들었던 것이다.

피곤할수록 정신이 말똥말똥해질 때가 있다. 생각이 꼬리에 꼬리를 문다. 그중에는 섹스에 대한 몽상도 있다.

한껏 몰두해서 일을 하다가 드디어 끝마치고 나면 으레 겪는 일이다. 그동안 묶였던 시간이 눈앞에 자유롭게 펼쳐지며 불현듯 이완된 기분에 빠지고 싶어진다. 그런 때는 대개 혼자 술을 마신다. 하지만 오늘처럼 섹스가 생각나는 때도 이따금 있다.

정신을 혹사하고 난 다음이라 특히 그런 걸까. 육체에 마음껏 몰두함으로써 정신으로부터 완전히 해방되고 싶어지는 것이다. 자신이 정신적인 존재임을 잊게 해서 말 그대로 정신없이 쉬게 하려는 본능적인 신체 조절인지도 모른다. 다른 운동을 하는 방법도 있겠지만 그보다는 섹스 쪽이 더 아쉽다. 혼자서 힘든 일을 마친 다음에는 타인이 그리운 법이니까.

그러나 섹스라는 멋진 운동은 파트너가 없이는 이루어질 수 없다는 점에서 결정적인 제약이 있다. 그러기에 지극히 대중적인 운동이면서 공개적으로 보급시킬 수는 없는 것이리라.

내가 오늘 몽상하는 섹스는 신이 만든 침대, 시인이 만든 침대, 목수가 만든 침대 중에 세번째와 관련이 있다.

섹스는 몸의 친근이다. 사람을 가까워지게 만들고 때로는 사랑하게도 만든다. 사랑하게 되어 섹스를 원하는 것이 순서이겠지만 먼저 섹스를 공유한 뒤에 사랑에 빠지는 일에도 많은 진실이 있다. 우정이나 호감을 사랑으로 바꾸어주는 것도 섹스이고, 교착

된 관계를 결정적으로 밀착하거나 끊어지게 만드는 데에도 섹스가 개입할 수 있다. 술에 취하거나 어떤 충동에 휘말려 관계를 가졌다고 해서 께름칙하게 여길 필요는 없다. 그렇게 시작된 사랑이 순서에 맞지 않는 것은 결코 아니니까. 또 그렇게 했는데도 사랑이 시작되지 않는다 해서 회한에 빠지는 일도 우습다. 그때는 그냥 조금 더 친해진 것뿐이다.

사랑이란 자꾸 표현하고 싶은 감정이다. 그래서 뻔히 아는 사실인 '사랑한다'는 말을 자꾸만 되풀이해서 입 밖에 내는 것이고 선물을 주고 싶어지며 호출기에 '잘 자라'는 메시지를 남기게 된다. 다른 사람에게 알리고 싶어지는 것도 같은 이유이다. 그러고도 마음속의 것을 아직 다 털어내 보인 것 같지 않아 미진한 것이 사랑이다. 그런 때에 섹스만큼 간절하고 격정적인 사랑의 표현은 없을 것이다. 섹스를 통해서 사랑한다는 말을 하고 나면 조금은 속이 후련해진다. 고양될 대로 고양된 감정 속에서 서로의 최후가 맞닿아 일치되는 기분. 섹스의 축복이 아닐 수 없다.

섹스는 맛있는 음식처럼 위로의 경로가 되기도 한다. 오래전 읽었던 한 젊은 여성의 자전적인 글에서처럼 말이다. 그녀는 대학 동기인 남편과 처음 만난 날부터 사랑에 빠졌고 오직 그 한 사람만을 사랑했다. 그러나 남편은 병으로 세상을 떠났다. 혼자 살아갈 수 있을 것 같지 않아 울고 있을 때, 또 한 사람의 대학 동기이자 남편의 친구이기도 한 남자가 찾아왔다. 그들은 아무 말 없이 섹스를 나누었다. 그가 돌아간 뒤 그녀는 마음이 가라앉았고 앞으로 살아갈 일을 생각하게 되었다. 물론 그녀가 사랑하는 것은 여전히 남편뿐이었다. 그녀의 머릿속에 조금 전 섹스의 기억은 하나도 남아 있지 않았다. 그것은 육체 안에서만 일어난 일이었다.

사랑하는 사람과의 섹스는 가장 즐겁고 복잡하고 신기한 게임이다. 네트워크로 연결해서 함께 하는 컴퓨터게임과는 다른 것이, 정해진 규칙을 따르는 게 아니라 프로그래밍에서부터 게임이 시작되기 때문이다. 거기 몰두하다보면 먼저 너와 나라는 모든 구분과 경계가 사라진다. 마지막에는 자신의 육체까지도 사라져버리는 소멸의 극치감과 만나게 되는 것이다.

자위에는 관심이 없다. 내가 원하는 것은 본능적인 배설이 아니라 한몸이 되고자 하는 인간끼리의 다정함이다.

2

침대에서 일어난다. 스웨터를 걸쳐 입고 아파트를 나와서 멀리 동사무소가 있는 큰길까지 산책을 한다. 가로수 위로 떨어져내리는 햇살의 결이 체로 걸러낸 듯 곱다. 삼십 분쯤 걸었을 것이다. 되도록 천천히 걸어 돌아오는데 경비실 앞에 우체부의 자전거가 세워져 있다. 우체부는 경비원과 뭔가 얘기를 나누는 중이다.

무심히 우편함을 훑어본다. 내 우편함에 푸른색 봉투가 꽂혀 있다. 애리의 편지였다.

식탁에 앉아서 봉투를 뜯는다.

……교수가 패션 경향이나 디자인 콘셉트에 대해 설명하면 그것을 한국말로 정신없이 받아 적어 집에 와서 사전을 뒤적거리면서 공부하는 거야. 그리고 말야. 디자인 공부에 유머 감각이 그렇게 중요하다는 걸 처음 알았어. 석고 데생으로 대학 들어가서 사 년 내내 포스터만 그리다가 졸업했는데 자유로운 발상이란 게 쉽게 되겠어? 지금까지 버틴 것만 해도 나로서는 해볼 만큼 해본 거야.

애리는 다음주에 파리를 떠날 거라고 적고 있다. 샤모니에 가서 몽블랑을 구경한 다음 밀라노에 들렀다가 서울로 돌아오겠다고. '서울에 가면 집을 구할 때까지 언니 집에 좀 있어도 괜찮을까?' 하면서 '안 그러면 엄마한테 가야 하는데, 다 큰 딸이 재가한 엄마 집에 빌붙어 있는 것도 우습잖아'라고 그 이유를 설명한다.

나는 봉투에 찍힌 소인을 확인한다. 그리고 달력을 본다. 달력 안에는 비엔나 숲의 가을이 들어 있다. 애리가 말하는 다음주란 바로 이번주였다. 지금쯤 애리는 파리를 떠났을 것이다.

3

좀 서먹하리라고 생각했던 나와 달리 애리는 아파트 현관에 들어서는 순간부터 집주인처럼 자연스럽게 군다.

"언니는 집을 너무 답답하게 쓰고 있구나. 냉장고하고 소파 위치만 바꿔도 훨씬 트여 보이겠는데?"

"난 트인 거 안 좋아해. 노출돼 있으면 불안해."

애리의 여행 가방을 거실로 끌어올리며 이렇게 대답하자 애리는 거침없이 말한다.

"그럼 어떡하지? 난 폐소공포증이 있는데?"

마치 신혼집을 얻은 신부처럼 들뜬 얼굴로 발코니에 나가보더니 애리는 또 개선책을 내놓는다.

"높아서 전망은 괜찮네? 빨랫대를 안쪽으로 옮겨놓고 여기에는 화분을 좀 갖다놓아야겠어. 어떻게 화분이 한 개도 없어?"

나는 뭘 돌보는 게 도무지 귀찮아서 관상용 물고기나 새는 물론이고 흔한 다육식물 화분 하나 두지 않고 살았다. 게으른 탓일 것이다. 그러나 애리는 새로운 해석을 내린다.

"혹시 잘못해서 죽여버릴까봐 안 키우는 거지? 언니는 옛날부터 마음이 약했어."

애리에게 다른 언니가 있는 건가?

"내가 여덟 살 땔 거야. 마당에서 놀다가 뾰족한 유릿조각을 밟

왔잖아. 그때도 내가 자고 있는데 언니가 공부하다 말고 와서 내 양말을 벗기고는 한참 동안 들여다봤어. 자는 척하면서 다 봤지."

"나는 생각도 안 나는데, 여덟 살 때 일을 그렇게 자세히 기억하니?"

"내가 언니를 좀 좋아했거든."

여덟 살짜리가 보는 열아홉 살은 멋있을 수밖에 없다. 스무 살 이후에는 가까이 지낸 적이 없으니 그애의 오해가 굳어져버릴 만도 하다.

밤이 깊어졌을 때까지도 애리의 파리 통신은 끝날 줄을 모른다.

"내가 살던 집은 현관이나 부엌이 아예 없는 원룸이야. 그래도 목욕탕은 있었지. 마당도 있고. 그렇게 더러운 집은 처음 봤어. 아무리 게으른 사람들만 거쳐갔다고 해도 어쩜 그렇게까지 더러울까. 때가 많이 끼어서 벽이 두터워졌을 정도야."

"집도 좁아졌겠다."

"참, 언니네 학교 교수가 혹시 나 만났다는 말 안 해?"

"들었어."

"어떻게 그렇게 만나냐? 너무 반갑더라. 근데 그분, 언니랑 친해? 말할 때도 괜히 불어를 섞어가면서 하고, 굉장히 멋있는 척하던데."

"너 계약서 쓸 때 도와줬다는 한국 친구가 김선생 처남이었니?"

"응. 그 친구도 재미있게 만났어. 큰 슈퍼마켓에 장을 보러 갔는데 말야. 어떤 동양 남자가 와서, 부 제트 코레안? 하는 거야. 그래서 내가 엉겁결에 '맞아요!'라고 한국말로 대답하니까 그 사람도 한국말로 '맞아요?' 하고 따라 하잖아. 서로 손까지 잡고 좋아했다니까."

애리는 자리에서 일어나더니 주방 쪽으로 간다.

"언니, 우리 커피 마시면서 얘기하자. 내가 끓일게. 난 그런 거 좋아하거든."

커피메이커에 물을 부으면서도 입을 쉬지 않는다. "언니는 요리에 관심 없나봐. 냉장고에는 순 캔맥주뿐이고" 하더니 갑자기 내 쪽을 돌아보며 "아니야, 그게 아니고 언니는 먹는 데 관심이 없는 것 같아. 난 그런 사람 보면 못 참아. 나만 혼자 살찌기 억울하잖아"라고도 한다.

시간은 자정이 넘어 있다. 당연한 일이지만 애리는 돌아가지 않을 것이다. 그 생각이 갑자기 나를 어색하게 만든다. 육 년 전인지 칠 년 전인지 모르지만 이혼한 뒤로 누구와 한집에서 지내본 적이 없는 것이다.

얼마 가지 않아 애리는 내 생활을 꽤 바꿔놓았다. 주로 불편한 쪽으로.

그녀는 요리를 좋아했지만 설거지를 싫어했다. 또 일을 벌이는 것 못지않게 중간에 그만두는 것도 쉽게 했다. 텔레비전을 볼 때에도 거의 오 분 간격으로 리모컨을 눌러댔고 무선전화기를 쓰고는 어디에 두었는지 몰라 저녁 내내 찾으러 다니기 일쑤였다. 그 전화기는 내가 쓰는 안방이나 애리의 방으로 쓰고 있는 서재 같은 데가 아니라 대개 신문 더미 위나 오디오 장 구석처럼 엉뚱한 데에서 발견되곤 했다.

퇴근하고 돌아와보면 애리는 싱크대 위에 온갖 조리 기구를 늘어놓고 뭔가를 만들고 있었다. 개수대 안에는 설거지할 그릇들이 수북이 쌓여 있게 마련이었다. 거실에는 아직 물고기가 들어 있지 않은 조그만 수족관과 걸지 않고 벽에 기대놓은 액자며 아이비 화분 따위가 잔뜩 늘어져 있었다. 나는 혼자 저녁을 먹지 않는 대신 한 시간 정도는 애리가 늘어놓은 일의 뒤처리를 거들어야 했으며 두 시간 정도는 그녀의 계통 없는 화제에 동참해야 했다.

그런 일이 그다지 번거롭게 여겨지지는 않았다. 자질구레한 생활의 수고를 끝마친 뒤의 가벼운 휴식 같은 것도 지겹게 반복되지 않는 한은 괜찮은 일이다. 마구 어지럽혀진 애리 방의 방심이 내 방의 질서보다 오히려 더 편안하게 느껴지는 때도 있었다.

독신의 삶이란 자기 자신의 행동이나 노동을 일일이 의식하며 사는 일이다. 시든 꽃은 내가 버리지 않는 한 언제까지나 꽃병 속에서 썩어가고, 머그잔 바닥의 커피 찌꺼기도 내가 컵을 씻기 전에는 계속해서 그대로 말라붙어간다. 깨진 컵의 유릿조각도 나 아니면 처음 위치에 한없이 엎드려 있다. 신문 역시 내 손으로 들여다놓지 않으면 언제까지나 현관에 버려져 쓸모없는 폐지가 되어 간다. 어떤 순간 그런 것에 염증이 느껴질 때가 있다. 내가 하지 않은 일을 목록이라도 만들듯 일일이 의식하게 만드는 공간에 짜증이 나는 것이다. 그러다보면 흘러가는 시간을 동반하는 존재가 귀찮고 벅차게 느껴져 화분 하나조차 두기가 싫어지는 때가 온다. 애리는 바로 그 점을 바꾸어놓은 것이다.

또 한 가지 애리가 내 생활에 변화를 준 것은 말을 많이 하게 한다는 점이다. 애리는 질문이 많은 성격이었다. 강의가 없어 집에 있는 날은 보통 하루종일 한마디도 하지 않게 되지만 애리는 나를 그렇게 내버려두지 않았다.

오늘도 마찬가지이다. 지금 무릎 위에 접시를 올려놓고 밀감 껍질을 벗기며 애리가 또 질문을 던진다.

"언니, 결혼은 안 할 거야?"

"응."

"왜?"

"혼자 사는 게 편해서."

"거짓말. 누가 속는다고 그래? 언니 혼자만 똑똑하고 다른 사람들은 다 바보인 줄 알아? 내가 와서 이렇게 귀찮게 하는데도 언니는 집에 들어오자마자 내가 있는지 없는지 그것부터 먼저 살펴보잖아."

"신경 쓰여서 그렇지."

"그래 맞아. 내가 보니까 사람 성격에는 다 이면이 있더라. 깔끔한 사람은 까다롭고 세심한 사람은 소심해. 언니도 소심한 성격이지? 부딪쳐보지도 않고 미리 안 된다고 단정하는 것 같아."

"안 되는 건 안 되는 거야. 미리 알아두면 나쁠 것 없어."

"좀 실망도 하고 상처도 받고, 그러면 어때? 자기 마음속에 사랑을 얻는 일인데? 기대하고 실망하고, 그런 것이 인생 아냐?"

애리는 제 생각을 표현하는 데에 별 스스럼이 없다.

"결혼 안 하는 건, 애인이 많아서야. 그 아까운 걸 어떻게 버리겠어? 뭐 준법정신이 투철한 건 아니지만, 어쨌든 국회에서 일부일처제를 없애기로 의결하면 그날로 당장 결혼할 거야."

"불행에 대비하는 성격이라서 남편도 하나로는 불안한 거야?"

"여러 남편을 바라는 게 아니라니까. 오직 하나다, 그런 게 내 인생관에 맞지 않을 뿐이야."

"언니 자신은 그렇게 생각하기 싫은가본데, 언니는 그냥 단순히 결혼에 한 번 실패한 사람 아냐? 일부일처제가 어떻다는 둥 뭔가 세상일에 초탈한 것처럼 구는 거 보기 안 좋아. 솔직해 보이지 않는다구. 그런다고 외로운 독신 티가 안 날 줄 알아?"

실패라는 말에는 목표가 있었다는 게 전제되어 있다. 그러나 나는 누구나 같은 방향으로 우르르 몰려가는 것을 인생이라고 생각하지 않는다. 흔히 '실패한 인생'이라고 말해지는 것들이 '다른 인생'의 오독일 수 있다. 그런데도 애리의 한마디에 찔린 듯한 기분이 드는 걸 보면 말로만 듣던 '정곡'이란 게 나한테도 있었던 것 같다.

"어? 비 오나봐."

애리가 발코니로 가서 문을 연다. 비가 쏟아지고 있다. 약속이 있어 나가야 하는 나에게는 달갑지 않은 일이다. 박사논문을 쓸 때 지도교수였던 은사의 고희 출판기념회라서 빠질 수도 없는 자리이다. 행사가 있는 호텔의 정문 앞에서 박지영과 만나기로 약속도 되어 있다.

왜 그런지 빗소리가 심란하게 들린다. 밤에 현석이 전화를 할 텐데 그때까지는 돌아와야겠다고 입속으로 중얼거리면서 이상하게 우울한 기분이 든다.

4

내가 집에 돌아왔을 때는 열두시가 가까워져 있다. 도넛을 먹으며 마감 뉴스를 보던 애리가 소파에서 일어난다.

"전화 왔었어."

바바리코트 속에서 팔을 빼내며 내가 묻는다.

"누구한테?"

"모르겠어. 내가 받으니까 그냥 끊어버리더라. 누구야? 느낌이 남자 같던데."

"말했잖아. 애인이 많다고."

"언니 진짜 한심하다."

"그래 맞아. 난 애인이 많아서 너무 한심해."

애리의 눈가가 꼿꼿해진다.

"꼭 그래야 해? 그렇게 자유분방한 척해서 어쩌겠다는 거야? 언니 사랑하는 사람 있잖아. 내가 눈치 못 챈 줄 알아? 그 사람하고 결혼하면 될걸, 그게 그렇게 겁이 나? 우물쭈물하다가 그 사람이 떠나면 언니는 분명 그럴 거야. 그래, 어차피 예정됐던 일이야. 사랑 따위가 뭐 있겠어. 차라리 잘됐지 뭐. 이런 때를 위해서 애인을 저축해뒀으니 역시 난 치밀해."

나는 아무 대꾸 없이 욕실 문을 열고 들어간다.

애리는 현석과 나의 관계를 모르고 있다. 그것은 분명 기구한 우연 따위는 아니다. 확률로 봐도 특별한 일이라기보다는 흔한 쪽에 가깝다. 첫째, 현석과 나는 같은 학교 동급생이지만 학생 때부터 아는 사이는 아니었다. 둘째, 애리는 내가 다닌 대학을 좋아하여 그 대학에 진학했다. 셋째, 현석은 모교의 교수가 되었으며 대부분의 여학생들에게 관심의 대상이었다. 그중 한 사람이 애리일 뿐이다. 이 세 가지 사실에 아무런 특별한 우연도 개재돼 있지 않다. 특별하다면 애리가 졸업 후까지도 짝사랑을 심하게 앓았고 그것을 감당하기 위해서 다니던 직장을 그만두고 전공을 바꿔 파리로 떠났다는 사실이다.

내가 겪은 몇 번의 삼각관계만 해도 그렇다.

종태와 그의 아내, 신차장과 윤선 사이에도 끼어들었지만 그것은 우연이라기보다 상투성에 가깝다. 우연이란 그런 것이 아니다. 우연이란, 어릴 적 정혼했던 두 남녀가 소식이 끊긴 채 둘 다 동경으로 가게 되고 우여곡절 끝에 여자가 자살을 하려고 하는 순간 마침 지나가던 남자에게 구조를 받는데 그 남자가 바로 그녀의 약혼자였다는 식의 신소설에나 있는 것이다.

내가 매력적인 여자라서 남자들을 끌어당겼다는 뜻은 결코 아니다. 적어도 나 자신은 나를 오해하지 않는다. 내가 애인을 얻을 수 있는 것은 그들이 원하는 것을 알아채고 그것을 충당해주기 때문이다. 유능한 카운슬러와 점술가가 그렇듯이, 올바른 충고를 해주지 않고 그들이 원하는 대답을 제공하는 셈이다. 충고란 동의일 때만 현명한 거니까.

그렇게 하면 그들은 내가 자기의 마음속을 꿰뚫어볼 만큼 사려 깊거나 혹은 운명적으로 마음이 잘 통하는 거라고 오해한다. 그것이야말로 내가 원하는 바이다. 나는 나 자신이 상대에게서 뭘 원하는지 생각해본 적이 별로 없다. 상대가 원하는 것을 제공하려고 할 때의 긴장, 내가 얻는 것은 바로 그것이다. 그렇지 않으면 내 생에서 달리 무엇으로 긴장을 얻겠는가.

두 손으로 찬물을 떠서 얼굴에 끼얹는다.

거울 속에 들어 있는 내 얼굴은 화장이 번져서 약간 뭉개져 보인다.

5

백화점에서도 애리는 잔소리가 심하다. 내게 생각 없이 물건을 산다며 쇼핑을 적극적으로 하라고 걸핏하면 핀잔을 준다. 쇼핑을 한 다음 식당에 가서도 마찬가지이다. 주문을 받으러 온 종업원에게 "잠깐만요" 하면서 세 번이나 돌려보낸 끝에 메뉴를 결정한다. 그러고는 적당히 주문하는 나를 일용할 양식에 대한 경배심이 부족하다고 꾸짖는다.

나는 워낙 어울려 다니는 것도 싫어하거니와 특히 물건을 살 때는 언제나 혼자 다니는 게 습관이 되어 있다. 누군가는 여행을 함께하면 상대의 성격과 인간됨을 다 알 수 있다고 하고 누군가는 고스톱을 쳐보면 그렇다고 하는데, 물건을 함께 사러 다니는 것도 그 못지않게 사람의 속내가 노출된다.

내가 쇼핑을 혼자 다니는 것은 동반자의 동의를 구해야 하는 일이 번거롭기도 하지만 그처럼 내 취향이나 물건 사는 방식에서 성격이 노출되기 때문이다. 그러나 애리는 정반대였다. 그애는 물건 고르고 사는 일을 즐거워했고 남의 쇼핑에 참견하는 것까지도 좋아했다. 말하자면 무엇을 결정하는 일을 좋아하는 거였다.

돌아오는 차 안에서 마치 바둑을 복기하듯이 자기의 결정에 대해 두고두고 평을 하기도 한다.

"언니, 내 부츠 말야. 지퍼 있는 걸로 사기를 잘했어. 그래야 두꺼운 양말 신고 바지에도 입지. 난 추위를 많이 타거든. 역시 탁월한 선택이야."

"아까 내가 빨간색 머그잔 사니까 언니는 그거 못마땅한가보더라? 언니는 찻잔 살 때 대충 무난한 걸로 고르지? 아마 빨간색 찻잔 같은 건 안 써봤을 거야. 싫증나면 버리면 되고. 그래서 난 찻잔 같은 건 비싼 거 절대 안 사."

"숄더백은 검정색보다는 갈색이 훨씬 나아. 캐주얼한 옷에 검정은 좀 무거워 보이잖아. 언니, 나 덕분에 후회 없는 물건 고른 줄이나 알아. 언니가 고른 건 너무 밋밋하더라. 백은 심플한 게 좋지만 그래도 포인트가 하나 정도는 있어야지."

옆눈으로 애리를 흘끗 쳐다본다. 조수석에 앉은 애리가 몸을 움직여 얼굴을 내 쪽으로 돌릴 때마다 언뜻언뜻 향수 냄새가 스쳐간다. 긴 파마머리를 배경으로 한 옆모습의 선이 섬세하다. 입술은 입술산이 뾰족해서 꽤 귀엽다.

"언니, 아까 핸드백 살 때 말야. 점원이 매장에는 없지만 창고에 가면 갈색이 있다고 갖다준다고 하니까 언니는 그냥 거기 있는 검정색으로 사겠다고 그러더라. 검정색이 별로 마음에 안 들었으면서 말야. 그렇지?"

"검정색도 나쁘진 않았어."

"억지로 그렇게 생각하려고 하는 것뿐이야. 언니, 그런 식으로 물건 고르면 평생 자기 마음에 드는 걸 갖긴 틀렸어. 그리고 그걸 보고 또 한 가지 느낀 게 있는데, 언니는 남자를 오래 안 기다리지?"

"그건 또 왜?"

"참을성이나 이해심이 없어서가 아니고, 포기가 빠르기 때문이야. 안 그래?"

마침 신호등이 정지신호로 바뀐다. 나는 차를 세우고 한숨을 한 번 쉰 다음 애리 쪽으로 고개를 돌린다.

"언제 갈 거니?"

"어디를?"

"너 당분간만 있겠다고 온 거야. 갈 때 안 됐어? 어제 어머니 만났다고 했잖아. 어떻게 할 건지 상의 안 했니?"

"응, 했어. 언니하고 사는 게 너무 편하다고 했더니 이번주에 우리집으로 한번 들르겠다고 하더라."

가족이란 이런 게 문제이다. 풀포기 하나라고 생각하고 가볍게 잡아당기다보면 뿌리가 고목나무 밑동까지 이어져 있다. 이미 흙에서 뽑혀나와 허옇게 뿌리가 드러나기 시작한 것을 차마 그대로 버리지도 못하고 그렇다고 뿌리까지 뽑으려 하다가는 어깨가 빠질 지경이 된다.

"내일 저녁에 오시라고 할까? 내일 시간 낼 수 있어?"

"아니."

학교 강의는 거의 다 종강을 했지만 내일은 박지영의 부탁으로 어느 문화단체의 세미나에 참석하기로 되어 있다.

"세미나? 무슨 주제인데?"

"동성애."

"그래? 그럼, 언니! 이 얘기는 들어야 해. 에스모드에 같이 다니던 친구가 해준 얘기야. 걔네 아파트 아래층에 아이 둘 있는 젊은 부부가 살고 있었는데 어느 날 남편 친구라는 남자가 찾아왔더래. 근데 그날 밤 남편하고 그 친구라는 남자가 함께 도망을 쳤다는 거야. 사랑의 도피를 했다니까."

파리에서는 중고등학교에 콘돔 자동판매기가 설치되어 있다면서 애리는 "프리섹스를 하고 안 하고는 개인의 선택이고, 에이즈 예방은 사회적 책임이라는 거지"라고 덧붙인다. 프랑스 보건성에서 만든 에이즈 예방에 관한 문안은 나도 어디서 읽은 적이 있다.

—당신이 소피와 관계를 가질 때 발레리를 보호할 것을 생각하라.

집에 도착할 때까지 애리는 계속 파리 얘기이다.

애리의 얘기에 은근히 싫증이 나 있었던 나는 약간 야유조가 된다.

"전에 내 친구 하나가 한 달간 유럽 여행을 하고 왔거든. 막 돌아와서는 인생을 다시 보게 됐다고 설쳐대더니 딱 세 달 지나니까 그전하고 똑같이 살더라. 넌 거기서 이 년이나 있었으니까 '파리에서는 말야' 하는 말버릇이 석 달은 더 가겠지만."

"그런 건 아냐. 사실 난 거기 사람들 기질 싫어. 그 사람들 아주 못됐어. 편견이 말도 못해. 너무 획일적인 사회에서 자라다보니 처음에는 열등감을 느꼈지만 지금은 아니라니까."

아파트 지하 주차장에 차를 세운다. 트렁크에서 쇼핑백들을 꺼내며 나는 불현듯 피곤을 느낀다. 애리는 양손에 쇼핑백을 들고 앞서 걷는다. 나는 발밑만 내려다보며 주차장의 계단을 천천히 올라간다. 애리는 나와 다르다. 자기방어를 위한 편견이 발달할 필요 없는 인생의 적자嫡子인 것이다.

뜨거운 물에 샤워를 하고 캔맥주를 두 개쯤 마신 다음 내 침대에서 혼자 잠들고 싶다.

가볍게 살고 싶다.

아무렇게라는 건 아니다.

일어날 일은 일어난다

1

지금까지 나는 속담에 대해 고지식하게 생각해온 것 같다.

'낫 놓고 기역자도 모른다.' 이것은 누구의 무식을 탄식할 때 쓰는 말만은 아니다. 세상에는 무식한 사람이 많다는 뜻도 있다. '소 잃고 외양간 고친다.' 이것 또한 준비성 없는 사람을 보고 "꼭 그 식이구만" 하고 말문을 꺼내기 위해 생겨난 말이 아니다. 유비무환의 정신을 일깨워주려는 것만도 아니다. 세상에는 그런 경우가 하고많다는 의미도 포함된다.

어렸을 때 나는 속담이 교훈이라고만 생각했다. 그래서 늘 의문이었다. '천릿길도 한 걸음부터'와 '올라가지 못할 나무는 쳐다보지도 말라'는 분명 모순된다. '아니 땐 굴뚝에 연기 날까'와 '까마귀 날자 배 떨어진다'도 전혀 다른 가르침이다. 왜 이렇게 속담에는 일관성이 없을까. 나처럼 의문을 품는 사람을 위해 '귀에 걸면 귀걸이, 코에 걸면 코걸이'라는 말까지 준비해둔 걸까?

지금 생각하니 속담이란 도덕경만은 아니다. 삶의 단면을 하나하나 보여주는 지혜로운 통계인 것이다.

세상에는 뒤집어서 보아야 할 가르침들이 종종 있다. 공자는 왜 하필 사십을 불혹이라고 했는가. 물론 그 나이 정도면 도달해야 할 덕목이란 뜻이다. 그러나 그만큼 유혹이 많은 나이라는 뜻으로도 볼 수 있다. 이순耳順이라고 할 때 역시 그만큼 귀에 거슬리는 말이 많아지는 나이라는 해석이 들어 있는 것 아닐까. 노인이 될수록 노여움이 많아지는 건 흔히 보는 일이다. 그러므로 이순이란 공자가 늘 말씀하는 대로 극기의 의미로 보아 마땅하겠지만 그렇지 못한 사람이 많다는 역설적 의미로 볼 수도 있다는 말이다.

머피라는 사람의 법칙 역시 공교롭게도 나쁜 일이 겹치는 것을 일일이 보여주려는 악취미는 아니다. 일어날 만한 일은 반드시 일어난다는 사실을 보여주려는 것이다. 일어날 일은 반드시 일어난다.

2

박지영이 연구실로 들어설 때만 해도 나는 '설마'라는 잡귀에게 붙들려 있었던 듯하다. 그녀의 잔뜩 찡그린 얼굴에서 건성 피부에 좋지 않은 계절이 왔다는 것만 느꼈을 뿐이었다. 그녀의 목소리는 다급했다.

"그 소식 들었어요? 우리 과에 신임 교수 하나 채용하기로 했다는 거?"

"아뇨."

내 주변에는 그런 소식을 전해줄 만한 사람이 박지영 자신뿐이다.

"재단 쪽에서 낙하산으로 내려오나봐요."

"그래요?"

"강선생, 그렇게 무심히 들을 일이 아네요. 이건 우리 둘한테 떨어진 불똥이라구요. 우리 과에 교수 티오가 어디 있어요. 우리 둘 중 하나를 재임용에서 떨어뜨리려는 거죠."

"심사는 내년이잖아요."

박지영은 한가한 소리 말라는 듯이 나를 쳐다본다. 내년이라는 시한은 재단에서 마음먹기 나름이라는 것이다. 그녀는 얼마 전부터 서울에 있는 대학 쪽으로 자리를 옮기려고 여러 통로를 통해서 선을 대보고 있었다. 그것이 재단 쪽에 알려져 밉보일까봐 조바심을 내는 게 틀림없다. 나는 그 정도로만 생각했다.

그러나 박지영의 다음 말은 그것이 아니다. 학장과 교학과장 앞으로 투서가 하나 날아들었다고 한다. 한 여교수의 문란한 사생활을 폭로하는 내용이었다.

"이런 나쁜 소식을 왜 하필 내가 전해야 하는지 모르겠어요"라고 한 뒤 박지영은 한참 동안 침묵을 지킨다.

'여교수의 사생활'이라는 영화 제목 같은 구절을 듣는 순간 나는 그 문란한 여교수가 누구인지 곧바로 짐작을 했다. 투서의 내용은 그다지 궁금하지 않았다. 내 사생활이라면 누구보다 내가 잘 안다. 그리고 그것을 문제삼을 것인지 아닌지는 학교 쪽에서 결정할 일이다.

"『베스트 우먼』이라는 잡지에 강선생 기사 난 적 있었잖아요. 투서에 그게 첨부되어 있대요. 그러기에 그때 내가 가만있으면 안 된다고 했잖아요. 언론중재위원회에 제소하거나 명예훼손 같은 거 걸었더라면 선수를 칠 수 있는 건데."

이마를 잔뜩 찡그리고 나를 쳐다보는 박지영의 코끝으로 코털 하나가 급하게 들락날락하며 그녀의 걱정과 불안을 대변해준다.

"투서 내용이 굉장히 구체적인가봐요. 내 입으로 말하기는 미안하지만, 유부남하고의 관계도 있고 이혼 사유도 뭐 여자 쪽의 부정 때문이라는 둥. 그리고 강선생 혹시 모교에 있는 교수 누구하고 가까운 사이예요? 그런 것까지 다 있더라는데요."

나는 담배 한 대를 집어든다. 현석의 등장에까지 담대한 척하고 있을 수만은 없다.

종태는 그가 다니는 시사 주간지의 스티커가 붙은 차를 몰고 강의실로도 두어 번 찾아온 적이 있으므로 노출이 될 수도 있다. 행동이 굼뜨고 게으른 데 비해 눈치만은 빠른 박지영만 해도 종태의 존재쯤은 알고 있다. 그러나 현석은 다르다. 교수 사회가 넓다고만은 할 수 없고 또 소문도 많은 곳이라 필요한 만큼은 주의를 해왔던 것이다.

현석과의 관계가 마약 밀매나 병역기피 같은 일이 아닌 바에야 비밀스러울 것도 없고 숨기고 싶은 마음도 없었다. 누군가 마땅한 방법으로 물어왔다면 언제든지 대답해줬을 것이다. 그러나 어디까지나 정당한 환경 속에서이지 이처럼 편견과 호기심에 따른 현장 덮치기 같은 소문 따위를 통해 알려지는 것은 전혀 원하지 않았던 일이다.

모든 일이 조금씩은 그렇지만 특히 남녀관계처럼 사적인 일은 말하는 방식이나 보는 각도에 따라 엄청나게 달라진다. 천상의 가연이 되었다가 시궁창의 애욕이 되었다가 할 수도 있다. 두 사람이 느끼는 사랑의 아름다움은 단둘이 있을 때에나 허락된다. 남의 눈으로 보면 호텔이나 여관방에 들어가는 남녀에게서 아름다움이나 정당함은 찾기 어렵다. 나를 겨냥한 투서에서 잘 표현했듯이 '문란한 사생활'일 뿐이다. 가장 냉정한 타인의 눈인 신문 기사를 빌리자면 현석은 '밤에 여관방을 전전하며 정을 통해온 정부'에 지나지 않는 것이다.

나는 세 대째의 담배에 불을 붙이고 있다.

박지영이 내 연구실을 나가며 한 말을 곰곰이 생각해본다.

"안 그래도 재단에서 누구 하나 쫓아내고 자기 사람 심으려고 야단인데, 하필 이럴 때 투서가 들어갈 게 뭐예요. 조용히 지나가진 않을 것 같고 강선생, 어떡해. 누구 짚이는 사람 없어요?"

"글쎄요……"

"그래도 상대 남자 이름이나 소속은 익명으로 한 모양이더라구요. 아주 몰상식한 사람은 아닌가봐요."

내 눈앞에는 아무도 떠오르지 않는다. 의심한다는 것은 구차하고 졸렬한 일이다. 애거사 크리스티의 추리소설도 아닌데 의심 가는 사람들을 모두 소집시켜놓고 그중에서 범인을 지목하는 마지막 장면을 연출하려는 식이다. 더욱이 나는 탐정도 아니다. 굳이 구분하자면 오히려 사건을 일으킨 범인 쪽에 가깝다.

이번에도 삶은 나를 앞질러 갔다.

아무리 용의주도한 척하고, 미리 잘못된 경우를 예상함으로써 불행에 대비한다고 해도 다 소용없는 일이다. 정해진 일은 피할 수 없다. 인간이 자유의지로 자기가 갈 길을 선택하는 것 같지만 그것은 삶이 내주는 예제 중에서 하나를 선택하는 것뿐이다. 행동은 인간이 하지만 삶은 운명이 결정한다.

3

"언니, 일찍 왔네?"

애리의 말이 끝나기도 전에 그녀의 등뒤로 전화벨이 울린다.

애리가 뛰어가서 전화기를 든다.

"여보세요. 네, 맞는데요."

애리는 몸을 내 쪽으로 빙글 돌리더니 "지금 있냐구요?"라고 말하면서 힐끗 내 얼굴을 쳐다본다. "잠깐만 기다리세요" 하고 손바닥으로 수화기를 가린 채 "되게 딱딱거리는 여자네?"라며 전화기를 건네주는 애리의 입술이 뾰로통하게 나와 있다.

"여보세요."

"오랜만이네요."

감정을 억누르고 있는지 이죽거리는 것인지 어쨌든 고저가 일정하지 않고 흔들리는 목소리이다. 돌아가는 선풍기의 날개에 대고 말할 때 나는 소리 같기도 하다.

"누구시죠?"

"전에 한 번 만난 적 있을 텐데요. 우리 남편하고야 자주 만나겠지만."

"아, 안녕하세요."

나는 갑자기 다급한 눈으로 담배를 찾는다.

내가 애써 담담하게 인사를 하는 게 고깝다는 듯이 그녀는 벌써

부터 시비조로 나온다.

"누군지 알고나 하는 인사예요?"

"알고 있어요."

"어떻게 알죠? 내가 전화할 거라고 누가 말해주던가요?"

내 침묵에 대고 빰을 갈기듯 그녀의 목청이 높아진다.

"내가 그동안은 몰라서 가만있었는 줄 알아요? 경애 언니 얼굴을 봐서 참고 있었더니 이젠 집으로 전화까지 하고…… 어젯밤에도 내가 받으니까 끊어버렸죠? 누굴 바보로 아나."

그때부터 종태 아내는 일방적으로 말을 쏟아놓는다. 표현도 반말투로 점점 과격해진다. 말을 늘어놓으면 놓을수록 참았던 화가 새록새록 도지고 스스로의 목소리에 흥분이 고조된다.

"대학교수라는 사람이 남의 남편하고 그래도 되는 거예요? 그러고도 언제까지 그렇게 뻔뻔스럽게 학생들을 가르칠 수 있나 어디 한번 두고 보자구!"

이 말을 끝으로 그녀의 전화는 콱, 쥐어박듯이 끊어진다. 애리가 물을 한 잔 갖다준다.

"무슨 전환데 그렇게 아무 말 못해?"

4

현석은 담뱃갑으로 손을 뻗는다. 나도 담배를 꺼내 문다. 현석이 내 담배에 먼저 불을 붙여준다. 그러고는 연기를 한 번 길게 뱉은 다음 그 연기를 피해 눈을 찡그리면서 입을 연다.

"차라리 잘됐어."

"뭐가?"

"빨리 결혼하면 돼. 남녀관계란 결혼하면 다 면죄부를 얻으니까."

"소문은 평생 안 지워져."

현석의 눈이 내 눈을 붙들고 놓아주지 않는다. 그리고 천천히 말한다.

"기억나? 약해 보일 때만 내 것 같다고 했지. 그 말이 주문이었나봐."

웨이터가 스테이크와 와인이 든 쟁반을 가져와서 식탁을 차리기 시작한다. 나는 생각 없이 창 쪽을 바라본다. 어둠이 깊숙이 밀려와서 커다란 창은 거울이 되어 있다. 그 어둠의 거울 속에 한 남자와 여자의 모습이 들어 있다. 여자가 보는 것은 자기 자신이다. 언제나 나를 바라보는 또하나의 나. 거기에서 벗어나지 못하는 한 누구와도 합해지지 않는다. 그때 남자가 천천히 얼굴을 돌려 여자를 바라보았으므로 내 시야에서 여자는 사라진다. 나는 고개를 돌려 흰 식탁보 위의 포크를 집어들고 있다.

5

조교는 어쩐지 내 눈길을 피한다. 조교가 왔다 간 뒤 우편물을 뒤적이던 나는 기다리던 책이 빠져 있음을 알았다. 내 원고가 실린 학회지가 지난주에는 도착해야 했다. 빠뜨린 우편물이 있는지 확인하려고 연구실 문을 열었을 때 나는 후닥닥 흩어지는 발소리를 들었다. 복도에서 다른 조교들과 수군거리고 있던 조교는 순진한 성격대로 대번에 얼굴이 빨개지며 "네, 교수님?" 하면서 다가온다. 나는 그들의 흥미진진한 화제를 장본인이 나타나서 중단시켰음을 눈치챈다.

어김없이 박지영이 찾아와서 빠르면 이번주 안에 교수 회의가 열릴 거라는 소식을 전한다.

"조금 전에 문창과 김선생 만났는데 거기에도 벌써 소문이 돌았나봐요. 사생활인데 설마 학교측에서 이래라저래라 참견하겠느냐고, 그러면서도 강선생 걱정 많이 하더라구요."

"내 걱정을요?"

박지영의 목소리가 조금 뾰족해진다.

"김선생이 원래 강선생 생각 많이 해주잖아요. 나한테도 몇 번이나 그러던데, 강선생 매력적인 사람이라고. 질투 날 정도예요."

사생활이 문란하다고 패대기를 당하는 판에 그것이 다 매력적이어서 생긴 일이라니, 이 마당에 그걸 위로라고 하고 있는 박지영에게는 확실히 맹한 구석이 있다. 그렇다고 해서 사실은 내가 매력적인 게 아니고 계산적이고 간교하기 때문이라고 길게 설명을 늘어놓을 기분도 아니다. 박지영이 말을 잇는다.

"사실 김선생이 그런 걱정 하는 거, 다 겉 다르고 속 다른 걸 거예요. 자기도 재단 쪽에 줄을 대서 들어온 처지인데 이런 일에 누구 편이겠어요."

이런 말을 할 때 보면 또다른 모습이다.

교수 회의는 며칠 뒤에 열렸다. 그 회의의 자초지종을 전한 것도 박지영이다.

"사람 마음이 참 간사해요. 다들 재단측의 의중을 알기 때문에 알아서 기는 거 있죠."

"무슨 말이에요?"

"투서 내용과 아무 상관 없는 얘기도 많이 나왔어요. 강선생이 평소에 교수의 품위를 안 지킨다는 둥 불성실하다는 둥. 사람들이 어쩜……"

교수 회의에서도 투서 처리를 두고 뚜렷한 결론이 나지는 않은 모양이었다. 모두들 나와 친하지 않다거나 나를 좋아하지 않는다는 자신의 입장을 밝혔을 뿐이다. 하긴 교수 회의란 의결기관은 아니다. 학내에서 발생한 불미한 사태에 비상한 관심과 책임감을 느낀다는 의사표시를 하기 위한 회합이었다.

징계위원회 따위가 소집될까봐 걱정을 해주던 박지영은 교수 회의가 성토만 무성하고 결론 없이 흐지부지 끝난 것이 불만이라는 말투이다.

“다들 말만 앞세울 뿐이지, 나서서 어떻게 하자고 결론을 짓는 사람이 없더라구요.”

나는 박지영을 쳐다본다.

“그래도 다행이에요. 시험 기간이라 학생들하고 강의실에서 마주칠 일은 없잖아요. 강의실에서 학생들 얼굴 쳐다보기 힘들었을 텐데……”

“왜요?”

“강선생도 참. 그런 소문 듣고 학생들이 강선생을 이상하게 쳐다볼 거 아녜요. 그런 분위기에서 어떻게 강의를 해요.”

“선생에게도 사생활이 있다는 게 뭐가 이상하겠어요?”

“사생활이 좀 문제가 있으니까 하는 말이죠.”

그 말을 불쑥 던진 뒤 박지영과 나는 다음 순간 동시에 입을 다문다. 그녀의 생각이 다 옳다는 것은 아니지만 보편적이긴 하다. 내가 입을 다문 것은 미안해할 필요 없다는 뜻이었다.

교수 회의는 며칠 후에 다시 열렸다. 이번에는 연말 기분 덕분인지 성토를 짧게 끝내고 나서 회식 분위기로 이어졌다는 박지영의 보고였다. 물론 그녀는 내 자리로 오기로 한 교수 내정자가 누구라는 것까지 전해주었다.

연구실로 불쑥불쑥 익명의 전화가 걸려오는 일이 종종 있었다. 따끔한 훈계를 한 다음 더이상 자식을 맡길 수 없으니 알아서 나가달라고 말하는 축은 그래도 점잖은 편이었다. 전화를 받자마자 흥분한 목소리로 다짜고짜 욕을 해대는 오십대쯤 된 여자도 있었다. '교내에서 당신의 방자한 행동을 여러 번 목격한 바 있는 같은 학교 교수'라고만 신분을 밝힌 사람이 나에게 '교수의 명예를 더럽히는 한 마리의 미꾸라지이자 윤리 사회의 독버섯'이라는 칭호를 내리기도 했다.

변론의 기회를 주는 사람도 있었다.

"다른 사람도 아니고 지성을 가르치는 대학교수가 그래도 되는 거요? 어디 할말 있으면 한번 해봐요."

하지만 나는 아무 대답도 하지 않았다.

대학원 다닐 때도 그랬다.

내가 상현과 동거한다는 소문이 쫙 퍼져 있었다. 누군가는 난처한 표정을 지으면서도 내 입을 통해 사실을 확인하려고 짓궂은 질문을 했고, 식당에서 만난 한 여학생은 마치 내가 아닌 상현이 소문의 피해자인 것처럼 나를 적대했다. 그때도 나는 변명을 하지 않았다. 의심을 하는 사람의 마음속에는 반론이 백 가지쯤은 준비돼 있는 법이고, 나는 남으로 하여금 내 말을 믿게 할 만큼 호감을 얻는 일에 전혀 자신이 없었다.

나는 익명의 전화를 받을 때마다 내가 이렇게 빠른 속도로 남의 입에 오르내리게 된 데에서 정보사회의 위력을 실감했다. 그리고 박지영이 말해주어서야 이 모든 것이 학교 게시판에 붙은 출처 불명의 야릇한 대자보 때문이라는 것을 알았다. 거기에는 투서의 내용이 주간지 기사처럼 흥미롭게 인용돼 있는 모양이었다.

시험이 시작된 이후 띄엄띄엄 학교에 나가던 나는 아예 집에 틀어박혔다.

6

날씨가 추워지면 포장마차에는 온기가 있어 보인다. 밤에만 나타나는 아파트 앞의 포장마차에도 꽤 손님이 많다. 내가 들어갔을 때 종태의 앞에 놓인 소주병은 벌써 반 넘게 비워져 있고 곰장어도 식어 있었다.

"오랜만이다. 사회부로 복귀해서 그동안 좀 바빴어."

정직 기간 중에 종태는 자주 연락을 해왔다. 그때가 좀 특별했던 것이지 한 달 만이란 게 원래의 종태로서는 그리 오랜만도 아니다.

"빨리 돌아가서 다행이네."

"그야 써먹을 만하니까. 이종태를 썩혀두면 아쉬운 게 한두 가지겠냐?"

그의 목소리는 자신만만하다. 허망한 야심을 다 버리고 사랑만이 진정한 가치임을 깨달은 사람처럼 굴 때와는 딴판이다. 사람이 달라진다고 해야 일시적인 일이다. 코앞에 시련이 닥쳐 있을 때만 겸손해질 뿐이다. 하기야 시련이라는 코스를 통해 사람들이 모두 다 건전하게 개조된다면 세상은 고리타분해질지도 모른다.

"보고 싶었어" 하고 말하는 그의 눈빛 속 강렬한 연출도 돌아와 있다. 지난번 보았을 때의 슬픈 듯한 애틋함이 아니다.

종태가 따라주는 대로 소주를 받아 마신다. 첫 모금인데도 억지로 넘어간다.

종태는 민완 기자로 돌아간 이후 자신의 눈부신 활약상에 대해 이야기를 늘어놓는다. 여전히 재미있을 수밖에 없는 말솜씨이다. 그런데도 나는 마음이 시들하다. 술맛도 쓰기만 하다. 보도블록 위에 굴러다니는 나뭇잎을 물끄러미 바라보다가 건너편 아파트 단지의 불빛을 쳐다본다.

술을 단숨에 털어넣은 다음 다시 병을 기울이며 종태가 아내 이야기를 꺼낸다.

"신경이 너무 날카로워졌어. 며칠 전에는 정신과에도 갔었던 모양이야. 신경애씨가 혹시 말 안 해? 신경애씨가 자기 다녔던 병원을 소개해줬다고 하더라구."

나는 종태의 아내보다 경애가 병원에 다녔다는 말에 더 놀란다.

"몰랐어? 집 잡혀갖고 주식 하고 뭐 그러다가 큰 손해 봤을걸? 집사람 말로는 일이 터진 다음에야 남편이 알고 한바탕 난리가 났다고 하던데."

고지식한 사람은 고지식한 대로의 인생이 있다. 고지식한 채로 살면 어때서 맞지도 않게 억지로 자신을 바꿔보려 했을까. 고지식하게시리.

"아무튼 집사람이 나를 굉장히 의심하고 있어."

"알아."

"뭐? 전화 왔었구나?"

종태가 털어놓는 이야기는 내 짐작대로이다.

종태에게 최근 가까이 지내는 여자가 있었다. 그런데 상대 여자는 주의력이 없거나 초보이거나 배짱이 셌던지 종태의 와이셔츠에 립스틱 자국을 남겼다. 그리고 종태의 아내는 그 흔적을 남긴 것이 나라고 생각하고 있다.

나는 어쩌다 종태의 차에 타게 되면 반드시 시트에 머리카락이 떨어지지 않았나 확인한다. 그가 갑자기 격하게 나를 끌어당겨 안는 경우에도 화장품이 옷에 묻지 않도록 고개에 힘을 주고 버팅겨가면서 단계적으로 안긴다. 주의력도 있고 초보도 아니며, '사랑하는데 남의 남자가 무슨 상관이에요'라며 속마음을 막무가내로 털어놓을 배짱도 없는 것이다. 분명 나는 아니다. 하지만 내가 주의하는 것만 가지고는 종태와 나의 관계가 보안을 유지할 수 없었다. 나 다음에 오는 새 여자까지 들키지 않도록 주의해야만 전임인 나의 비밀까지 지켜지는 거였다.

종태는 그 여자가 스쳐지나가는 여자일 뿐이라는 말을 몇 번이나 되풀이한다. 아내 이외의 애인이란 존재는 이미 감정의 자유를 인정한 위에 성립된다. 아내에게는 질투가 허용되지만 나머지는 어차피 다 같은 처지이다. 그러므로 나에게는 아내에게 하듯이 변명을 하지 않아도 된다. 종태의 우려와 달리 내가 마음을 쓰는 것은 최근의 여자가 아니라 그의 아내 쪽이었다. 내가 남긴 흔적이 아니므로 나와 상관없다고 말할 수는 없는 일이다. 가능성이 얼마든지 있는 일인데 실제 일어나지 않았다고 해서 관계가 없다고 하는 건 뻔뻔스럽다.

"미안하다. 이런 얘기까지는 안 하려고 했는데. 집사람이 너를 만나러 가야겠다고 하길래 말야."

"……"

"진짜 만나러 올지 모르는데, 진희 너, 괜찮겠냐?"

"벌벌 떠는 거 안 보여?"

종태는 안심한 듯 껄껄 웃는다. 그런 다음 정색을 하고 나를 똑바로 바라보며 이렇게 덧붙인다.

"다시 말하는데, 그 여자랑은 아무것도 아니야. 일 때문에 알게 됐는데 자꾸 전화를 하더라구. 이해하지?"

나는 고개를 끄덕인다.

"다 말하고 나니까 시원하다. 자, 한잔하자."

그런 다음 우리는 아마 소주를 한 병쯤 더 마셨던 것 같다.

내 아파트로 같이 올라가자는 종태에게 애리가 왔다는 얘기를 해준다. 그는 "그럼 택시 타고 나가자"고 하더니 그럴 필요까지 없는데 기어이 "너하고라면 지옥인들 못 가겠냐"고 과장되게 덧붙인다. 내가 거절하자 제풀에 화내는 척하면서 "너, 내가 그 여자랑 깊은 관계라고 오해하는 거 아니지?" 하고는 이번에도 또 아무 소용 없이 자기가 사랑하는 것은 나뿐이라고 순정을 맹세한다. 그러고는 나의 배웅을 받으며 택시를 타고 어디론가 떠난다.

종태와 나의 관계에는 환상이 없다. 그래서 오랫동안 내 곁에 있는 건지도 모른다.

아직은 괜찮다

1

영화에서 이따금 격렬한 싸움 장면을 본다. 분명히 주인공이 이기게 되어 있다. 그런 믿음에도 불구하고 엎치락뒤치락하는 긴박한 상황은 숨조차 크게 쉬지 못하게 한다. 고통스러워하면서도 화면에서 눈을 뗄 수가 없다.

그런 긴박한 장면을 보면 나는 누가 이기든 빨리 싸움이 끝나기만을 바란다. 누군가 한 사람이 총을 뺏으면 그게 냉전시대의 소련 스파이든 터미네이터든 상관없이 안도의 한숨을 내쉰다. 격투 끝에 총자루를 뺏긴 사람. 땀에 번들거리는 그의 얼굴은 차라리 평화롭다. 고통스러운 것은 싸움이지 승부가 아닐지도 모른다.

2

이따금 나는 내가 왜 현석을 사랑하는지 생각해보곤 한다.

현석은 내 마음에 드는 것을 많이 가지고 있었다. 쳐다보고 있으면 기분이 좋아지는 옆얼굴이나 모든 화제에 언제나 한마디쯤 냉소적인 논평을 던질 수 있는 식견, 적당한 공통 화제 따위의 몹시 구체적인 것들. 또 나무가 많은 모교의 아름다운 캠퍼스에 있는 현석의 연구실 역시 내 마음에 드는 것 중 하나였다.

그 밖에도 그가 가진 오래된 가죽끈 시계, 코듀로이 재킷과 그 안에 즐겨 받쳐 입는 폴로셔츠, 몽블랑의 마이스터 스틱 만년필, 타탄체크가 들어 있는 손수건, 그리고 사용하는 어휘들, 단문으로 말하는 버릇, 희고 긴 손가락, 손가락을 세운 채 두 손을 깍지 끼는 버릇도 좋아했다.

그러나 그런 것은 사람을 만나는 첫 단계에서 관심을 불붙여줄 수는 있지만 사랑을 키워줄 수는 없다. 게다가 나는 어떤 타입의 남자를 고집하는 성격이 아니다.

사랑하는 이유를 알 수 없을 때 비로소 사랑한다고 말해도 되는 게 아닐까.

현석은 내게 사랑한다고 말한다.

길을 가던 아이 하나가 돌부리에 걸려 넘어진다. 사람들은 땅에 엎드린 채 울고 있는 아이를 안쓰럽다는 듯이 쳐다본다. 다친 데는 없니? 하면서 안아 일으켜준다. 그런데 넘어지자마자 발딱 일어나서 아무렇지도 않은 척 다시 걸어가는 아이가 있다고 하자. 그러면 누구나, 참 쪼그만 게 독하네, 하고 생각할 것이다. 물론 아무도 안아주고 싶어하지 않는다. 그 아이는 어린애치고 너무나 일찍부터 타인이란 것을 의식하게 되었기 때문에 속마음과는 전혀 달리 남에게 안기기를 싫어하는 것처럼 보인다. 현석은 아무렇지도 않은 척 걸어가고 있는 그 아이의 무릎에서 피가 흐르는 것을 자기는 이제야 보게 되었다고 말하고 있는 것이다.

이유가 있는 사랑은 상대로 하여금 이유를 제공해야 하는 부담을 준다. 사랑이 무거워지는 것이다.

3

애리는 여전히 집안을 어지럽히고 다시 그것을 치우느라 종일 부산하다. 나를 위한답시고 끊임없이 스파게티니 마파두부니 라면이니 하는 요리를 만들고 하루에도 네댓 번씩 설거지를 부탁한다.

"교수는 정말 방학 때문에 할 맛 나겠다. 이렇게 내가 해주는 거 먹으면서 노니까 얼마나 좋아."

"안 먹어도 좋으니까 가만 좀 내버려둬라. 교수들은 방학 때 노는 게 아니라 앓는 거야. 시간 있을 때 앓아놓아야 또 줄기차게 떠들지."

나는 애리가 끓여준 커피를 들고 방으로 들어간다.

학생들의 시험지를 끌어다가 채점을 하기 시작한다. 그리고 거기에 몰두해버린다.

겨울 해가 짧긴 한 모양이다.

채점을 끝마치기까지 한 시간 정도밖에 걸리지 않은 것 같은데 책상에서 고개를 드니 방안이 꽤 어두워져 있다. 일어나서 불을 켜고 싶지는 않다. 의자에 깊숙이 앉아 머리를 등받이에 기대고 창을 쳐다본다. 창밖이 점점 어둑해지고 있다.

나는 창문이 어둠으로 물들어가는 것을 계속 응시하고 있다.

어둠에서 불빛으로 넘어가는 찰나에 대해 생각해본다. 그 불완전하고 찰나적인 시간에 포착된 너의 얼굴.

너의 얼굴. 번개처럼 금이 가 있는가.

방안은 완전히 어두워졌다. 나는 의자 등받이에 머리를 축 늘어뜨린 채 시체처럼 평화로운 마음으로 어둠을 맞아들인다. 어둠이 들어찰수록 방은 오히려 가벼워지고 의자 속의 내 몸도 가벼워진다. 허공으로 떠오를 것만 같다.

어느 영화의 시작에서 내레이션이 나온다.

— 오십층 건물에서 사람이 떨어지고 있다. 그는 말한다. 아직은 괜찮아, 라고. 그러나 그것은 문제가 아니다. 문제는 착륙이다.

하지만 어쨌든, 아직은 괜찮다. 떨어지는 동안은.

서랍을 열고 깨끗한 에이포 용지를 한 장 꺼낸다. 약간 큰 글씨로 사직서라고 쓴다.

거실로 나와보니 고소한 기름냄새가 가득차 있다. 싱크대 위의 쟁반에 굴과 새우가 튀김옷을 입고 겹쳐 누운 게 보인다.

4

성적표만 제출하고 돌아올 생각이었다. 그러나 강당 옆에 차를 세우고 내리자마자 나는 김교수와 맞닥뜨렸다. 자동차 문을 잠그고 있던 김교수는 나를 향해 어색한 미소를 지어 보인다. 어쩔 수 없이 나와 김교수는 나란히 걷기 시작한다.

"강선생, 남들 말에 신경쓸 필요 없어요."

나는 한 손으로 머리카락을 쓸어올리며 조금 웃는다.

"말하기 좋아하는 사람들, 잠시 떠들어대다가 그만둘 거예요. 한국 사람이 원래 쓸데없이 흥분도 잘하지만 또 잊어버리기도 잘하잖아요."

날이 흐려서 하늘이 잔뜩 내려앉아 있다. 연구실이 있는 본관까지 가는 길이 꽤 멀게 느껴진다. 아무 대꾸도 하지 않고 가자니 상심한 사람 같고 그러면 김교수가 더욱 위로를 하려 들까봐 여간 거북한 게 아니다. 그때 떠오르는 게 애리 이야기이다.

"여름방학 때 파리에서 제 동생을 봤다고 했죠? 지금 집에 와 있어요."

"아, 그 멋진 동생? 들어와서는 뭐해요?"

"전에 있던 직장으로 다시 들어가게 됐나봐요. 조그만 프로덕션이에요."

"디자인 공부는 그만뒀나요? 대학 때 전공이 뭐였는데 프로덕션에서 일하죠?"

"신방과를 다녔어요. 저하고는 동문이죠."

김교수는 고개를 끄덕이더니 무슨 생각을 하는지 한참을 말없이 걷는다. 이윽고 내 쪽을 쳐다보며 입을 떼는데 애매한 표정을 짓고 있다.

"강선생, 내가 강선생한테 미안한 일이 한 가지 있는데……"

내가 그를 쳐다본다.

"강선생 모교 신방과에 내 친구가 있다고 했잖아요. 얼마 전에 그 친구를 만났더니 강선생 이야기를 하더라구요. 자기 과 동료 교수하고 강선생이 가까운 사이라고 말이죠."

현석이 내 얘기를 누군가에게 했다는 것은 뜻밖이긴 해도 놀라운 일은 아니다. 상대가 나를 소개받으려 했던 사람이고 보면 그 말을 한 의도도 짐작이 간다. 그 말이 김교수의 귀에 들어갔다는 것 역시 놀라운 일은 아니다. 내가 놀란 것은 김교수의 다음 말이다.

"투서에 그 모교 교수 얘기도 있다면서요? 그 말 들으니까 뜨끔하더라고요. 내 입에서 무심코 나온 말이 누구 귀에 들어간 게 아닌가 싶어서. 근데 뭐, 그렇진 않았을 거예요. 나는 그 말을 박지영 선생한테밖에 한 적이 없으니까."

"박지영 선생이요?"

"난 그냥, 강선생하고 박선생이 친하니까 알고 있을 거라고 생각하고 말이죠. 그, 황인욱 선생 고희 출판기념회 했잖아요. 비 많이 오던 날. 그날 밤 둘이 한잔하는 자리에서 나온 얘기예요."

김교수는 제풀에 갑자기 당황한다.

"아, 저기. 박지영 선생하고 나는 그냥 친구예요. 가끔 영화나 보고 전시회나 같이 가고, 오해는 하지 마세요."

다행히 본관에 닿았으므로 나는 김교수와 헤어질 수 있게 되었다.

연구실에 들를 마음은 없다. 곧바로 조교실로 가서 성적 처리한 서류를 전해주고 학과장 방의 문을 두드린다. 학과장은 연구실에 없다. 바로 앞방인 박지영의 연구실 문을 두드리니 언제나처럼 기운 없는 대답 소리가 들려온다. 천천히 손잡이를 돌리며 나는 문 위에 붙은 '박지영 교수'와 '재실'이란 글자를 물끄러미 쳐다본다.

소파에 기대앉아 있던 박지영은 몸을 일으키며 반갑게 웃는다.

"성적 내러 나왔어요?" 하더니 다음 순간 이내 얼굴을 흐리며 "별일 없죠?"라고 걱정을 해준다. 그러는 한편으로 내 옷차림을 훑어보며 "그 머플러 어디서 샀어요? 왜 내 눈에는 그런 게 안 띄는 거지?" 하는 말도 빠뜨리지 않는다.

"앉아요. 차 마실래요?"

"한 잔 주세요."

박지영은 벗어놓았던 슬리퍼를 찾느라고 소파 아래로 고개를 숙인다. 한 짝은 뒤집힌 채 탁자 밑에 굴러다니고 지저분한 밑창이 비어져나온 또다른 한 짝은 멀찌감치에서 뒹굴고 있다. 내가 탁자 밑의 슬리퍼를 찾아 집어주자 그녀의 얼굴이 붉어진다.

"요즘 왜 이렇게 몸이 무거운지……"

변명 비슷한 혼잣말이다. 주전자를 꺼내는 박지영의 뒷모습을 보니 자신의 말처럼 확실히 좀 무거워 보인다.

"박선생, 혹시 임신 아네요?"

"무슨 소리예요. 남편이 수술한 지 사 년이나 됐는데."

박지영의 목소리가 높다. 조금 전 김교수처럼 갑자기 당황한 목소리이다.

"내가 전에 중절수술 할 때하고 증상이 비슷해 보여서 그런 건데, 아니군요."

그녀는 금방 얼굴이 상기된다. 예전의 나 같으면 또 한번 '속마음을 저렇게 잘 들키니 노름하고 싸움에는 끼지 말아야 할 사람'이라고 속단했을 것이다.

"강선생 수술받은 적 있어요?"

"그것까지는 몰랐나봐요?"

박지영이 나를 멍청히 쳐다본다.

나는 찻잔을 들어 커피를 마신다. 커피는 그새 식어 있다. 그녀는 찻잔 안에 든 식은 커피처럼 아무 소리 안 하고 웅크리고 있다.

누구나 다 남을 상처 입히며 살아갈 수밖에 없다. 그런 일은 매일 일어난다. 내가 맞은 화살이 어디서 날아왔는지 일일이 추적할 수도 없거니와 바람이 불어 내 쪽으로 날아온 것을 두고 책임 추궁을 하려다가는 자기 연민만 많아질 뿐이다. 나는 누구에게 용서를 빌지도 않지만 내게 용서를 빌 만한 사람과 오래 대면하고 싶지도 않다.

악의를 해소하고 나니 자리를 떨치고 일어나기가 훨씬 쉬워진 것 같다.

나는 가방에서 사직서를 꺼내 심상하게 박지영의 책상 위에 놓는다.

"이게 뭐예요?"

"학과장이 방에 없네요. 박선생이 나중에 좀 전해줘요."

나는 박지영에게 마른 웃음을 지어 보인다.

"난 사람이 간교해서 질 것 같은 싸움은 미리 포기하거든요. 솔직히 말하면 나한테는 교수 노릇이 안 어울려요. 박선생 같은 소신도 없고 열심이지도 않고……"

"학생들한테 인기는 많잖아요."

박지영은 기어들어가는 목소리일망정 그래도 한마디한다.

12월의 교정은 마르고 앙상한 것들로 가득차 있다.

길을 따라 천천히 걸어내려오며 나는 어린 시절 전학 가던 때를 생각한다. 한겨울이었다. 아버지와 함께 교무실에 들어서자 톱밥 난로 앞에 앉아 있던 담임선생이 부스럭 일어났다. 정말 서운한데요? 어디 가든 이놈은 공부 잘할 겁니다. 손을 호호 불어가며 잉크를 찍어 서류를 다 채운 선생은 눈을 가늘게 뜨고 서운하다는 말을 한번 더 되풀이했다. 슬리퍼를 끌고 현관까지 따라나와 우리를 배웅도 했다.

나무가 심어진 자갈길을 따라 교정을 걸어나가면서 뒤를 돌아보던 아버지가 말했다. 진희야, 선생님 아직도 저기 서 계시는데 돌아서서 인사 한번 더 하고 가지 그러냐. 그러나 나는 그냥 터벅터벅 걷기만 했다. 이 학교에 오 년이나 다녔는데, 서운하지? 라고 아버지가 다시 말했을 때에도 눈앞을 가로막는 성가신 잔 나뭇가지만 함부로 부러뜨리며 말없이 걸을 뿐이었다.

뒤돌아보기도 싫었고 서운해하기도 싫었다. 사람의 삶에 헤어짐이 수없이 많다는 것을 알고 있었다. 마음을 완전히 부려놓을 수 있는 장소, 거기에서 영원히 멈출 만한 시간이란 없었다. 삶은 흘러가는 것이다. 그 흐름에 따라 주소를 옮기는 것뿐인데 일일이 헤어짐을 기억할 필요는 없다.

모든 사람은 끝을 향해서 가고 있다. 누군가 스톱워치를 누르고 묻는다. 괜찮아요? 아직은요. 자, 그럼 또 시작하죠. ……그러니 걸어갈 뿐이다. 아직은 괜찮다.

의심을 찬양함

1

—당신들이 현명하여 너무 믿을 만한 약속은 하지 않기를 나는 바랐었다.

—확고 불변의 진리를 부정하면서 오 멋져라, 머리를 옆으로 흔드는 것은!

—물론 당신들이 의심을 찬양하더라도, 절망적인 것을 의심하는 것은 찬양하지 말아라! 스스로 결단을 내리지 못하는 사람이라면 의심할 수 있는 능력이 무슨 소용이 되겠느냐. 너무 빈약한 근거에 만족하는 사람은 잘못 행동할지도 모른다. 그러나 너무 많은 근거를 요구하는 사람은 아무런 행동도 하지 못하고 위험 속에 머

물게 마련이다.

오늘 읽은 시이다. 제목은 '의심을 찬양함'.

2

애리가 새어머니 집에 다니러 간 지 이틀이 지났다.

하루종일 비디오를 보고 소설책을 읽으며 시간을 보낸 나는 밖이 어두워진 것을 알고 소파에서 일어난다. 냉장고 안에는 애리가 만들어서 넣어둔 음식이 여러 가지 있다. 그러나 입안이 깔깔해서 먹을 마음이 전혀 들지 않는다.

욕실에 들어가 욕조에 물을 받는다. 뜨거운 물에 목욕을 한 다음 집안의 모든 커튼을 다 닫고 맥주를 마시고, 그리고 잠드는 것. 그것은 스스로의 처방에 의한 나만의 심리 치료 요법이다.

맥주를 두 캔째 마시는데도 전혀 취기가 오지 않는다. 음악을 틀까 하다가 그만둔다. 음악 틀어놓고 술 마시는 일은 작위적이라서 간지럽다. 그러다가는 간지러움에 도취한 나머지 탁자 위에 뺨을 대고 울어야 할지도 모른다. 세번째의 캔을 꺼내기 위해 냉장고 문을 여는데 전화벨이 울린다. 현석일 것이다.

나는 마음속으로 숫자를 헤아리다가 벨소리가 열 번을 넘어서자 그제서야 전화기를 든다. 전혀 안 취한 것은 아닌 모양이다. 절박함도 없이 나를 찾는 사람은 상대해주지 않으리라는 거만한 작정이 드는 걸 보면 말이다.

"저녁 먹었어?"

혼자라거나 혹은 취했을 때 다정함처럼 사람을 약하게 만드는 것도 없다. 현석이 다정해서 불만스럽다.

"안 먹었어."

"같이 먹자. 여기 신촌인데 내가 그쪽으로 갈게."

"약속 있어서 곧 나가야 돼."

현석은 눈이 올 것 같은 날씨라면서 옷을 단단히 입고 나가라고 이르고는 전화를 끊는다. 현석은 이렇지 않았다. 여자에게 다정하게 구는 일 따위는 유치하고 틀에 박힌 짓이라는 듯이 일부러 냉랭했다. 이른바 매너라고 하는 것에 대해서도 대범했다. 자기가 앞서서 문을 열고 나갈 경우에도 내가 나갈 때까지 그 문을 붙잡아주는 법이 없었다. 현석을 믿고 주머니에 손을 넣고 나가다가 문이 닫히는 바람에 코를 깰 뻔한 적도 있었다.

현석에게서 다시 전화가 온 것은 두 시간쯤 지난 뒤이다. 이번에 나는 열세 번이나 벨이 울린 다음 전화기를 든다.

"나간다면서 벌써 들어왔어?"

"집으로 누가 오기로 해서 기다리는 중이야."

"알았어. 나 지금 명동인데 또 전화할게."

전화가 끊어지자 취한 나는 조금 서운하다. 그러나 한 시간도 안 돼 다시 전화벨이 울린다.

"나 신사동에 있어."

"아까부터 왜 계속 장소를 밝히는 거야?"

"당신한테로 가고 있어. 점점 포위망을 좁혀가면서."

내가 미처 대답도 하기 전에 전화는 끊어져버린다. 그리고 십 분쯤 지나자 전화벨 대신 현관 벨이 울린다.

현관문을 연다. 싸늘한 바깥공기가 코로 스미면서 밤하늘을 뒤덮은 하얀 눈송이가 현석보다 먼저 눈 속으로 달려든다. 현석의 어깨에도 눈이 수북이 앉아 있다.

현석은 현관으로 들어오자마자 나를 꼭 끌어안는다. 차가운 뺨과 차가운 외투의 감촉이 상쾌하다.

"나갈 약속도 없고 올 사람도 없었지? 그리고 동생도 없고. 다 알고 있었어."

차가운 그의 입술이 시원하게 느껴진다.

현석이 현관에 선 채 눈을 털고 들어와서 소파에 앉는 동안 나는 냉장고에서 맥주를 꺼내온다.

"커튼 좀 열어봐. 눈이 얼마나 많이 오는데 이렇게 꼭꼭 닫고 들어앉아 있어?"

현석의 말대로 거실의 커튼을 젖히자 유리문 가득히 함박눈이 날리고 있다. 우리는 나란히 앉아서 아무 말도 하지 않고 잠시 내리는 눈만 바라본다.

"작년 겨울, 생각나?"

여전히 시선은 눈 내리는 유리문에 둔 채 현석이 입을 연다.

"함께 영화 보고 나오니까 눈이 내리고 있었잖아. 당신은 어떤 모임에 가야 했지. 나는 언짢은 마음에 괜히 그 모임에 대해 험담을 했고, 또 그런 나 자신의 옹졸함 때문에 기분이 나빠지기 시작했어. 결국 아무것도 아닌 일로 화를 내고 먼저 자리에서 일어나버렸잖아. 당신이 붙잡아주길 바랐는데 가만히 있더라구. 그땐 그렇게 당신이 닿을 듯 말 듯 하는 데에 자주 기분이 상했던 것 같아. 혼자 눈을 맞으며 한참을 걸어가는데 도저히 헤어지고 싶지가 않았어. 정신없이 뛰어 돌아와보니 당신은 가고 없었지."

"아마 삼십 초 전이었을 거야."

현석이 웃으며 가볍게 입을 맞춘다.

"당신은 늘 내가 여러 애인 중의 하나라는 걸 환기시키곤 했어. 우리가 언짢게 헤어진 날들, 그때마다 이유야 달랐겠지만 사실은 다 그것 때문이었을 거야. 언제더라? 한 번씩은 식식거리면서 횡단보도를 건너가는데 말야. 다 건너기도 전에 벌써 후회가 되는 거야. 다시 당신한테 돌아가려고 신호등이 바뀌기만 기다리고 있는데 건너편에서 당신이 택시를 잡고는 그 안으로 들어가는 게 보이더라구. 초조하게 신호등을 쳐다보다가 파란불이 들어오자마자 뛰어갔지. 벌써 택시가 출발해버렸어. 그래도 계속 뛰어갔거든. 갑자기 내 모습을 쳐다보니 너무 우스꽝스럽게 여겨졌어. 누군가

보고 있었다면 횡단보도 위에서 왜 저렇게 우왕좌왕하는지 미친 녀석인가 했을 거야."

"나한테 미쳤으니까."

나는 계속 농담조이다.

"맞아. 그런 일이 힘들어서 몇 번인가 당신하고 정말 헤어질 뻔했지. 당신도 알다시피 나는 배타적이고 자기애가 강하잖아. 당신이 아니었다면 나는 남을 사랑하는 게 뭔지 끝까지 몰랐을지도 몰라. 난 운이 좋았어. 진정으로 남을 사랑해본 사람이 그렇게 많진 않을 거야."

"남을 진정으로 사랑할 수는 없어. 사랑이란 다 변형된 자기애일 뿐이야. 그런 감정이 필요하니까 자기최면을 거는 거라구. 지속되는 사랑이란 건 없어."

"내 감정은 내가 알아."

"나도 당신을 사랑해. 하지만 감정은 시간이 지나면 퇴색하게 마련이야. 어떤 날인가는 난 아마 지금 당신한테 품는 것과 똑같은 감정으로 다른 사람을 사랑하게 될 거야. 누구라도 받아들일 수 있어."

"누구라도? 그럼…… 김상현도?"

그의 입에서 뜻밖에도 전남편의 이름이 나온다. 상현은 현석의 선배이다. 직접 아는 사이는 아니라 하더라도 그 학교에 다녔던 사람은 누구나 상현의 이름을 알고 있다. 그리고 그 이름을 경칭

없이 부를 현석은 아니었다.

현석의 표정은 퍽 싸늘하다.

"그럼 내가 한번 증명해볼까? 지속적인 사랑이 있다는 걸?"

"그래. 시간 있으면."

"내가 평생 당신 뒤를 따라다니면서 인생을 탕진하면 믿겠어? 내 임종에 와서 말해줄래? 저런, 아직까지 나를 사랑하고 있었어? 그럼 세상에 사랑이 정말 있긴 있나보네? 그 증명을 더 확실하게 하려면 내가 오래오래 살아야겠구나. 몇 년이면 믿겠어? 오십 년? 백 년? 아니면, 천 년?"

"오천 년!"

현석은 농담할 기분이 아니다. 거칠게 맥주 캔을 집어 한 모금 마시고는 카펫의 무늬만 쏘아본다. 그의 손안에서 맥주 캔의 모서리가 조금씩 우그러지고 있다.

눈은 계속해서 내리고만 있다. 우리 사이에는 침묵만 흐른다. 거실의 유리문 밖에서 날리는 눈송이는 지치지도 않는다.

내가 입을 연다.

"나는 희망을 갖는 일이 두려워. 결국 적응하게 되고, 지속되기를 바라고 그런 것들 모두. 희망을 가지는 건 뭔가를 믿는다는 거야. 당신은 그 결과가 뭐라고 생각해? 삶은 늘 우리를 속인다구. 삶은 말야. 믿으라고 있는 게 아니야. 배신을 가르쳐주기 위해 있는 거야."

"의심하는 사람에게는 그렇겠지."

"무슨 뜻인지 알아. 아주 못 믿을 건 아니지. 조금은 믿게 해줘. 말하자면 당신의 청혼 같은 그런 희망, 기쁨의 순간이 있어. 하지만 그건 스쳐가는 일이야. 거기에 집착하면 인생이 무거워져. 빗방울처럼 발밑으로 떨어진다구."

삶은 폭력 남편과 비슷한 점이 있다. 때린 다음에 반드시 울면서 안아준다. 그리고 또 때린다. 아내들은 속는 줄 알면서도 믿는다. 절대 이혼하지 못한다. 사실은 이혼할 필요도 없다. 그런 과정 자체가 결혼이니까. 삶은 커다란 속임 속의 작은 믿음을 익혀가는 과정일지도 모른다.

"언제까지나 순간에서 순간으로 떠다닐 수는 없어."

"나는 인생에 자신이 없어. 그래서 가볍게 살고 싶어하는 거야. 난 내 인생을 사소하고 잘게 나누어서 여러 군데에 걸쳐놓고, 그리고 작은 긴장만을 갖고 그 탄성으로 살아갈 거야. 전부를 바쳐서 커다란 것을 얻으려고 하기엔 나는 삶의 두려움을 너무 빨리 알았어. 그리고 어쩌면 그것이 나를 지탱해주는 힘인지도 몰라."

"결국 결혼 안 하겠다는 말이군."

"희망을 가지면 난 약해져."

"나를 믿지 못한다는 말이고."

나는 대답하지 않는다.

순서에 있었다는 듯이 물끄러미 눈발만 쳐다본다.

또 한 묶음의 시간이 흘렀다. 내가 현석을 돌아본다.

"차 키 갖고 올게."

"바래다준다는 거야?"

현석은 입가를 실룩이더니 다음 순간 허탈하게 고개를 젓는다. 그러고는 말없이 소파 등에 걸쳐 있던 코트를 집어든다. 내가 방에 들어가 발목을 덮는 랩스커트와 스웨터로 갈아입고 나오니 그는 구두를 다 신고 현관에 서 있다.

"택시 타고 갈게. 길이 다 얼어붙었을 텐데, 술도 마셨고, 그냥 집에 있어."

"몇 시간 전에 조금 마신 것뿐이야. 상관없어."

"왜?"

나를 빤히 보는 현석의 눈 속에 복잡한 빛이 어린다.

"왜 꼭 바래다주겠다는 거야?"

나는 기운 없이 웃는다.

"그냥. 당신하고 같이 있고 싶어서."

현석은 현관에 선 채로 나는 벽에 기댄 채로, 우리는 잠시 쳐다본다. 현석이 먼저 돌아선다.

3

자물쇠를 풀고 현관문을 연다. 바람 한줄기가 휘잉, 하고 들이 치더니 기다렸다는 듯이 문간에 쌓였던 눈이 급하게 쓸려들어온다. 내가 부츠를 신는 동안을 기다리지 못하고 벌써 찬 기운이 발목을 타고 스커트 속까지 기어들어온다. 우리는 따뜻한 집을 떠나 일부러 추운 나라로 가는 어리석고도 불운한 사람들처럼 몸을 움츠리고 복도로 나온다.

엘리베이터 안에서, 그리고 경비실 앞을 지나며 둘 다 아무 말도 하지 않는다. 검은 어둠과 흰 눈, 밖은 흑백영화의 한 장면처럼 흰색과 검은색뿐이다. 외진 주차장 구석자리에 검게 웅크린 내 차도 하얀 눈에 완전히 덮여 있다.

우선 얼어붙은 창을 녹여야 운전을 할 수 있을 것이다. 나는 시동을 건다. 조수석에 들어와 앉는 현석의 입에서 하얀 입김이 나온다. 눈에 덮인 차 안에서는 밖이 하나도 보이지 않는다. 우리는 갑자기 세상으로부터 차단된 추운 얼음 성에 들어와 있는 듯하다.

히터의 스위치를 넣고 차창의 얼음이 녹기를 기다리는 동안 현석이 앞유리에 시선을 둔 채 담담하게 말한다.

"당신, 이제 나 안 만날 생각이지?"

내가 아무 대답도 하지 않자 그의 입에서 나오는 하얀 입김의 간격이 점점 좁아진다.

"물어보기가 두려웠어. 물어보면 당신이 그렇다고 할 것 같았고, 그러면……"

그다음 말은 힘겹게 이어진다.

"……돌이킬 수 없게 되니까."

나는 옆으로 고개를 돌려 현석을 바라본다. 현석도 나를 보고 있다.

갑자기 그가 두 팔을 뻗어 내 어깨를 거세게 끌어당긴다. 내 몸이 조수석 쪽으로 넘어지면서 그의 품속으로 들어간다.

그가 몸을 한껏 앞으로 기울여 내 양쪽 겨드랑이에 팔을 집어넣는다. 나는 현석이 이끄는 대로 변속기 레버를 타넘어서 조수석으로 건너간다. 팔꿈치가 혼 스위치를 눌렀는지 짧게 빽 소리를 낸다. 폭이 넓은 랩스커트의 한쪽 끝이 사이드브레이크에 비죽이 걸쳐져 있다.

마주보고 현석의 무릎 위에 다리를 벌리고 앉아서 나는 그의 머리를 감싸안는다. 현석이 내 스웨터를 올리고 드러난 가슴에 얼굴을 묻는다. 가로등 불빛이 차창에 쌓인 흰 눈을 뚫고 들어와 차 안에는 희미한 오렌지빛이 감돈다. 그 위에 두 사람의 가쁜 숨소리가 입김을 만들어 드라이아이스처럼 흩어질 뿐 사방은 조용하다. 레버를 누르자 시트가 완전히 뒤로 젖혀지면서 내 몸이 현석 위로 포개진다.

스커트 밑으로 들어온 현석의 뜨거운 손이 내 속옷에 닿는다. 얼마 안 가 벗겨져내려서 왼쪽 발목에 걸쳐진다. 그의 남방셔츠의 단추를 벗겨내는 내 손끝으로 심장의 박동이 전해져온다. 현석의 벨트 고리가 벗겨지는 가벼운 쇳소리. 그리고 바지가 끌어내려지며 다음 순간 내 몸에 그의 속살이 따뜻하게 닿는다. 우리의 몸은 순식간에 서로의 속으로 빨려들어간다.

내 두 팔은 현석의 머리를 가슴에 꼭 껴안고, 현석의 두 손은 내 엉덩이를 받친 채 우리는 폭풍우와 격랑 속에 버려진 작은 배처럼 필사적으로 노를 젓는다. 나는 그의 머리카락을 움켜쥐고 그는 내 가슴을 깨문다. 그러나 아닐지도 모른다. 우리의 몸은 하나였다. 내 가슴을 깨무는 감촉이 내 입술에도 느껴졌으며, 우리의 얼굴이 서로 엉켜 있어서 내가 잡아당기는 것이 누구의 머리카락인지 구별할 수 없었다.

현석이 숨가쁘게 중얼거린다. 이건, 저주야.

계속 눈이 내리고 있는 기척이 느껴질 뿐 차창 밖의 풍경은 하나도 보이지 않는다. 그러나 나는 본다. 창을 두텁게 덮고 있는 하얀 눈. 우리를 세상으로부터 차단시켜주고 사무치게 사랑하게 해주는 얼음의 벽. 우리는 여기서 이렇게 뜨겁게 서로의 깊이를 찾아 뒤척이고 있다. 저주라 해도 이대로 풀리지 말기를. 이렇게 함께 얼어붙어버리기를. 생이 얼마나 긴데 단 한순간도 멈출 수 없단 말일까.

그러나 신은 자기 식대로만 자비롭다. 한몸이 되는 저주는 언제나 풀리게 되어 있다. 저주를 푸는 주문이라도 되는 듯이 현석의 가벼운 신음소리가 들린 뒤 우리의 몸은 갑자기 허무한 결락 속으로 빠져든다.

추위를 느끼고 우리는 옷을 찾아 집어든다.

우리의 동작은 뜨겁게 몸을 합했던 사람들 같지 않게 너무나 침통하다.

이제야 엔진이 달궈졌는지 히터에서 나오는 바람에서 겨우 온기가 느껴진다. 현석은 주머니에서 담배를 꺼내면서 한 손으로 시가 라이터를 누른다. 빨갛게 달궈진 시가 라이터의 불빛이 현석의 입술에 물려 있는 담배로 옮겨진다. 나는 어둠 속에서 담배가 타 들어가는 것을 쳐다본다. 담배가 다 타면 그는 떠날 것이다.

담뱃불은 결국 꺼진다. 그리고 현석이 차문을 연다. 천천히 몸을 일으켜 차 밖의 얼음 땅에 한 발을 내딛는다.

현석은 차문을 닫기 전에 꼭 한마디한다.

"나오지 마."

얼음을 밟고 멀어지는 그의 발소리. 나는 곧 다른 남자를 사랑하게 될 것이다. 나는 곧 다른 남자를 사랑하게 될 것이다.

한참 후에 숙였던 얼굴을 든다. 히터에서 나오는 더운 바람에 차창을 덮었던 눈이 녹는 게 보인다. 현석과 나의 얼음 성은 금이 가고 있다. 앞유리 위의 눈은 덩어리가 되어 아주 느리게 아래로 미끄러진다. 그러자 균열 사이로 조금씩 어둠이 드러난다.

내 눈앞에 어둠이 다가오고 있다.

취한 밤

1

나는 상현을 기다리고 있다.

그날 밤 현석이 상현의 이름을 입 밖에 낸 데는 이유가 있었다. 상현은 독일에서 돌아왔다. 그동안의 고생이 컸기 때문에 사람들은 그가 신념을 굽힌 것쯤은 이해해주었다. 해외에 있는 많은 단체가 해체되는 시점이었으므로 당연한 일이기도 했다. 그는 동문들의 환영을 받으러 송년회 자리에 나타났고 현석은 거기에서 상현과 마주쳤다.

상현에게서 전화가 걸려왔을 때 나는 별로 놀라지 않았다. 기대도 불쾌함도 없었고, 왜 만나려고 하냐고 묻지도 않았다. 아무리 오랜만이라도 그와의 관계에는 당연히 정해진 일과와 같은 느낌이 남아 있었다. 그는 금화터널이 끝나는 지점에 있던 오래된 카페를 기억해냈다. 온통 노랗게 칠해진 벽에 손바닥만한 창구멍만 몇 개나 있어 마치 요새처럼 보이는 카페였다.

"그 집이 아직 있을지 모르지만."

"있어."

"그럼 거기. 일곱시야."

전화는 끊어졌다.

카페 안은 그다지 달라지지 않았다. 실내가 약간 밝아지고 새로 그림을 서너 개 걸어놓았을 뿐이었다. 맨 구석의 창가 자리에 앉은 나는 무심코 뒤쪽을 돌아보았다. 벽에 걸린 그림이 릭턴스타인의 〈물에 빠진 소녀〉였다. 현석과 자주 가던 카페에도 걸려 있던 패널이다. 그가 언제나 그 아래 앉곤 했으므로 얘기를 나눌 때마다 그 그림이 눈에 들어왔었다.

검은 단발의 소녀가 파도에 휩쓸려가고 있다. 꾹 감은 두 눈에 입술을 반쯤 벌리고, 한 손은 구조를 요청하듯 물위로 올라와 있다. 거칠고 흰 물살이 막 소녀의 이마를 덮으려는 순간이다. 절망에 빠진 소녀는 눈물을 흘리며 중얼거린다. 상관없어! 차라리 빠져도 좋아. 그래도 브래드에게 도와달라고 하지는 않을 거야.

나는 창밖을 향해 고개를 돌린다.

먼지가 가득 낀 작은 창구멍으로 밖을 내다보니 길 위에 움직이지 못하고 서 있는 자동차의 불빛이 길게 늘어서 있다. 연말이라 차가 많이 막히는 모양이다.

종업원을 불러 맥주를 주문한다. 약속 시간에서 삼십 분이 지나 있다. 상현은 나와의 약속을 잘 지키지 않는다.

남편으로서 상현은 결점을 많이 갖고 있었다. 세상에 결점이 많지 않은 남편이란 없을 것이다. 남편이 되는 순간 여자는 그에게서 수많은 결점을 발견한다. 자기 아내가 되는 순간 남자가 여자에게서 수많은 결점을 보게 되듯이. 그것은 결혼을 함으로써 역할 분담을 하게 된 동업자들 사이의 이기심 때문에 생기는 자연스러운 현상이다. 내가 행복하지 않았던 것은 상현이 남편으로서 결점이 많기 때문이 아니었다.

사랑을 얻기 위해 한숨짓고, 얻은 다음에는 믿지 못해 조바심을 내고, 결국에는 그것을 잃어버릴까봐 스스로 피폐해지는 과민한 사랑. 어쩌면 그것은 나의 기질일지도 모른다. 나는 그런 의존적이고 어리석은 방식으로 타인에게 사랑을 구하고 싶지 않았다. 그러나 결혼한 사람에게는 그런 사랑을 원하지 않을 자유가 없다.

나는 사랑의 소모를 두려워했다. 마치 광합성으로 스스로 제 먹이를 만드는 녹색식물처럼, 햇빛을 받아들이고 물을 길어올려 자기 안에서 스스로 먹이를 만드는 사랑을 원했다. 내 몸속에서 혼자 사랑이라는 먹이를 만들고 그것을 먹으며 생존해가기를 말이다. 주린 배를 움켜쥐고 황량한 겨울 들판을 헤매며 타인을 찾아

울부짖고 싶지는 않았다.

현석의 말이 맞을지도 모른다. 나는 상현도 받아들일 수 있다. 내 안에서 사랑을 만들 줄 안다면 상대가 굳이 운명적 대상일 필요는 없다. 인간이란 결코 제 운명을 바꾸지 못하는 대신 적응할 수는 있으니 말이다.

상현을 기다리는 일에 어떤 희망을 두는 것은 아니다. 새로운 시간이 다가오는 것을 묵묵히 쳐다볼 뿐이다.

맥주를 두 병 더 주문할 때까지 상현은 오지 않는다.

상현이 약속을 잘 지키지 않는다는 것은 잘못된 생각이다. 사실 상현은 약속을 잘 지킨다. 무서울 정도로 자기 통제를 잘하고 정확한 사람이다. 그가 약속을 지키지 않는 데는 한 가지 이유밖에 없다. 의도가 있는 것이다.

하지만 상현은 오고 있을 것이다. 오늘은 12월 31일이다. 거리에 미친듯이 풀려나온 자동차들이 소리를 질러대며 서로 부대끼고 있다. 아마 터널을 빠져나오느라 이렇게 오래 걸리는 모양이다.

나는 다시 맥주를 주문한다.

그가 와도 어쩌면 소용없는 일이다. 나는 취해가고 있다. 그를 알아보지 못할지도 모른다. 나는 취했다. 음악소리가 멀어지고 세상의 윤곽이 온통 다 부드럽다.

2

"손님, 합승 좀 해도 되겠죠?"

택시 기사의 목소리에 나는 애써 정신을 가다듬는다. 조금 전에 합승 손님을 둘이나 태우고도 또 합승을 하려는 모양이다. 창밖을 보니 택시는 신촌을 지나 마포로 들어서고 있다. 지하철역 가까이에서 속도를 줄이자 택시를 잡으려는 사람들이 다가온다. 그중 한 사람 앞에서 기사가 브레이크 페달을 밟는다.

몸도 제대로 가누지 못할 만큼 취한 남자 하나가 비틀거리며 차로 다가온다. 그는 왼쪽 발을 한 걸음 앞으로 떼어놓은 뒤 미처 그 발이 땅에 닿기도 전에 오른쪽 발을 앞으로 내딛는 바람에 마치 허공 위를 걷는 것처럼 걸음이 리드미컬하다. 두 살 때부터 줄곧 머릿속에 입력돼 있는 걸음마 순서를 충실히 따랐기에 자신은 어디가 잘못돼 있는지 전혀 알 수 없겠지만 내 눈은 속일 수 없다. 그는 시간 차에 대한 지각력을 잃은 것이 틀림없다. 발바닥이 미끄러질 때마다 이쪽저쪽 번갈아 어깨를 들어올림으로써 위태롭게 균형을 잡는 모습만을 보면 마치 밤거리에서 멋진 탭댄스를 추고 있는 것 같기도 하다.

탭댄서가 몸을 앞뒤로 정신없이 흔들면서 음유시인처럼 뇌까리는 목적지는 나와 같은 방향이다. 다 닳은 수세미처럼 우그러진 그의 차림새를 보고 기사는 잠깐 망설인다. 다른 두 합승 손님도 못마땅한 표정이다. 그러나 탭댄서가 이미 막무가내로 차문 손잡이를 붙잡고 있었기 때문에 할 수 없이 차에 태운다.

차에 타자마자 그는 의자 속으로 고꾸라진다. 그리고 귀찮아서 내버린 짐짝처럼 웅크리고는 딸꾹질을 하기 시작한다. 차 안에는 잠시 불쾌한 침묵이 들어찬다. 그 기세에 눌렸는지 딸꾹질 소리는 차츰 잦아들더니 이윽고 조용해진다. 잠이 든 모양이다.

두 사람의 합승 손님 중 내 옆에 앉은 덩치 큰 남자가 앞자리 등받이 쪽으로 몸을 기울이면서 묻는다.

"기사님, 반포에 한시까지 들어갈 수 있겠죠?"

그는 말을 마치자 대답도 기다리지 않고 다시 자기 자리의 등받이에 몸을 기댄다.

"그때까지 못 들어가면 오늘 마누라한테 쫓겨나니까 빨리 좀 가십시다. 이거 원, 팝콘이 이렇게 무서우니."

남자는 자기의 재치 있는 말에 내가 얼마나 감명받았는지를 확인하려고 내 쪽을 힐끗 본다.

이따금 나는 남자들의 무모한 호방함에 감탄할 때가 있다. 지금처럼 겨우 십 분이나 이십 분 옆자리에 함께 앉아 가는 경우까지도 남자들은 여자들에게 자기의 매력을 보여주고 싶어하는 우스꽝스러운 면이 있다. 여자에게는 누구나 다 정신 나간 듯한 구석이 있고 남자에게는 다 우스꽝스러운 면이 있다는 누군가의 말이 떠오른다.

조수석에 앉은 또다른 합승 손님은 눈이 작은 깡마른 남자였다. 그가 몸을 돌리고는 술냄새를 풍기며 팝콘의 남편에게 말을 건다.

"애처가이신 모양이네요? 그게 속 편하죠."

"저는 그럽니다. 그래도 인생에서 가정이 제일 아니겠어요? 일주일에 두 번은 무슨 일이 있어도 일찍 들어갑니다. 마누라하고 볼링도 치고 외식도 하고, 좀 그래놔야 집안도 조용해지고요. 잡혀주는 척하는 게 다 요령이죠."

"근데, 지금은 술만 마시고 가는 길인가요?"

묻는 남자의 목소리가 은근해지고 노련한 신문관처럼 말꼬리가 올라간다.

"아, 가끔 꽃도 보고 그러죠."

그때 구석자리에서 다시 딸꾹질 소리가 들려오기 시작한다. 점점 소리가 크고 높아진다. 탭댄서의 어깨뿐 아니라 온몸이 심하게 흔들린다.

기사가 짜증스럽게 한마디한다.

"손님, 괜찮아요?"

탭댄서는 눈을 감은 채 발작적으로 딸꾹질을 해댈 뿐이다.

반포에 도착했을 때는 한시 삼 분 전이었다. 옆자리 남자의 아내가 좀 편히 잠들 수 있을 테니 박애주의자인 나는 그것이 다행스럽다.

그가 내리고 나자 신문관 남자는 돌연 엄격한 표정을 지으며 비난을 한다.

"요즘도 저런 사람들이 있다니, 참 문제야."

우리 사회의 건강성에 대해 자녀 교육과 관련해서 자못 장황하게 우려를 늘어놓은 뒤 그는 내 쪽으로 약간 몸을 굽히며 "안 그래요, 아가씨?" 하고 동의를 구한다. 그가 제시하는 도덕이라는 기준의 옹색함. 자기 아내에게나 증명하면 좋았을 자기의 도덕성을 뜬금없이 택시 합승객인 내게 강조해놓고 호의적 반응을 기대하는 실없음. 얼굴에 뻔히 나이가 드러나는데도 '아가씨'라는 말로 내 기분을 좋게 만들 수 있다고 멋대로 단정하는 무례함. 그리고 이것이 결정적인데, 이 모든 것을 무척 점잖게 한다는 점, 나는 이 모든 것이 싫다. 무엇보다, 나는 취했다.

내 옆자리 남자가 거스름돈 삼백원을 챙겨서 받아가는 바람에 기분이 상한 택시 기사가 나 대신 남자의 말을 거들고 나선다.

"저런 사람들은요, 룸살롱에서 팁은 몇십만원씩 뿌리면서 택시비 일이백원 갖고 아웅다웅해요."

신문관 남자는 택시 기사의 말에는 대꾸를 안 할 뿐 아니라 손님들의 대화에 참견한 데 대해 불쾌하다는 듯이 "거, 신호등이나 잘 보소" 하고 핀잔을 준다. 기사는 심통이 났는지 갑자기 라디오 볼륨을 높인다. 귀에 익은 노래이다.

—You can dance every dance with the guy……

누구나 마지막 춤 상대가 되기를 원한다. 마지막 사랑이 되고 싫어한다. 그러나 마지막이 언제 오는지 아는 사람이 누구인가. 음악이 언제 끊어질지 아무도 알 수 없다. 마지막 춤의 대상이란 존재하지 않는다. 지금 상대와의 춤을 즐기는 것이 마지막 춤을 추는 방법이다. 마지막 춤을 추자는 사람에게는 이렇게 대답하면 된다. 사랑은 배신에 의해 완성된다고.

—So darling, save the last dance for me.

—So darling, save the last dance for me.

신문관 남자가 소리를 지른다. 거, 라디오 좀 끌 수 없소? 시끄러워서 말을 할 수가 있나. 기사도 지지 않고 은근히 야유를 던진다. 좋은 노랜데 조금 들어보시죠. 남자는 콧방귀를 뀐다. 좋으나 마나 지금 노래가 무슨 상관이야.

그의 말이 맞다. 춤 상대가 누구든 무슨 상관인가. 춤을 즐기면 그만이다. 모든 게 다 마지막이다. 마지막 춤이 아닌 것은 없다. 그리고 또한 마지막 춤도 없다. 단지 춤뿐이다.

구석에서는 계속 딸꾹질 소리가 들려온다. 노래도 계속된다. 조수석의 남자는 여전히 내게 눈길을 던지고 그리고 차는 밤거리를 질주하고 있다.

나는 취했다. 어디로 가는지 모르겠다.

해설

사랑의 상형문자

김미현(문학평론가)

1. 옆으로 추는 춤

어른이 된다는 것은 어린 시절의 많은 삶들 중에서 최악의 삶 하나를 살아야 하는 것이다. 그래서 성장은 유년의 긍정적인 확대가 아니라 부정적인 축소이다. 이런 형벌 때문에 어른에게 허락된 시간이란 과거밖에 없다. 어른들이 자주 뒤를 돌아보는 것도 이런 이유 때문이다. 이럴 때 어른의 시간은 과거의 반추와 그런 현재의 반복이기 쉽다. 특히 "열두 살 이후 나는 성장할 필요가 없었다"(『새의 선물』, 문학동네, 1995/2022, 9쪽)라고 말하는 조로한 아이에게 그 이후의 삶은 더욱 긴 형극의 길이었을 것이다. 그 아이는 일찍부터 인생과 손해나는 거래를 했기 때문이다. 그런 아이의 조숙함이 애초부터 선의나 호의를 베풀지 않는 삶 때문이라는 사실을 알고 나서 우리는 그 아이에게 연민을 느끼게 된다. 그러면 그 아이는 더이상 성장할 필요가 없는 아이답게 그런 우리들에게 오히려 연민을 느낀다. 너무 일찍 삶의 비밀을 많이 알아버린 아이에게 연민이란 인생을 낭만적으로만 보는 서정적 인간들에게나 필요한 감정이기 때문이다. 하지만 그 아이도 육체적으로는 아직 미성숙했기 때문에 길을 가다가 넘어지기도 한다.

> 길을 가던 아이 하나가 돌부리에 걸려 넘어진다. 사람들은 땅에 엎드린 채 울고 있는 아이를 안쓰럽다는 듯이 쳐다본다. 다친 데는 없니? 하면서 안아 일으켜준다. 그런데 넘어지자마자 발딱 일어나서 아무렇지도 않은 척 다시 걸어가는 아이가 있다고 하자. 그러면 누구나, 참 쪼그만 게 독하네, 하고 생각할 것이다. 물론 아무도 안아주고 싶어하지 않는다. 그 아이는 어린애치고 너무나 일찍부터 타인이란 것을 의식하게 되었기 때문에 속마음과는 전혀 달리 남에게 안기기를 싫어하는 것처럼 보인다.(287~288쪽)

이런 이유로 은희경의 두번째 장편소설인 『마지막 춤은 나와 함께』에 나타난 어른 진희는 이 소설의 전편이라고 할 수 있는 『새의 선물』에서 열두 살의 진희가 예견했던 삶을 그대로 산다. 그때의 진희가 바로 지금의 진희이기 때문이다. 이미 열두 살에 결정된 삶에 의해 그녀는 비슷한 삶만을 계속 반복하며 산다. 이런 진희에게 어른이 된다는 것은 어린 날에 정해진 운명에 대한 확인일 뿐이다. "어차피 호의적이지 않은 내 삶에 집착하면 할수록 상처의 내압을 견디지 못하리라"(86쪽)는 것을 안 그때부터 진희는 거인이 된다. 이처럼 열두 살에 이미 거인이 되어버린 진희에 비해 어른이 된 진희는 그 거인의 어깨 위에 앉아 있는 난쟁이일 뿐이다. 그래서 어른 진희는 소인국에 있는 앨리스처럼 더 커 보이는 것이 아니라 거인국에 있는 앨리스처럼 더 작아 보인다.

『마지막 춤은 나와 함께』는 이렇게 슬프도록 조숙한 열두 살 난 아이가 겪는 그 이후의 삶에 대한 정물화이다. 세월이 키워준 것은 그 아이의 젖가슴과 넘어졌을 때 생긴 흉터뿐이다. 몸이 커져도 눈은 커지지 않는다. 너무 많이 보아버린 큰 눈은 더이상 커질 수가 없다. 심지어 그 눈은 한눈을 팔지도 않는다. 세상에 대한 호기심이나 기대가 없기 때문이다. 상처에 고착되어 있는 아이에게 시간의 흐름이란 도돌이표나 후렴구만 있는 지루한 노래이다. 이처럼 아이의 의무인 성숙하는 일을 이미 끝마쳤으므로 할일이 없어진 어른 진희는 춤을 춘다. 서 있지 않으면서 서 있는 것이 바로 춤이다. 그래서 춤은 도보가 아니다. 탈주는 더더욱 아니다. 진희의 춤은 앞으로의 삶이 새로운 미래가 아니라 지나간 과거에 의해 좌우된다는 사실을 인정하는 데서 시작된다. 걷기와 달리기를 포기한 자만이 춤을 출 수 있는 것이다. 더욱이 '불타는 물'인 술처럼 춤 또한 정반대되는 것을 결합시키기에 진희에게는 충분히 매력적인 '움직이는 술'로 다가온다. 온몸에 힘을 뺀 진희의 큰 눈이 춤 자체가 유희이자 노동이고, 합일이자 분리이며, 정신의 분비운동이자 감정의 근육운동임을 간파한 것이다.

특히 진희는 앞으로 나아가는 수직적인 춤이 아니라 옆으로만 움직이는 수평적인 춤을 춘다. 삶을 너무 빨리 완성한 아이가 해야 할 일이란 옆으로 춤을 추는 것뿐이다. 정지와 잉여의 시간이 그녀로 하여금 옆으로 추는 춤만을 허용한다. 달라지거나 나아지는 것은 아무것도 없다. 어쩌다가 앞으로 나아가는 춤을 출 수도 있다. 그러나 그녀는 부메랑처럼 다시 제자리로 돌아온다. 실수나 착각으로 인해 앞으로 나갔다가도 분별이나 절제로 인해 나간 것만큼 다시 되돌아오게 된다. 그래서 그녀는 자신이 세 들어 살고 있는 시간의 집에 월세를 내듯이 춤을 추면서 그냥 흘러다닌다.

2. 판도라의 춤

그리스신화에 나오는 최초의 여인인 판도라에 대한 이야기는 여러 가지로 애매모호하다. 1) 판도라의 탄생 자체가 인류에게 불을 가져다준 프로메테우스에게 제우스가 벌을 내리기 위한 것이었나 아니면 인류를 축복하기 위한 것이었나, 2) 희망이 담긴 상자를 판도라가 직접 천상에서 가지고 내려왔는가 아니면 프로메테우스의 동생이자 판도라의 남편이 된 에피메테우스의 집에 있던 것인가, 3) 그 상자를 연 것이 판도라인가 아니면 에피메테우스인가, 4) 상자를 열었을 때 그 속에서 빠져나간 것이 판도라가 여러 신들로부터 받았던 선물들인가 아니면 에피메테우스가 모아둔 천지창조에 불필요했던 재앙들인가 등에 따라 여러 가지 조합의 이본들이 존재한다.

그러나 이처럼 불분명하면서도 상자 안에 남아 있었던 것이 '희망'이라는 사실에는 이견이 없다. 물론 희망만을 남겨둔 채 상자에서 빠져나간 것들이 무엇인가에 따라 남아 있는 희망의 의미 자체도 정반대로 달라지기는 한다. 희망이 약인가 독인가가 문제되는 것이다. 특이하게도 옛날 그리스인들은 희망을 약보다는 독으로 보는 쪽이 많았다고 한다. 그래서 플라톤은 사람들이 희망 때문에 길을 잃기 십상이라고 했고, 비극 작가인 에우리피데스는 희망을 인류에게 내린 저주로 간주했다. 거짓 희망이 현실적인 책임과 실천을 저해하는 요소가 될 수 있음을 경고한 것이다. 영화에 나오는 에드워드의 가위손처럼 어떻게 사용하느냐에 따라 흉기도 되고 이기利器도 되는 것이 바로 희망일 것이다. 더 나아가서는 희망의 철학자 블로흐의 말처럼 "미래란 우리가 거기에서 찾아내려 했던 것과는 언제나 다른 것"이기 때문에 우리는 등만 보이면서 달아나는 희망의 뒤를 계속 뒤쫓아갈 수밖에 없다는 의미이기도 할 것이다.

진희가 이처럼 양면적인 가치를 지닌 희망을 인간에게 가져다준 판도라가 될 때에는 자기 자신을 '보여지는 나'와 '바라보는 나'로 분리하는 순간이다. 좀더 정확하게 말하면 이때의 '보여지는 나'는 '보이고 싶어하는 나'이다. 바로 이런 '보이고 싶어하는 나'가 전면에 부각되면서 강화되는 것이 『마지막 춤은 나와 함께』가 『새의 선물』과 갈라서는 지점이라고 할 수 있다. 『새의 선물』에서는 '바라보는 나'를 진짜 나로 간주하면서 객관적인 거리 확보를 통한 냉소적인 관찰이 중요했지만, 이 소설에서는 '보이고 싶어하는 나'가 강조됨으로써 작위성과 연기술이 더 부각되고 있다. 세월의 두께가 두꺼워짐에 따라 강화된 것은 가짜 나의 화장술이다. 그래서 진짜 나와 가짜 나의 분리와 대립이 더욱 커진다. 진짜 나를 숨기고 가짜 나를 강화시킨다는 것은 그것이 진짜 나가 아니라는 사실 때문에 통제나 편집을 통해 보다 철저하게 위악적이 될 수 있다는 의미가 된다.

보다 구체적으로 진희가 '보이고 싶어하는 나'는 애인이 많은 자유분방한 이혼녀, 남자를 쉽게 잊는 냉정한 여자, 육 년 동안이나 같이 산 남편과 이혼 수속을 마치고 와서도 보충 수업까지 하는 독한 여자, 사랑하면서도 헤어짐을 무릅쓰는 강한 여자이다. 그러나 진짜 나는 그리우면 몸을 던져 달려가야 한다고 생각하는 다혈질의 여자, 올드 팝을 좋아하는 감상적인 여자, 부딪쳐보기 전에 먼저 포기해버리는 비겁한 여자, 상처를 입으면 아무렇지도 않은 듯 빨리 대범한 척하는 소심한 여자이다. 이처럼 두 개로 분리된 그녀는 〈배트맨〉에 나오는 조커 같다. 마스크를 벗으면 제 얼굴을 찾는 배트맨과는 달리 그는 화장을 해야 살색의 얼굴이 된다. 이런 조커의 최대 슬픔은 무표정해도 되는 배트맨과는 달리 자신의 비애를 감추기 위해 웃기까지 해야 한다는 것이다. 그는 울지 않기 위해 슬픔에 선수를 치면서 서둘러 웃는다. 그래서 그의 웃음은 자주 일그러진다.

진희가 살아가면서 이런 '보이고 싶어하는 나'를 더욱 강화시키는 것은 '악역의 즐거움' 때문이다. 이때의 악역은 사람들이 보기 싫어하거나 인정하기 싫어하는 일을 보거나 인정하게 만드는 것이다. 말〔馬〕을 불신하는 뛰어난 기사처럼 그녀는 선善을 믿지 않는 도덕주의자이다. "누군가에게, 특히 나 자신에게 야박하고 거침없어지는 일은 때로 즐겁다. 희망과 환상을 뺏는 일은 분명 악역이지만 최소한 거짓된 일은 아니다. 거기에 악역의 즐거움이 있다."(134쪽) 이처럼 '보이고 싶어하는 나'를 위악적으로 연출함으로써 희망과 환상을 제거하는 '바라보는 나'는 진짜 악으로부터 벗어날 수 있게 된다. "나 자신이 나쁘지 않다고 강변하려다보면 '나쁜 일면을 가진 보통 사람'에서 벗어나 거짓된 사람, 즉 '정말 나쁜 사람'이 될 수도 있다"(133~134쪽)는 아이러니가 발생하기 때문이다. 『주홍 글씨』에서 진정으로 부도덕한 것은 자신들의 부도덕성으로 인해 고통받는 헤스터나 딤스데일 목사가 아니라 자신을 그들의 부도덕함에 의한 피해자이자 그들을 징벌해야 할 도덕의 집행자라고 착각하는 헤스터의 남편 칠링워스이다. 은희경은 위악을 행함으로써 악에서부터 벗어날 수 있다는 데에서 악역의 즐거움을 발견하는 착한 마녀이다.

이처럼 진희가 마녀처럼 취급받으면서도 자신에 대한 '타당한 오해들'을 견디는 것은 "가볍게 살고 싶다./ 아무렇게라는 건 아니다"(267쪽)라는 그녀의 바람 때문이다. 물론 이때의 가벼움은 '선택한' 가벼움이 아니라 '선택할 수밖에 없는' 가벼움이다. 자발성에 의한 것이 아닌 강요에 의한 가벼움은 견딜 수 없는 무거움의 그림자이다. 어쩔 수 없이 선택해야만 하는 강요된 가벼움이 진희를 상자의 뚜껑을 연 판도라로 만든다. 판도라의상자 속에 남아 있는 희망은 삶을 무겁게 할 수 있다. 그래서 그녀는 가장 기쁠 때조차 그 기쁨을 경계한다. 은희경이 생각하기에 사랑의 상자에는 사람을 약하게 만드는 온갖 미혹들이 가득 담겨 있기 때문이다. 롤랑 바르트의 말처럼 사람들은 사랑받지 못했기 때문에 괴로워한다고 믿고 있지만 사실은 사랑을 받는다고 믿고 있었기 때문에 괴로운 것이다. 역시 사랑에 빠진 사람은 '살갗이 벗겨진 사람'이지 '깃털로 감싸인 사람'은 아니기 때문에 쉽게 상처받고 착각에 자주 빠지는 것이다. 은희경은 이런 약한 존재에 가하는 사랑의 가학성을 용서하지 못한다. 현석으로부터 청혼을 받지만 그것을 거절할 수 밖에 없는 것도 이 때문이다.

> 나는 희망을 갖는 일이 두려워. 결국 적응하게 되고, 지속되기를 바라고 그런 것들 모두. 희망을 가지는 건 뭔가를 믿는다는 거야. 당신은 그 결과가 뭐라고 생각해? 삶은 늘 우리를 속인다구. 삶은 말야. 믿으라고 있는 게 아니야. 배신을 가르쳐주기 위해 있는 거야. (……) 희망을 가지면 난 약해져.(303~304쪽)

희망에 속지 않는 사람은 자유로울 수는 있지만 그 자유는 솔직함을 저당잡히는 대가를 치러야 한다. 속지 않기 위해서는 먼저 속여야 하고, 그러기 위해서는 배신과 반칙이 필요하기 때문이다. '보이고 싶어하는 나'는 그 속임수 때문에 진짜 나와 근원적으로 분리될 수밖에 없다. 그 분리를 '바라보는 나'는 '당신이 사랑하는 나는 진짜 나가 아니다'라는 사실을 알기 때문에 상대방의 사랑을 믿지 못한다. 사실 위악은 위선이 아닌 작위이기 때문에 진짜 나가 아닌 데서 오는 죄책감을 느끼지 않아도 된다. 그런데도 그런 위악적인 연기의 대가로 기쁨이나 행복을 포기한다는 점에서 진희는 순수하고 도덕적이다. 순수함이나 도덕성은 남의 이익을 포기시킬 때가 아니라 자신의 이익을 스스로 포기할 때 생기기 때문이다. 그녀의 위악은 고통을 피하는 것이 아니라 고통을 미리 겪어버리는 것에 있기 때문에 그녀를 두 배로 더 아프게 한다. 은희경의 소설 속에 나오는 위악의 진정성은 그것이 고통을 준다는 사실이 아니라 이처럼 고통스러울 줄 알면서도 무릅쓰는 용기에 있다.

3. 삼각형의 춤

이 세상을 가볍게 살려고 할 때 하나여서 좋은 것은 별로 없고, 둘이어서 위험하지 않은 것도 거의 없다. 하나의 절대성과 허위성, 둘의 대립성과 불안정성을 피하기 위해 은희경은 셋을 편애한다. '셋이 좋은 이유'는 진지한 무거움에서 벗어나게 해줌으로써 삶에 대한 냉소를 유지시켜주기 때문이다. 애인이 셋이어야 좋은 이유도 바로 여기에 있다. 하나뿐인 애인은 맹목이나 집착을 불러오고, 상실에 대한 두려움을 유발시킨다. 애인이 둘이어도 상황은 별다를 바 없다. 둘 중에 하나를 선택하는 것은 '이것 아니면 저것'이기에 비겁한 선택이기 쉽고, 그때의 선택이란 계산이기 쉽다. 물론 셋이 무릅써야 할 위험도 적지 않다. 순정적이지 않다거나 부도덕하다는 비난을 감수해야 한다. 그럼에도 불구하고 은희경이 셋을 고집하는 이유는 그 "하찮고 사소함"(13쪽) 때문에 무거움이 덜어지기 때문이다. 동정同情 없는 세상에서 동정童貞을 유지하기 어렵다는 사실을 그런 세상을 닮은 사랑의 방식을 통해 그대로 되비추어주는 것이다. 셋에 대한 이런 편향성은 여자친구들 사이에도 적용되면서 더욱 공고해진다. 모든 이야기가 '권리장전'인 투사형 경애와, 모든 이야기가 '공주열전'인 속물형 윤선, 그리고 그 사이에서 완충지의 역할을 하는 진희의 관계는 이항대립이나 양자택일의 단순성을 폭로시킨다. 결코 단순하지 않은 삶의 복잡성을 위해 제3의 새로운 진리를 받아들여야 함을 셋의 입체성은 말해준다.

> 내게 애인이 언제나 꼭 셋이었던 것은 아니다. (……) 그러므로 내가 셋에 대해 말하는 것은 (……) 다만 마음속에 셋 정도의 균형감을 갖고 있어야 한다는 의미이다.
>
> 무거운 짐을 처리할 때의 방식과 같다. 여러 개의 가방 안에 나눠 담으면 사랑도 덜 무거워진다. 그 가방을 들고 어디로 갈 것인지 선 채로 잠깐 궁리하기만 하면 된다. 그리고 더이상 그 가방 안의 내용물이 마음에 들지 않으면 그 자리에 가방을 그대로 두고 떠나버리면 그만이다.(11~12쪽)

이런 분배 의식으로 생겨난 트라이앵글의 세 꼭짓점이 『마지막 춤은 나와 함께』에서는 '현석-종태-상현'으로 설정된다. 진희와의 관계에서 그들이 지켜야 할 규칙은 서로 겹쳐져서 점 두 개로 형성되는 선이나 점 한 개로 형성되는 점이 되지 않도록 각자의 '다름'을 유지하는 데에 있다. 이처럼 진희가 적어도 세 개의 점을 확보하는 데에 거의 강박적으로 매달리는 것은 그것이 사고의 면적이나 체적을 확보하는 최소 조건이기 때문이다. 서로 다른 색깔과 무게를 지닌 이 세 명의 남자들은 각기 사랑의 유혹성·낭만성·폭력성을 찌르는 사랑의 예각에 해당한다. 그리고 결국에는 서로에게 사랑의 부재를 증명해주는 알리바이로 작용한다.

먼저 "현재 사랑하고 있는 남자가 가장 진실된 사랑"(147~148쪽)이라면 그런 의미에서 가장 진실한 '현재의 연인'이 바로 현석이다. 현석 또한 진희가 드러내지 않는 상처를 지니고 있다는 사실을 가장 잘 이해하는 인물로 그려진다. 그러나 진희는 현석이 그런 자신에 대한 이해를 사랑의 이유로 삼기 때문에 오히려 그의 청혼을 거절한다. "이유가 있는 사랑은 상대로 하여금 이유를 제공해야 하는 부담을 준다. 사랑이 무거워지는 것이다"(288쪽)가 그 거절의 이유이다. 이런 현석에 비해 환상이 제거된, 그래서 가장 오래갈 수 있는 상대가 바로 세 살 연하의 유부남인 종태이다. 진희는 종태가 자신을 만나는 것이 아내라는 현실적 동반자 외에 미화된 사랑의 대상이 필요하기 때문임을 알기에 오히려 편안함을 느낀다. 마지막으로 가장 과거의 남자, 그래서 가장 멀리 있는 남자, 때문에 가장 적게 묘사되고 있는 인물이 전남편인 상현이다. 진희의 사랑에 대한 냉소는 현석을 받아들이지 못하거나 종태를 계속 만나는 데서가 아니라 상현을 다시 받아들일 수도 있다는 사실에서 최대치를 이룬다. 가장 춤을 추기 힘든 상대와도 춤을 추는 것이 기존의 사랑을 배신하는 최상의 방법이기 때문이다.

다른 것을 넣어둘 주머니가 없거나 원할 때 떠날 수 있는 가방이 없는 사랑은 도태이고 퇴행이다. 때문에 사랑의 삼각형을 이루게 하는 셋이라는 숫자는 매 순간 충분히 사랑하기 위해 필요한 숫자이지 쾌락과 방종에 빠지기 위해 필요한 숫자는 아니다. 기회와 위험을 동시에 수용함으로써 생에 대한 균형감각과 능동성을 확보하려는 것이다. 또한 '특별한 사람'은 없지만 '특별한 관계'는 있다는 사실을 부각시키는 사랑의 방정식이기도 하다. 은희경이 "순정의 역학"(8쪽)이라고 명명했듯이 한 애인에 대한 사랑이 다른 애인에 대한 사랑을 갉아먹는 것이 아니라 그 총량은 오히려 증가한다. 바라는 것이 적으면 더 잘해줄 수도 있다. 그래서 더 잘 사랑하기 위해 더 많은 사람이 필요하다는 것이다. 이런 사랑의 시너지 효과를 통해서 사랑을 더 잘할 수 있는 인물이 바로 진희이다. 그리고 이런 사랑의 증가는 사랑이 그 평면성에서 벗어나 입체성을 확보할 때 가능하다. 때문에 셋으로 이루어진 삼각형은 엔트로피가 커지기에 가장 위험하면서도 가장 생산적인 도형이 된다.

이런 의미에서 진희는 사랑에 대해 거식증을 앓고 있는 것이 아니라 오히려 폭식증을 앓고 있는 것이라고 말할 수도 있다. 가난하면 선택을 할 수가 없다. 대안이 없기 때문이다. 그래서 진희는 사랑의 빈곤을 두려워한다. 가난은 사람을 서정적으로 만든다. 그런 의미에서 폭식증은 유일성·절대성·불변성이라는 사랑의 환상을 제거해준다. 다르게 말해 진희는 앨빈 토플러의 용어로 사랑의 생비자生費者, prosumer, 즉 생산하면서 소비하는 능동적 소비자에 가깝다. 자포자기적이고 소모적인 것 같지만 그런 정열의 소비가 살아갈 에너지로 전환되기 때문이다. 은희경이 중시하는 운명의 수용도 그것이 해야 할 일을 피하는 것이라면 비난받아야 하지만 견뎌야 할 아픔을 적극적으로 수용하는 것이라면 생의 기술이 된다. 은희경에게는 마음이 곧 운명이다. 또한 설명보다 이해가 필요한 필연이 곧 운명이기도 하다.

4. 거꾸로 추는 춤

사랑에 대한 불신은 불신당한 사랑이 사랑에게 거꾸로 행하는 복수이다. 그래서 사랑을 불신하는 사람은 지나치게 많이 사랑하거나 전혀 사랑하지 않게 된다. 지나치게 많이 사랑하는 사람은 사랑 자체를 사랑하는 사람이고, 전혀 사랑하지 않는 사람은 상대방인 사람을 사랑하는 사람이다. 진희가 사랑하는 것은 사람이 아니라 사랑이다. 그녀는 사랑을 사랑한다. 왜냐하면 "사람은 언젠가는 떠난다. 그러니 당장 사람을 붙드는 것보다는 사랑이라는 감정을 훼손시키지 않고 보전하는 것이 더 낫다. 그것은 내가 끊임없이 사랑을 원하게 되는 비결이기도 하다. 사람은 떠나보내더라도 사랑은 간직해야 한다. 그래야 다음 사랑을 할 수가 있다. 사랑에 환멸을 느껴버린다면 큰일이다. 삶이라는 상처를 덮어갈 소독된 거즈를 송두리째 잃어버리는 꼴"(147쪽)이라고 생각하기 때문이다. 사랑은 사람에 대해 절대적인 우위를 갖는다. 사랑을 잃으면 아프기 때문에 울고, 사랑을 잊으면 그 잊음이 허망해서 또 운다. 때문에 사랑은 어느 경우이든 고통 아니면 죄책감으로 사람을 지배한다. 그러니 사람보다 더 강한 사랑 자체를 잃지 않는 것이 중요하다고 진희는 생각한다.

하지만 엄청난 비난과 오해를 감수하면서까지 삶이나 사랑에 속지 않기 위해 애썼음에도 불구하고 "일어날 일은 반드시 일어난다"(269쪽). 여기에 삶의 악마성이 있다. 그래서 결국에는 일어나 버린 일들이 은희경의 사랑에 대한 탐구가 소외가 아닌 관계, 탈현실이 아닌 초현실, 관념이 아닌 경험을 문제삼는다는 반증이 된다. 고통을 피하면서도 제대로 피하지 못해 아플 것은 다 아프기 때문이다. "아무리 용의주도한 척하고, 미리 잘못된 경우를 예상함으로써 불행에 대비한다고 해도 다 소용없는 일이다. 정해진 일은 피할 수 없"(273쪽)는 것이 운명이다. "사랑이란 다 변형된 자기애일 뿐"(302쪽)이라고 최면을 걸어봐야 소용없다. 시간의 흐름을 멈출 수가 없듯이 사랑을 하지 않을 수는 없다. 그러니 최소한의 다른 방식으로 사랑하는 것이 필요하다. 그래서 은희경은 '거꾸로' 사랑한다.

그녀가 거꾸로 사랑하는 이유는 "사랑을 얻기 위해 한숨짓고, 얻은 다음에는 믿지 못해 조바심을 내고, 결국에는 그것을 잃어버릴까봐 스스로 피폐해지는 과민한 사랑"(312쪽)을 거부하기 때문이다. 운명적 사랑이나 무거운 순정이라는 굴레에서 벗어나 좀더 자유롭게 사랑하려는 것이다. 꽈배기처럼 비틀려 있는 통에서 벗어나기 위해서는 자신의 몸을 비틀면서 나와야 하듯이 세상의 기형성이 사랑의 기형성을 부르고, 사랑의 기형성이 춤의 기형성을 부른다.

어차피 사랑은 질병이다. 하지만 죽는 것보다는 아픈 것이 낫다. 시체는 아플 수조차 없기 때문이다. 그래서 사랑은 역설적으로 살아 있음의 마지노선이 된다. 은희경은 그런 사랑이라는 질병을 위해 예방주사를 놓는다. 모든 예방주사가 병균을 침투시켜 항체를 기르게 하는 것이듯이 은희경은 사랑의 병균을 침투시켜 그것을 미리 앓게 하는 것이다. 사랑에서 가장 커다란 병균은 사랑에 대한 환상이다. 그래서 그녀는 사랑으로부터 환상을 제거하는 대수술을 감행하려 한다. 자신의 일부의 제 살을 깎는 아픔을 통해 치명적인 환부를 도려내려는 것이다. "환상이 하나하나 깨지는 것이 바로 사랑이 완결되어가는 과정"(9쪽)에 다름 아니기 때문이다. 은희경은 이처럼 치명적인 환상을 없애기 위해 사랑을 상대로 위악적인 실험을 한다. 사랑이 사랑을 놀리면 냉소가 남는다. 하지만 이때의 냉소는 사랑을 방해하는 불건강한 공포가 아니라 사랑 자체가 본래 불온하다는 것을 보여주는 건강한 웃음이다. 그래서 절망의 해독제가 되는 것이 바로 은희경의 냉소이다. 냉소도 끝까지 추구하면 미소가 된다.

냉소의 이런 온기를 확보하기 위해 은희경은 보다 철저하게 사랑에 대한 위악적인 공격과 배반을 감행한다. 사랑에 대한 엄청난 무시와 험담을 준비하는 것이다. 예를 들면 은희경은 진희로 하여금 다음과 같은 사랑에 대한 착각 혹은 오해를 그대로 발설케 한다—사랑은 향수처럼 휘발되는 것이므로 금방 사라진다. 그리고 필요 없으면 내다버리면 된다. 사랑에 대한 맹세도 통조림처럼 유효기간이 있어 그때에만 지켜진다. 혹여 사랑하는 사람을 잃어버렸더라도 그것은 오고야 말 고통이 '지금' 찾아온 것일 뿐이다. 피할 수 없으면 받아들여야 한다. 그래서 다른 애인들을 만들어둔 것이니까. '새해에 새 달력을 거는 것처럼' "사랑은 자주 오고 결국은 끝나는 것이다"(191쪽). 그리고 그 흔한 '사랑하니까 헤어진다'라는 말은 어불성설이다. 헤어지는 기쁨이 사랑의 고통보다 조금이라도 더 크니까 헤어지는 것이다. 그러니 어떤 이별도 미화될 수 없다. 사랑의 끝이 행복인 경우는 이후의 상황을 서술하지 않았기 때문이다. 무엇보다도 사랑이란 본래 아홉 번쯤 크게 잃고 한 번쯤 적게 따는 도박이다.

이처럼 전략적으로 위악적인 사랑을 강조하는 상황에서는 서로 한몸이 되는 합일의 경지가 오히려 가장 강력한 방해물이나 가혹한 저주가 된다. 헤어지면서 마지막으로 나눈 섹스 후에 현석이 말한 "이건, 저주야"(308쪽)라는 사랑에 대한 조사弔詞는 이런 맥락에서 이해될 수 있다. 반드시 다시 분리되어야 할 연인들에게 있어 일체감이란 죽음을 앞둔 최후의만찬처럼 잔인한 배려이다. 비록 순간일지라도 그 행복한 순간으로 인해 사랑을 믿고 싶거나, 믿을 수 없다면 속아라도 주고 싶은 유혹을 느끼게 하기 때문이다. 그러나 위악적인 사랑은 세상의 유죄성에 기인한다. 그래서 선택된 위악성에는 스스로 그것을 선택한 데서 오는 특별한 비극성이 있다. 사랑의 위악성을 경험하지 않고는 끝까지 사랑을 사랑할 수 없다. 수동적인 선보다는 능동적인 위악이 더 사랑의 진실을 부각시켜주는 것도 이 때문이다. 사랑의 위악성은 선이 우회한 것이다. 때문에 위악 자체가 이미 문제적인 투쟁 방식이 된다.

위악적인 사랑에 대한 이런 사면 복권 조치로 인해 거꾸로 있었던 사랑의 모습이 서서히 그 본래의 모습을 드러내게 된다. 사랑의 본질은 치통처럼 숨길 수가 없다. 또한 우리가 사랑의 측면이나 후면을 본 것은 사랑의 정면을 보기 위함이다. 그래서 은희경이 '거꾸로' 추구했던 사랑의 본질은 타자에 0을 곱해주는 사랑이 아니라 1을 곱해주는 사랑이다. 0을 곱하면 타자도 0이 되어 사라져버리지만 1을 곱하면 타자는 더욱 타자답게 건재한다. 타자가 자아의 확장에 불과하다면 자아와 타자의 구별이 사라져 자기 생성이 아닌 자기 파괴의 길로 들어서게 된다. 이런 이유로 은희경이 최종적으로 사랑에 대해 전하고 싶은 말은 다음과 같은 것이다.

> 나는 사랑의 소모를 두려워했다. 마치 광합성으로 스스로 제 먹이를 만드는 녹색식물처럼, 햇빛을 받아들이고 물을 길어올려 자기 안에서 스스로 먹이를 만드는 사랑을 원했다. 내 몸속에서 혼자 사랑이라는 먹이를 만들고 그것을 먹으며 생존해가기를 말이다.

주린 배를 움켜쥐고 황량한 겨울 들판을 헤매며 타인을 찾아 울부짖고 싶지는 않았다.(312~313쪽)

자가발전적이고 독립적인 이런 식물적 사랑은 꽃이라면 붉은 꽃이 아닌 푸른 꽃을 피울 것이고, 그 모습도 하늘거리는 코스모스가 아니라 무성한 잡초를 닮았을 것이다. 또 나무라면 무화과無花果나 선악과善惡果를 열리게 할 것이다. 뜨거운 정열이 아니라 차가운 정열의 사랑이 바로 은희경이 광합성을 하면서 힘들게 일구어낸 사랑이다. 이때의 차가운 사랑을 위해 그녀가 타자에게 내민 손은 얼어붙은 손이 아니라 뜨거운 것을 잘 만지기 위해 찬물에 담근 손이다. 뜨거운 사랑은 사랑의 남루함을 견디지 못하지만 차가운 사랑은 자신이 도전한 사랑이 주는 최악의 결과도 성실하게 받아들일 수 있다. 은희경의 사랑은 삼투가 아니라 팽창, 해체가 아니라 분화를 원한다. 그래서 사랑이 제공하는 낭만적인 합일이라는 안전장치를 거부한 것이다. 사랑을 할 때 서사적인 일상성을 통해 서정적인 낭만성을 극복해야 한다는 사명이 은희경을 곡예사처럼 거꾸로 춤추게 한다.

5. 언제나 마지막인 춤

은희경은 '사랑의 책'에 춤이라는 상형문자를 써넣는 무용가이다. 사랑과 춤은 “가장 가깝게 합해지는 순간 가장 고독하게 분리되는 어떤 부조리한 동반”(47쪽)을 경험하게 해준다는 점에서 합동인 도형이다. 또한 사람이 직접 움직여야 하는 의지적인 예술이라는 점에서도 사랑과 춤은 통한다. 사랑과 춤은 모두 무조건반사가 아닌 조건반사에 의한 행위이기에 어떤 인간이 주체인가에 따라 그 형질이 결정된다. 무엇보다도 춤은 움직이는 상태에서의 사랑을 보여주기에 사랑의 밀물과 썰물을 가장 가시적으로 표현한다. 사랑은 어떤 형태로도 찾아오기에 사랑의 춤 속에는 어떤 춤도 포함된다. 때문에 은희경이 『마지막 춤은 나와 함께』에서 춘 사랑의 춤 또한 발레처럼 우아하기도 하고, 탱고처럼 정열적이기도 하며, 블루스처럼 육감적이기도 하고, 볼레로처럼 슬프기도 하며, 폴카처럼 경쾌하기도 하다.

그렇게 춤을 다양하게 추기 위해서, 그리고 계속 추기 위해서는 항상 마지막처럼 생각하고 추어야 한다는 것이 은희경의 생각이다. 다시 출 수 없다면 지금 추는 춤에 최선을 다할 것이다. 이런 역류와 반전이 바로 은희경의 사랑이 지닌 힘이다. 지나침이 절제가 되고, 연기나 작위가 노력이나 정성이 되고, 고통이 건강함의 징표가 된다. 상투성이나 통속성이 보편성과 고결성으로 변하며, 의존이 희생으로 승화된다. 초자아의 자아에 대한 사디즘이나 자아 자체의 마조히즘을 막아주는 것도 바로 이런 역전 때문이다. 이런 변화를 일으켜주는 것이 바로 언제나 마지막으로 생각하고 추는 춤의 성실성과 현재성이다.

누구나 마지막 춤 상대가 되기를 원한다. 마지막 사랑이 되고 싶어한다. 그러나 마지막이 언제 오는지 아는 사람이 누구인가. 음악이 언제 끊어질지 아무도 알 수 없다. 마지막 춤의 대상이란 존재하지 않는다. 지금 상대와의 춤을 즐기는 것이 마지막 춤을 추는 방법이다.(317~318쪽)

은희경은 사랑 자체를 부정하거나 파괴하려는 것이 아니라 사랑에 대한 우리의 사유 방식을 바꾸어놓으려는 것이다. 기본적으로 춤을 추는 사람은 춤에 반대할 수가 없다. 단지 그녀는 사랑의 부재 상태가 아닌 백지상태를 원하는 것이다. 또한 단것을 먹고 쓴 것을 먹으면 그 쓴맛을 모르게 된다. 그래서 영원히 쓴맛을 극복하지 못한다. 하지만 쓴 것을 먹고 단것을 먹으면 두 맛 모두 분명하게 느낄 수 있다. 이런 이유로 쓴 것을 먹은 후 단것을 먹게 하는 것이 바로 은희경이 제시한 사랑의 묘약을 먹는 방법이다. 사랑을 상실할 수는 있어도 사랑에 패배해서는 안 된다. 때문에 그녀는 더 잘 사랑하기 위해 사랑에 대한 오해와 의심을 먼저 문제삼는다. 쓴맛은 단맛을 더욱 달게 만들기 위한 방법적인 부정의 맛일 뿐이다. 사랑에 대한 이런 비범한 해법을 위해 은희경은 장마철에 더 고마운 까슬까슬한 수건처럼 삶의 습기가 제거된 탄력적 언어를 사용한다. 그런 언어로 은희경은 웃기지 않는 인생의 우스운 광경을 솜씨 좋게 연출해낸다. 그래서 그녀의 사랑에 대한 농담弄談은 진실을 고백하는 진한 말濃淡이 된다. 얼마나 좋아하는가가 아니라 얼마나 달아날 수 없는가를 통해 사랑을 인정하게 하는 블랙유머이기 때문이다.

그런 거꾸로 된 사랑을 위해 은희경은 지금도 마지막 춤을 추고 있다. 좀더 정확히 말하면 오십층 건물에서 떨어지고 있는 중이다. 위악적인 그녀는 그것이 심각한 추락이 아닌 단순한 낙하로 보이게 하려고 "아직은 괜찮다. 떨어지는 동안은"(290쪽)이라고 말한다. 하지만 이 말은 언젠가는 착지를 해야 한다는 사실을 전제하고 있는 시한부적인 위로와 다짐의 말이기에 오히려 이 소설에서 가장 비극적인 말로 들린다. 춤을 계속 출 수 있는 것은 인형밖에 없고, 한없이 가벼운 먼지조차도 땅에 떨어질 수밖에 없다. 또한 위악도 지나치면 위선이 되고, 가면도 벗을 수 없으면 얼굴이 되며, 속임수가 반복되면 속기 어렵다. 이런 사실을 인식하기 시작한 독자가 바로 은희경이 지금 마지막 춤을 추어야 할 만만찮은 상대이다.

초판 작가의 말

이 소설은 이 년 전 신문에 연재했던 글이다.

지금의 나라면 이렇게 쓰지 않았을 것이다.

지금의 내 방식대로 이 글을 고치려 해보았지만 오래 고치다보니 처음 원고와 거의 비슷해졌다. 그때 갖고 있던 마음의 질서를 조금 간결하게 만드는 정도로만 손질해서 원고를 탈고했다.

지금의 내가 나의 확정된 전부는 아니듯이 그때의 나 또한 돌이킬 수 없는 나라는 사실을 받아들이게 된 모양이다.

나는 그때와 조금은 다르다. 그때 내 곁에 있던 사람 중에는 떠난 이도 있고 죽어버린 이도 있다. 그때 이후 내 삶에 등장해 지금과 같이 나를 바꿔놓은 이도 있다. 그리고 소설을 왜 쓰는가 하는, 너무나 당연해서 나를 짜증나게 했던 질문에 대해 뭐라고 대답했던지 요즘은 문득 등골이 오싹하다.

하지만 제3의 지점을 찾아내려 한다는 점에서는 그때나 지금이나 마찬가지이다. 나는 사람들이 모두 하나의 길로만 가지 않았으면 좋겠다. 사람에 대한 내 나름의 애정이 넘쳐 이 소설에 많은 사족을 만들었다.

글을 쓰는 일에는 오만함이 하나의 추진력이 되는 것 같다. 그 점에서 나는 조건을 갖추지 못했다. 대신 시간과, 그리고 K의 도움으로 이 소설을 마칠 수 있었다. 누군가의 말대로 쓰게 만드는 것은 칭찬이다. 비록 잘 쓰게 만들기까지는 못한다 해도.

뭐하러 이걸 썼는가. 책을 낼 때마다 나를 붙들고 놓아주지 않는 이 질문에도 K의 말을 잠깐 빌려보겠다. Everybody's doing a brand new dance now. Come on baby, do the loco-motion. 그가 취했을 때 부르곤 하는 노래 가사이다.

1998년 11월

은희경

개정판 작가의 말

이 소설은 이십칠 년 전에 쓰였다. 이 소설에 등장하는 사물과 관습 중에는 이미 사라진 것들도 많다. 이 소설이 처음 실렸던 신문의 연재소설 지면도 이제 없다.

그에 반해 어떤 변화는 너무나 느리다. 개정판을 내기 위해 소설을 다시 읽으며 나는 계속 생각했다. 우리는 그때에 비해 얼마나 다른 삶을 살고 있는 걸까. 사랑의 미혹과 욕망, 그리고 사회적 편견과 시스템. 두 종류의 틀 속에서 여전히 마지막 춤을 혼자서 추고 있는 건 아닐까.

초판 작가의 말에 "지금의 나라면 이렇게 쓰지 않았을 것이다"라는 문장이 있다. 연재를 마친 다음해에 책을 냈는데, 어떤 대목에서 변화를 느꼈던 것일까. 잘 떠오르지 않는다. 대신 그 문장이 지금의 나에게도 해당된다면 어떤 대목일까 생각해본다. 몇 군데가 떠오른다. "광합성으로 스스로 제 먹이를 만드는 녹색식물처럼, 햇빛을 받아들이고 물을 길어올려 자기 안에서 스스로 먹이를 만드는 사랑을 원했다"도 그중 하나이다. 그때의 나는 주인공처럼 식물을 키우지 않았으므로 그 햇빛과 물이 저절로 주어지지 않는다는 걸 몰랐던 것이다.

물론 그때에도 나는 '자급자족형 사랑'이 허상이라고 생각했기 때문에 주인공을 보란듯이 고독 속으로 내던졌다. 그것이 허상임을 몰랐다는 게 아니라, 비유를 잘못해서 식물에게 결례를 했다는 뜻이다. 식물은 먹이를 찾아서 움직이지 못한다. 한자리에 붙박인 채로 놀라운 의지와 아이디어로 스스로를 키워낸다. 감히 식물처럼 사랑을 스스로 광합성하겠다고 말하다니 그때의 내가 무지했다.

그렇다면 어떻게 고칠 수 있을까. 아니다. 고치지 못한다. 이제 나도 식물을 몇 개 키운다. 오늘 아침만 해도 내 화분들이 햇빛을 잘 받도록 위치를 옮겨주고 흙이 마르지 않았는지 손가락으로 만져보았다. 신선한 공기를 마실 수 있게 창문도 열어주었다. 그러면서 또 생각한다. 확실히 내 주인공이 잘못했다. 혼자 만들 수 없다고 해서 그렇게 사랑에 좌절해버리는 건 '오만과 편견'이다. 화분 속의 식물이 먹이를 만드는 방식처럼 누군가의 손길을 원하거나 요구해야 했다. 스스로를 고독의 나락으로 내던지는 자기애보다는, 햇빛과 물과 공기의 길을 열어주는 존재의 짧은 온기와 다정함에 자신을 방임할 수 있는 새로운 사랑이 필요했다. 그런 의미에서 내 주인공의 식물에 대한 오해는 여전히 필요하다고 생각하기로 했다.

그렇다 쳐도 나는 역시 너무했다. 타인을 찾아 황량한 겨울 들판을 헤매고 싶지 않다며 혼자서 취한 주인공을 깊은 밤 거리를 질주하는 합승 택시 안에 남겨두고 이야기를 끝내버린 것 말이다. 그 당시의 나는 이 정도는 돼야 나의 타고난 감상적 성향과 나이브함을 감출 수 있다고 생각했던 것 같다. 하지만 개정판에서도 주인공은 그 지점을 벗어나지 못한다. 어쩔 수 없다. 적어지긴 했지만 나에게 여전히 비관의 패기가 남아 있으므로. 그러기를 바라므로.

이 소설을 새롭게 만들어준 문학동네와 편집자들께 감사드린다. 과분한 해설을 붙여주었던 김미현 평론가에게 오랜 고마움을 전하며 명복을 빈다. “뭐하러 이걸 썼는가.” 초판 작가의 말에도 있는 문장이다. 이 질문이 나를 계속 쓰게 만드는지도 모르겠다. 내 안에서 사랑의 의미가 계속 갱신되고 있는 것처럼 말이다.

2023년 11월

은희경

문학동네 장편소설
마지막 춤은 나와 함께
ⓒ은희경 2023

1판 1쇄 1998년 11월 16일
1판 40쇄 2022년 3월 23일
2판 1쇄 2023년 11월 10일

지은이 은희경
책임편집 서유선 | 편집 김내리
디자인 엄자영 유현아 | 저작권 박지영 형소진 최은진 서연주 오서영
마케팅 정민호 서지화 한민아 이민경 안남영 왕지경 황승현 김혜원 김하연 김예진
브랜딩 함유지 함근아 고보미 박민재 김희숙 박다솔 조다현 정승민 배진성
제작 강신은 김동욱 이순호 | 제작처 영신사

펴낸곳 (주)문학동네 | 펴낸이 김소영
출판등록 1993년 10월 22일 제2003-000045호
주소 10881 경기도 파주시 회동길 210
전자우편 editor@munhak.com | 대표전화 031)955-8888 | 팩스 031)955-8855
문의전화 031)955-2696(마케팅), 031)955-8864(편집)
문학동네카페 http://cafe.naver.com/mhdn
인스타그램 @munhakdongne | 트위터 @munhakdongne
북클럽문학동네 http://bookclubmunhak.com

ISBN 978-89-546-9748-4 03810

* 이 책의 판권은 지은이와 문학동네에 있습니다.
이 책 내용의 전부 또는 일부를 재사용하려면 반드시 양측의 서면 동의를 받아야 합니다.

잘못된 책은 구입하신 서점에서 교환해드립니다.
기타 교환 문의 031)955-2661, 3580

www.munhak.com